外語腦升級革命

多國語言證照達人

方彥智（Zack Fang）著

找到定位，用對方法，善用科技，
學會「三八法則」，人人都是語言天才！

Multilingual
Strategies
for
Language
Learners

跟外語分道揚鑣的你，是時候並肩前行了！

文／歐陽立中（「Life 不下課」主持人）

如果說我人生眞有什麼遺憾，我想那就是沒有精通任何一門外語吧！對，連最基本的英文都不夠好。不過並不是我沒認眞學，回想起來，我學英文算是很認眞的。從小，媽媽就送我去學兒童美語；國中時，我英文考得不錯；高中時，我常常參加補習班辦的背英文拿獎學金活動。然後直到上了大學，我讀的是國文系，就這樣，外語和我從此分道揚鑣……

可是，外語就像分手分不乾淨的前女友，總不時湧上我心頭，甚至在我往後人生中不請自來，只差沒出席我的婚禮。我研究所明明考的是臺大中文所，但竟然要考英文，而且還有分數門檻限制；我很喜歡閱讀各領域的書，但有些好書還沒翻成中文，我只能望著原文書興嘆；我寫作需要很多素材，往往第一手素材來自國外，但因爲英文不夠好只能再次作罷。

我常想，如果我有個「外語腦」該有多好？可惜我來不及了，不過你正是時候！因爲你專屬外語教練彥智，爲你量身打造寫了這本書《外語腦升級革命》，讓你一鼓作氣，成爲多國語言人才。

我光英文都學到筋疲力盡，可是回頭一看彥智，差點沒嚇傻，他英文考多益拿下 935 分，另外還通曉日文、韓文、法文、德文、泰語、越南語、臺語……乾脆問他什麼語言不會好了，哈哈哈。不過你除了佩服他之外，你該好奇的是，他怎麼有辦法通曉多國語言，難不成這些語言

背後，有某些學習的規律或邏輯可循嗎？沒錯，當你開始這麼思考時，就不再只是用無效努力來學外語了。

我特別喜歡彥智獨創的「三八法則」，任何語言，只要你看過三次、三個例子、八成理解，就可以無痛上手。我想，這就是彥智厲害的地方，一般人面對新語言，下意識就是告訴自己好難好複雜；但彥智知道學語言首要目標在於化繁為簡、以終為始。所以對於一般人而言，精通多國語言是天方夜譚，但對彥智而言卻是日常生活。

等一下，有了《外語腦升級革命》這本學習寶典，我發現學語言哪有什麼來不及。有句話說：「種一棵樹，最好的時間是十年前，其次是現在。」你不好奇自己的外語潛力有多高嗎？至少，我很好奇。來吧！揮別過去的學習挫敗，現在才正是我們光榮的外語革命啊！

用工程思維角度來拆解語言學習

文／游皓雲（多語教學專家、專職西班牙語老師、
《懂語感，無痛學好任一種外語》作者）

　　從事外語教學工作 20 多年，教過 70 多個國家的學生，教學方法、環境、趨勢一直在改變，然而有一件事情恆久不變：每個人最適合的語言學習方法，都不盡相同。也因此「多方嘗試，找到對自己有效的那個關鍵方法」，極為珍貴。

　　作者彥智是個標準理工人，而我是從學生時期到 20 多年的職場都在人文環境打轉的標準文科人，文科人習慣於解釋無邊無際的社會現象，接受模糊，不需精確；理科人則看重細節邏輯，事事務求精準，兩種思維的學習者，適合的語言學習方式自然也大不相同。

　　閱讀這本《外語腦升級革命》的過程中，不斷讓我驚艷的是：怎麼可以有人用這麼工程思維的角度來拆解語言學習？市面上能出現這樣一本全新視角切入討論語言學習方法的書籍，滿足更多類讀者的需求，是外語學習者的福氣。

　　一個從求學到進入職場，都在理工圈子打轉的人，為什麼有如此超能力，能拿到英日韓法德泰越閩八種語言的檢定證照，下班後還能斜槓接好幾個語言的家教案？

　　彥智的成長環境沒有任何外語學習的優勢，國中才開始學英文，大學才第一次正式上日文課，二十八歲才第一次出國到韓國去體驗遊學生

活，這樣一位跟你我生活條件都類似的平凡素人，能學會八種語言，經驗和方法絕對值得參考。

從彥智的文字中，我感受到他是一個非常懂得自我觀察，順著自己的學習流，來安排學習規劃的高手。理工腦高度需要科學化學習，他系統拆解各種語言的語序、組成邏輯、詞性變化型態、發音系統等，建構出一套對自己有幫助的筆記系統、發音標註策略、以及鉅細靡遺的學習歷程紀錄，深入的程度勝過許多專職語言教學者。

除此之外，彥智也非常有意識地為自己在臺灣建立外語生活環境，在這個網路上幾乎能解決一切的時代，只要擁有主動出擊建立外語環境的行動力，完全能夠勝過每年花大錢出國念語言學校。我在二十多年前那個毫無網路資源的時代，也常常穿梭各個語言中心張貼尋找語言交換的徵人廣告，看到彥智描述自己如何打造多語生活，相當有感。如果你一直苦於無法出國、不知道如何為自己取得練習資源，彥智的經驗，會是很好的參考。

在科技工具的輔助應用上，本書也是一本相當完整的教戰手冊。哪些工具能將這麼多種語言的筆記有效歸納？收集到各種教材的語音檔案如何整理？在網路上看外語影片有什麼工具可幫助語言學習？琳瑯滿目的語言交換軟體、社團如何篩選？如果你是個熱愛利用網路工具學習的科技控，本書提供的網路應用資源應該能讓你學得很滿足。

我認為以下幾種人非常適合閱讀這本書：

1. 邏輯分析理工人

2. 科技研究控

3. 自學愛好者

4. 想建立外語環境的人

　　我自己精通的語言有西班牙語和英語（本書註解能找工作的專業程度），能溝通的語言是法語（本書註解能旅行交朋友的中等程度），以及還在初中級之間奮戰的日語（本書註解只能算是「有學過」的初級程度），四個外語的學習經驗告訴我，每多學一種語言，對於語言學習的體會就更深一層，對語言學習方法的掌握也更精進一步。

　　如果我經歷過的外語學習經驗是四回合，那麼彥智的八回合經驗足足是我的兩倍，他走過的冤枉路、撞過的牆，我們透過閱讀，就不必再經歷一次。

　　我大半輩子都在教外語，深信沒有學不會外語的人，只有還沒找到適合方法的人，希望這本書，有機會成為你找到解方的鑰匙。

贊同推薦

　　Zack 老師是我認識多年的朋友，每次都納悶為什麼他明明是上班族，卻總有滿滿的活力及如此多的時間兼顧這麼多國的語言。看了這本書之後總算發現一些他的心法。

　　這本書從我們周遭熟悉的中臺英語取材，了解不同語言間的文法及發音差異，以及學習不同語言時已習得之語言如何扮演幫助或阻礙的角色。透過多種外語的特色介紹、有效率的學習方法、科技工具、線上資源的分享，Zack 老師帶領大家真的能夠在享受中學好一門外語。

　　作為一位日語口譯及多語愛好者，我迫不及待要跟大家推薦這本書，也期待將我以前沒有使用過的方法納入我的外語學習中。

職業口譯員、線上日文教師　**Hiroshi**

　　認識 Zack 老師 20 年了，當年曾經是一起準備多益考試的好戰友。從他剛開始學日文，一路看到他考取多國語言的證照。

　　他這麼多年來學習語言的心法，全在本書毫無保留地傾囊相授，其中科技實作的部分，更是帶領讀者善用科技工具，以最有效率的方式學習語言。跟隨 Zack 語言教練的腳步，你將省去大量自我摸索的時間，成功攻克學習心魔。

多益 965 分、惡之根 Podcast 節目主持人 **Troy**

走進 Zack 的書中，彷彿走進熱情富麗的語言學習宮殿。這裡有許多外面不會教的小技巧，還有「語言教練」支持你達成學習目標。熱愛語言的我讀到不忍釋卷，相信喜愛語言的你也一定會愛上此書！

超全能診所院長　王偉全醫師

閱讀 Zack 的新書，你會發現學好一種語言，不只是樂趣、挑戰，也是一種很好的投資！很榮幸引薦作者到國立教育廣播電台主持英語節目，希望讀者也能透過他的多語學習經驗，領略學習語言的樂趣，擴展國際視野！

就諦學堂創辦人 李三財

熟練運用多種語言是許多人渴求卻不易實現的夢想，而 Zack 老師從自身多年學習經驗歸納出精準有效的策略，從聽說到讀寫，提供全面性的語言學習技巧，並融合最新的科技工具輔助語言的學習。對於有心想學好語言的人，本書絕對值得參考，將外語內化至大腦將不再只是夢想，而是切實可達的未來。

計算語言學專家、PTT 韓文版前版主　王昱鈞博士

我從事翻譯和語言教學超過十五年的經驗，從來沒有讀過這麼特別的書，我非常推薦這本書給每一個想要提高語言學習能力的人，一定會有很多意想不到的新發現，書中有非常多 Zack 老師語言學習的提示和技巧，保證收穫滿滿。

中日韓三語翻譯、日文教師　渡邊裕朗

未行之路，我能否皆涉足？

　　美國詩人羅伯特·佛洛斯特（Robert Frost）的著名詩作〈未行之路〉（The Road Not Taken）開頭描述：「Two roads diverged in a yellow wood ／ And sorry I could not travel both（黃樹林中叉兩路，惟嘆無法皆涉足）」，我在生命中選擇了一條看似穩定的資訊人之路，然而我始終念念不忘的是，那一條我沒有踏上的多國語言舞台，究竟是怎樣的風景？

　　作為一個資訊背景斜槓跨入語言教學市場的理工人，朋友常會開玩笑說我其實是外文系派來理工科的間諜。我投入各國語言學習將近二十年的期間，在前幾年的跌跌撞撞摸索期，我時常覺得，如果當年曾經有人告訴我，在語言學習的過程之中，哪些才是關鍵的學習技巧，或許我就不必花上這二十年的歲月，就能達到一樣的程度。我目前使用的學習模式，和我學生時代懵懵懂懂地土法煉鋼，早已大不相同。

　　我出生於一個非常平凡的家庭，沒有金湯匙能讓我無憂無慮地出國深造，我的父母更是一句外語都不會說，他們只能對著卡拉OK的日文字幕跟著哼唱，他們不看任何外語影集，更從不出國旅行。研究所過後的生活費與補習費，一切都要靠自己，包括想要出國的機票，包括自己想到國外實現語言學校的夢想。我這輩子第一次搭上飛機出國看到國外的種種，已經是我工作兩三年後，二十八歲的事。

在我國小看著同學一個個上英文補習班，意氣風發地說自己在補習班又學了什麼，我的英文是上了國中才跟著學校的進度學的。最多也就在高三時為了升學補了一年的英文模考班，而我的日文，也是上了大學三年級，在學校的第二外語課才開始選修，但或許就是因為對於這個世界的好奇，卻又未曾出過國而滿懷憧憬，讓我從此迷上了語言學習的世界。

一直到今天，每天接觸一些外語已經和吃飯喝水一樣，對我來說早已不可或缺。因為對語言的熱愛，我從學生時代開始為了籌措生活費，家教便只接高中英文的案子，因而發現自己於語言教學的熱忱。對我而言，當學生利用我指導的技巧而有所進步，就像是自己也跟著進步一般地有成就感。

我並沒有因為語言而放棄自己的本業，目前仍從事資訊相關的工作，白天工作，晚上上健身房健身，而自己因為多年下來陸續累積的語言證照，陸續有一些朋友會介紹想學好語言的人來找我學習，我便利用晚上的下班時間來指導學生。而我指導的範圍，也就不再侷限於英文，包括日文、韓文、越南文，甚至教外國人中文這些，我都累積了多年的經驗。我也利用下班後的時間，進修華語文教學的相關課程，當然也涉獵許多語言教學和語言學相關的知識。

這些年來投入教學的過程中，深刻地體悟到，語言學習這檔事，和「健身」的道理其實是一樣的。求學過程之中，因為英文課在課表上和數學、歷史、地理擺在一起，天天填鴨式地寫考卷，讓我們一直誤以為英文這科是「學科」，用讀學科的方式拚命地從補習班學習考試技巧。事實上，語言學習只有在「聽讀」部分是「學科」，在「說寫」方面，則是和體育、

美術一樣是「術科」。

　　它和健身一樣，如果不懂技巧，沒有上網查資料做功課，而總是囫圇吞棗地練習，就和你看到健身房總有一些不懂得使用器材的人，沒有規畫也不知道該如何練起，運動了多年，卻絲毫不見起色。語言學習亦然，許多人在求學過程中，因為無緣遇到良師指導正確的方法，而誤以為語言的世界就是無止境的背單字背文法，像無頭蒼蠅般買了滿坑滿谷不適合的教材，上了不適合的課，學了多年最後仍以失敗收場，從此對外語產生恐懼，這些故事都發生在你我的周遭。

　　語言學習和健身一樣，它有練習的方法，不可能一步登天。它和健身一樣，並不是練好身材以後，就不必再踏入健身房，而是先付出大量的努力練出一定的成果後，再額外花時間去維持。它和健身一樣，並不是只上教練課，平常就可以不必再花時間運動，你還得安排練習計畫和做飲食控制。我用和健身一樣的心態去指導學生鍛鍊他的「外語腦」，養成習慣後，都能穩定地達到自己想要的程度。因此與其叫我「語言老師」，我覺得自己更像是「語言教練」。

　　在我斜槓語言教學的這幾年間，發現不少人都有學習兩種語言以上的需求，無論是職場上想用英文來加分，為了與日本友人交流而學習日文，熱愛韓國影視作品與音樂而學習韓文，或者想要爭取升遷機會而學習越南文等等。在學習與教學各國語言的過程之中，也整理出一套每個語言學習歷程都適用的學習法，不同語言的特性雖有差異，但練習大方向卻是大同小異。

　　我和大多數的讀者一樣，沒有得天獨厚的財力讓我可以持續出國進修。我唯一國外生活的經驗，只有用自己存了兩年的薪水，在換工作中間的空檔，到韓國讀了短期的語言學校，回臺灣時我的韓語程度也不過中級。本書介紹的所有語言，我都是同時工作、教學，再用額外的時間進修練成的。我也好想到國外進行一個月的沉浸式語言學習，但我還得養家糊口，光是請假兩週就可能會遭同事和上司的關切，就更別說是請假一個月到國外進修語言，臣妾做不到啊！

　　這本書的內容，我會朝著能讓讀者「做得到」的前提來設計，因為我本身是資訊工程背景，我會適度地加入一些較淺顯易懂的電腦科學知識來說明，並且除了在語言習得該有的基本知識之外，我會提出部分坊間語言學習書中從未提出的觀點。在每個章節的最後，我會設計一到兩個【科技實作】讓讀者看看如何利用科技來練習學習技巧，因為在這個資訊化的時代，善用科技的力量，語言學習會更加事半功倍。

　　本書使用我自創的外語三八法則：「看過三次，三個例子，八成理解，繼續前進。」接下來的章節，便會說明如何使用這個原則，從初級可以一直突破到高級。

　　第一部分「基本心法」，先以由上而下（Top-down）的架構來討論「語言習得」的背景知識，第一章「理論篇」，簡單介紹語言學習的基本理論，第二章「基礎篇」，介紹我們常說的「聽說讀寫」的概念，這章中將提出一個全新的觀念：「打字」在語言學習中可以帶來的效益。第三章「單字篇」，讀者不妨對照看看自己一直以來使用的方法和我有什麼不同。

　　第二部分「實戰演練」，則為由下前上（Bottom-up）的架構，第四章「文法篇」，我會以各國語言為範例，來說明從零開始學好外語的文法學習順序和重點。第五章「實戰篇」，幫助你安排進度規畫學好語言，從初級、中級到高級，在每個階段應該要採取的策略。第六章「檢定篇」提供給想要取得語言檢定證書的讀者，在準備語言檢定時所要注意的應試技巧，並且盤點我所學過的各個語言，包括英語歐語、日語韓語、泰語越語，甚至是華語和臺語，最棘手的「大魔王」。這些魔王關卡通常都要耗費半年以上的時間去練習，但在突破以後它便會成為你強大的武器。同時考量到學習資源會隨著時間而變動，我會製作 QR Code，將這些語言我推薦的書單與資源製作成線上學習地圖，提供給有心的讀者作為延伸閱讀，用最少的成本，達到最佳的學習成效。

　　這本書的目標讀者，包括了一直想學好語言，卻又苦於找不到方法的人，我希望這本書提供的技巧，能讓你的學習上有所進展。再來，我也想讓學生的讀者，若能更早知道這些方法，那麼無論是高中以前的英文學習，或是上大學後進修第二外語，都能在出社會的那一刻，同時享受兩個以上的外語能力加持。

　　最後是和我一樣的語言學習愛好者，我希望我在本書中提到的科技實作的技巧，能讓你原本就已經卓越語言能力再更上一層樓，當你翻開這本書，便是我們結緣的開始，期待有一天我們在語言的世界能有更多的交流，也歡迎讀者們到我的網站和我有更多的討論與互動。

　　「Zack 多語言世界」 https://polyzz.com

〈未行之路〉一詩的最後：「I took the one less traveled by ／ And that has made all the difference（我擇別徑無人跡，遂景緻迥然相異）」我要特別謝謝時報出版社的總監與主編，讓我這樣沒有任何背景的外語界素人，有機會踏上未行之路，看到截然不同的風景。

本書使用方法與用語說明

　　本書透過同一套方法來介紹外語學習，並透過不同的語言舉例證明概念都相通。文法篇依不同語系的特性來做比較，讀者不必每個語言所有範例都讀，只要著重於自己有興趣的語言即可。部分章節介紹的技巧比較困難，適合進階的學習者善加利用，在章節前會標註「進階♠」圖示，請初學者看到這些技巧時不必感到壓力，未來實力提升後再閱讀，就能派上用場。

　　內容含有一部分的語法說明，這些文法用字很多是指相同的東西，但因為翻譯或者該語言的習慣，讀者可能會在不同的教材看到不同的名稱，為了避免混淆，整理成一張表供參考。

　　考量語言教材和線上教學影片有可能隨時間改版或者有所增減，我將各國語言的學習地圖以及參考資料放在下面的連結，並且不定期更新與勘誤，請讀者依自己學習的語言自行取用或分享給你的朋友。

外語腦升級革命
https://polyzz.com/brain

用語	英文	其他翻譯
主詞	subject	主語
受詞	object	賓語、目的格
母音	vowel	元音
子音	consonant	輔音
尾音	final sound	收音、收尾音、韻尾
華語	Taiwanese Mandarin	中文、正體中文漢語、臺灣華語
臺語	Taiwanese Hokkien	臺灣閩南語
字首	prefix	接頭詞、前綴、詞頭
字根	root	詞根
字尾	suffix	接尾詞、後綴、字尾、語尾、詞尾
屈折變化	inflection	形態變化、詞形變化
主題顯著語言	Topic-Prominent Language	話題優先語言
片語	phrase	詞組、短語

阿爾泰語系（Altaic languages）：儘管日韓語的語法結構非常接近，也同時存在大量來自中文的詞彙，部分書籍會將日韓語歸類在阿爾泰語系，但日韓語是否同屬阿爾泰語系，在學界仍有爭議。因兩個語言的固有語幾乎沒有同源字，也沒有源自阿爾泰語系其他語言的字，因此一派認為日語韓語皆為孤立語言，不屬於任何語系。

歐洲共同語言參考標準 [1]

階段	等級	聽說重點	讀寫重點	估計耗時	我的註解
A Basic user （初級）	A1 入門	發音 基本語法	拼字 基本詞彙	三個月	夢一場
	A2 初級	生活用語 基本對話	短文 理解造句	六個月	有學過
B Independent user （中級）	B1 中級	複雜句型 旅行對話	長文理解 短文撰寫	一年	去旅行
	B2 中高級	複雜情境 流暢度	閱讀寫作 邏輯清楚	兩年	交朋友
C Proficient user （高級）	C1 高級	長篇發表	長文撰寫	三年	找工作
	C2 精通級	用字精準	用字精準	五年	超專業

　　本書強調讀者需要評估自己目標語的程度，認清自己實力的定位，然後依照自己的程度採用適合自己的方法，才能最有效率地進步。每個單元都會提示每個學習方式適合哪個程度的學習者。本表的詳細說明參閱第一章第六小節。

　　估計耗時一欄定義為「如果一個具備完整語言學習背景知識的人，學習一個難度適中的語言，保守估計到那個程度，大約要花費的時間。」

---

1. 歐洲委員會在 2001 年 11 月通過的一套建議標準，一開始只用在定位歐語的程度，但漸漸已經成為世界通用的規範。

1 基本心法

實戰演練

（註：進階 ♠）

1

基本心法

理論篇

訂製一顆適合學習語言的大腦

　　「多語言達人」這詞我們早已不陌生，網路上可以找得到來自世界各國的多語言學習者，「表演」他們在不同語言之間切換的能力。走進書店，放眼望去，英文日文韓文教材琳瑯滿目，各式教材百家爭鳴，語言學習方法論的書也是唾手可得。儘管如此，我發現能真正熱愛學習語言，把語言練到能在職場上加分，在生活交友和旅行中運用自如，或者能斜槓跨入教學領域的學習者卻不是那麼多，大部分的人就是「差不多堪用就好」。

　　為什麼不想再更進一步學習的原因，除了生活壓力大，沒有時間去投入學習之外，也不少人是認為自己沒有學語言的天分，努力學習不如躺平。有人是跟著補習班緩慢的腳步前進，但因為同學人數不足而流班不得不放棄；有人因為選擇了教學結構鬆散的班級，上了半年一年的課仍在原地打轉，學了三年五年也不見有什麼進展。

　　究竟大部分的人，和所謂的「多語言達人」之間，在天分以及學習方式上有什麼不同的地方？是因為天分，而讓多語言達人能夠如魚得水，

而大部分的人就得花上三五倍的力氣，才能夠好不容易地學好一個語言嗎？

在「訂製一顆適合學習語言的大腦」這個章節，我想澄清的是，人類的智商呈現常態分布，大多數的人智商沒有太多的落差，真正的天才只是極為少數的人。所謂的多語言達人，智商並不一定比你高多少，但他一定有使用正確的學習方法，再加上經年累月的努力，而習得了多國語言。

在「多語言達人的腦部運作模式」一節中，我們來談談這些多語言達人，是如何讓自己的大腦發揮作用，在各國語言間切換自如。這是許多人的夢想，但實際執行起來卻有一定的難度，我會告訴你困難點在哪裡。

接下來討論「兒童和成人」學習語言上有什麼不同。我們很常聽到「我學了五年日文都還是學不起來」，但卻幾乎沒有聽過「我兒子長到五歲了一句中文都不會講」，兒童一定學得起來，是因為小孩比較聰明嗎？兒童有兒童的學習方式，但成人則勝在有比兒童更佳的理解能力，這些性質我們來一一探討。

在學習外語的過程中，因為口腔早已習慣母語，一定會帶有口音，如果口音太重，甚至會引起當地人的嘲笑，而導致某些人因此不敢練習開口說。會說「母語」，在語言學習路上，究竟是我的福，還是我的孽？

學習語言這麼多年來，我經常被問到：「你的外語是自學的嗎？」我的自學和你的自學，都叫自學，我們做的事是相同的嗎？我的上課和他的上課，都是去上課，我們做的事都一樣嗎？這一小節會簡單分析一些常見的課室教學法，比較這些教學法的優劣。

　　最後談到「精通」多國語言，什麼叫做「精通」？考過最高級的檢定，於是你「精通」了嗎？我會透過歐洲共同語言參考標準，說明如何判斷自己的語言程度。在本書中，也會依照不同程度的學習者，給予不同的建議。

1.1 語言習得腦部操作說明書

著名的美國語言學家克拉申（Stephen Krashen）提出了許多著名的假說，其中的習得／學習假說（Acquisition - Learning Hypothesis），將學習語言這件事情分為兩種方式：語言學習（Language Learning）與語言習得（Language Acquisition）。

語言學習，指的是藉由自己的意志，透過書或者文法規則，或許是透過老師講解，或許是透過上網查資料，熟記規則與歸納補充，就像學數學背公式一般，這種學習法讓許多人認為語言學習就是枯燥乏味的「背多分」過程。

語言習得，靠的是潛意識和直覺，就像是小孩模仿大人說話，一句接著一句，慢慢在腦中成形，所謂的「語感」、「沉浸式學習」指的便是這種方式。這種方式相對有互動而且較有趣，但需要透過長時間的練習才會有成效。

學習與習得，哪一個才是好的方法？事實上，習得讓我們能提高使用語言的流暢度，但學習則讓我們有意識地察覺自己的輸出的正確性，所以兩者其實是相輔相成的。這個小節便來看看「習得」究竟在大腦中，是如何運作的。

用眼睛與耳朵認識的世界

想像你剛來到這個世界上，初來乍到一切都新奇無比，你看到了有兩個人在你旁邊走動，你看了他們做了一些動作，你聽到了他們兩個人在交談：「＠＃＄％＆＊！＊＆％＄＃＠？」兩個人有說有笑的，可是你一句也聽不懂。

聲音是上天賦予人類的能力，沒有一種生物能夠像人類一樣發出這麼多樣化的聲音來進行溝通。我們用嘴唇、用舌頭、用鼻腔、用喉嚨，發出了各種聲音，而這些聲音似乎都代表著某些意思。

這時你身旁有個人走近，對你說：「馬麻！」你不知道什麼意思，但你跟著動你的嘴巴發出了「馬麻」的音，這人便笑了，你也跟著笑了。這是你第一次發現，當你發出聲音時，會有另一個人接收到你的訊息，而且當他接收到這個訊息時，開心得不得了。

就像嬰兒是先會發聲說話，長大後才學寫字，人類也是先有聲音，但為了記錄聲音，才發明文字的。因此「聽說」的歷史，遠久於「讀寫」。而語音與文字，便承載了人類的歷史，人類發展出了多個文明，伴隨著人類科技的發展，而成了我們所見的面貌。

語音和文字，我們可以說它是一種「編碼模式」所製造出來的密碼，只要曾經接觸過這個編碼模式的人，就能夠輕易地解開這些密碼所能代表的意思。語音是利用聲音對概念進行編碼，而文字則是找到某種代號來記錄聲音。因此如果有一天你心愛的人留了一段訊息給你：「J mpwf zpv.」沒有人知道他想對你說什麼，只有你曾經聽他說起，把字母往前挪一位，

便只有你能解碼然後知道他想說「I love you.」

從我們牙牙學語開始，便一點一滴地利用眼睛和耳朵記錄這個世界，然後利用我們文明約定成俗的編碼系統，慢慢地把解碼器裝進腦袋。接下來來看看這個解碼器是如何運作的。

內建於大腦的語言習得裝置

美國語言學家喬姆斯基（Avram Noam Chomsky）提出語言習得裝置（Language Acquisition Device，LAD）的概念，用來解釋人類從出生就具有習得語言的能力。雖然這個論點在學派仍然有支持與反對的聲浪，但兒童確實每個人都有習得語言的能力，這是不爭的事實。

從我們開始接觸這個世界的每一天，每樣新事物包羅萬象，不斷進入我們的腦海，而腦中的記憶元件，開始去記錄這些東西。包括了具體的東西，例如：門、桌子、電視、冷氣。包括了抽象的東西：想法、經驗、婚姻、愛。

具體名詞會在腦海中與形象進行連結，所以無論是自動門、喇叭鎖的門、石頭做的門，我們憑著經驗，斷定了這個造型與這個功用的東西，都叫做門。

現在想請問你，這是什麼呢？「這個簡單，蘋果啊！」

請你開始思考，你的生活經驗中，你可以

對蘋果做哪些事情呢？你可以買蘋果、拿蘋果、切蘋果、吃蘋果、咬蘋果。
那你覺得這顆是個怎麼樣的蘋果呢？它可能是個大的蘋果、甜的蘋果、
好吃的蘋果、貴的蘋果。──我們以名詞為中心，開始不斷累積動詞，用
來描述與名詞的動作關係。也累積了形容詞，用來描述某個名詞的性質。

但並不是所有的動詞都可放在蘋果前，因為人不可能說：聽蘋果、
跳蘋果、寫蘋果；也不是所有的形容詞都可以拿來描述蘋果，人也不可
能會說：傷心的蘋果、複雜的蘋果、莊嚴的蘋果。

所以可以知道，每一個名詞，無論是具體的或者抽象的，它在腦海
裡呈現如下圖的結構。

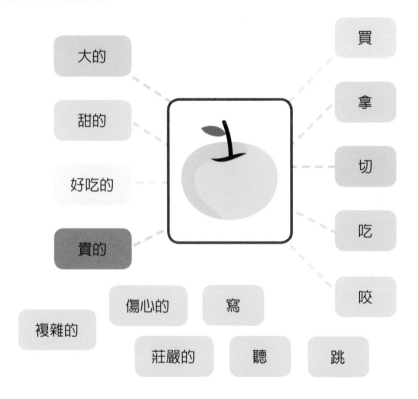

我們的腦海，以名詞為中心，產生了大量的詞彙海，所有可以和它搭配的動詞和形容詞，它們之間會有一條隱形的連結，若不能搭配的詞中間則沒有連結，每個字又都有數十個甚至數百個搭配詞，因此真正腦海裡的網路圖是像蜘蛛網一樣錯綜複雜。

我們說的每一句話，主詞（Subject）基本上都是「名詞」，包括具體的或是抽象的名詞。然後大腦處理這個訊息，搜尋能夠和這個名詞搭配的動詞與形容詞，透過了習慣的句型，造出了各種變化的句子。

若以電腦科學來形容，電腦科學將這種資料結構稱為圖形（Graph），每一個單字稱為一個節點（Node），而能搭配的字中間的連線，稱為邊（Edge），為了方便讀者理解，我將它稱為「連結」。舉例來說，手機之所以能夠上網，網路上這麼多的路由器便是一個又一個的節點，從你的手機到伺服器端中，透過演算法找到一條最有效率的路徑，因此可以讓手機與伺服器交換資料。

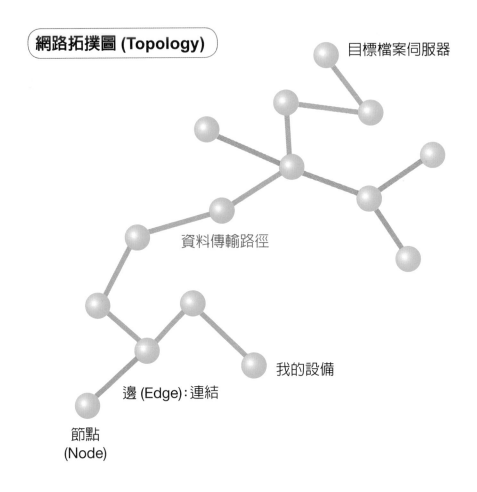

網路拓撲圖 (Topology)

目標檔案伺服器

資料傳輸路徑

我的設備

邊 (Edge)：連結

節點
(Node)

　　人類腦海裡，便儲存著成千上萬，或者說「成億上兆」的節點，儲存了不同的字。在取用這些字的同時，就好像你手機上網時，它透過基地台找尋一條能下載到檔案的路徑，腦也會跟著掃描所有連結的「搭配詞（Collocation）」，找到一條可以連結的路徑，確保說出來的話合乎邏輯。有關構詞與搭配詞的學習方式，在第四章會有更詳細的說明。

因為曾經用過「我是臺北人」、「我是學生」、「我是一隻魚」，所以大腦知道「我是＋名詞」這樣的句型。曾經聽過「又便宜又大碗」、「又高又帥」、「我現在覺得又刺激又害怕又興奮又快樂又幸福」，所以大腦知道「又＋形容詞＋又＋形容詞」這樣的句型。這些都在你的腦海裡存在著節點與連結。

所以當老師請你上台表演一首你的拿手歌曲，你唱出：「我是一個大蘋果，又香又甜又好吃。」它是合語法的，不會有人覺得你歌詞很奇怪，儘管你根本就不是蘋果。

語意拓撲圖

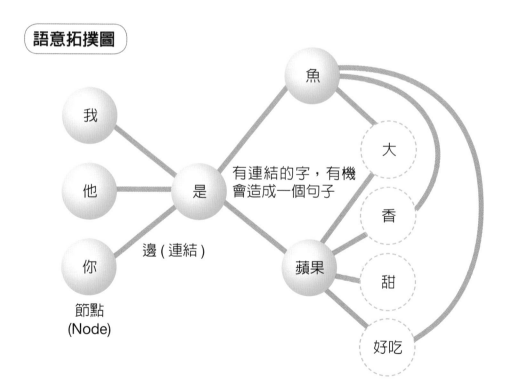

1.2 多語言達人的腦部運作模式

　　既然我們知道大腦如何存取那些你曾經習得的語彙和句法，接下來觀察能夠說多國語言的人，又該如何使用同一個大腦，去存取不同語言的記憶。

　　作為一個多語學習者與教學者，我要依照不同學生的需求來切換不同的語言。若這位學生學習英文，我得用英文模式和學生對話；下一位學生要準備日文檢定，那我便要切換到日文模式來補充相關的日文句型和近義詞；若另一位學生正在加強越南文，我這堂課便需要補充必備的越南語漢字知識。

　　曾經在一堂日文課中，那堂課談論的主題是你學過哪些外語，聊著聊著，老師用日文說：「我常常在想，那些能夠說多國語言的人，他們的腦部的構造跟一般人有什麼不一樣。應該要剖開來看看，是不是腦上面的皺褶有什麼不一樣的變化。」然後老師轉向我，甜笑。

　　我在學生時代，看到那些多語言達人，便幻想著，我能不能有一天像是吃了《哆啦A夢》的翻譯蒟蒻，我的腦可以自動因為眼前站著不同國家的人，自在地切換語系？我能不能像是吃了《航海王》裡的惡魔果實，把它取名叫做「ペラペラの実（流利果實）」好了，從此說外語不再結結巴巴？

我的大腦，能不能和我的手機一樣，我可以按個按鈕，「系統正在為您載入日文語系中，請稍候」？答案是——沒辦法。

白馬非馬

戰國時代的名家公孫龍提出的「白馬非馬論」，是中國很古老的邏輯問題。他辯論說，你不能說白馬是馬，因為白馬指定了「白」和「馬」要同時成立，但「馬」只有「馬」，所以白馬並不是馬。他想說的馬，跟你認定的馬，不是同一件事。

聽起來很荒謬的詭論，儘管我們現在可以用數學的集合論來說明，白馬屬於馬的子集合（Subset），所以這邊的「是」應該要解釋為「屬於」，但語言本來就可能因為不同人而產生不同的解讀，你心中認定的美，和我心中認定的美，怎麼可能完全相同，更何況是不同語言間對同一件事的解讀？

這邊回到上一節的問題，想請問你，這是什麼呢？「這是蘋果」你不假思索。

不對，這不叫蘋果，這叫 Apple。同樣問題，另一個人回答這是リンゴ，然後還有人回答這是사과。韓文的사과甚至還有道歉的意思。

這個世界上，不同文化不同族群的人，將上面這顆紅色的物體取了不同名字，用不同的發音和不同的代號代表它，即使這顆紅色的物體從頭到尾都是同一個物體，你可以對它做的事情都

一樣，它的性質也完全一模一樣，但是不同的語言就得使用不同的字，你沒有辦法使用 A 語言的動詞搭配 B 語言的名詞。

所以你能說「Sweet apple」、「大きいリンゴ（大蘋果）」、「사과를 사다（買蘋果）」，但是你千千萬萬不可以混用，說出「Sweet 蘋果」、「大きい사과」、「買リンゴ」這種可怕的混合語，因為我們上一節談到，語言就是一種對聲音及意象的編碼，一旦破壞了編碼規則，解碼的人就會面臨不知道該如何解開密碼的問題。

再用上一節談到的圖形結構來描述多語人者的腦部狀態，對於一個能夠同時說出中英日韓語的人來說，他腦部對於這顆蘋果的單字圖不會只有一個語言，其實應該長成下面這個樣子。

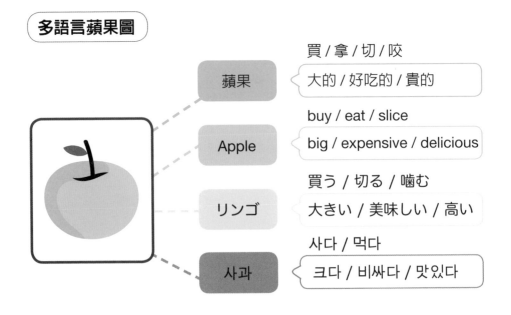

多語言蘋果圖

蘋果
> 買 / 拿 / 切 / 咬
> 大的 / 好吃的 / 貴的

Apple
> buy / eat / slice
> big / expensive / delicious

リンゴ
> 買う / 切る / 噛む
> 大きい / 美味しい / 高い

사과
> 사다 / 먹다
> 크다 / 비싸다 / 맛있다

就如同圖上所顯示，所有的單字和連結，在切換語言的過程之中從來都沒有消失過。大腦針對一個東西的意象，選擇了某個名詞代表它，例如 Apple，接下來大腦就會非常快速地掃描所有曾經跟這個字搭配的字，形容詞可能有 big, expensive, delicious， 動詞可能有 buy, eat, slice。

如果我現在大腦鎖定了要稱它為リンゴ，那我我接下來腦中掃描到的搭配字，就會變成大きい、高い、美味しい，而動詞可能就會找到買う、食べる、取る。

所以我在學語言的過程之中，便是儘可能地確保我腦中每個單字的節點，與其他能搭配的單字節點，中間的連結是否穩固。如果單字之間的連結不夠穩，我在使用這個語言的過程中，就會常面臨結巴，想不到可以用的字的窘境。

再來，多語言者還要面臨的另一個困難，你不但要想辦法增加搭配詞之間的連結，更可怕的是要「避免無法搭配的字之間產生連結」，有時候人懵懵懂懂地硬背了一大堆東西，不小心張冠李戴是難免的。但若你不慎將 A 語言的字和 B 語言的字放在一起學，而導致你腦中的連結混亂，最後將會導致耗費大量的時間在釐清那些似是而非的記憶。

因此我們可以清楚瞭解，就算講多國語言看起來很厲害，也千萬不要同時學兩個初級階段的語言，因為兩個語言的單字網都不夠牢固，你的腦光是在建立單字間的連結就已經夠辛苦了，你還要花時間去避免搞混，這會拖累你的學習效率，讓你學習事倍功半。

記憶有限 欲望無窮

手機的容量每年不斷加大，如果送你一支無限容量的手機，你想在手機裡面存些什麼？是你這輩子最美好時光的菁華影片？是你海量的美美自拍照？還是你最愛的日劇韓劇美劇電影所有影片，一個都不漏地存到這支手機裡？

若真的拿到這支無限容量的手機，真正會讓你困擾的，不會只是「該存什麼東西進去才好」，而是「我存了一大堆可能一輩子都不會再看的東西，結果當我想要找某個真正重要的影片時，卻在這堆無限容量的檔案海中，怎麼找也都找不到。」

人腦和手機、電腦這些資訊設備都一樣，我們的記憶也是有限的，因此我們不但無法記下所有的東西，針對所有已經記下的東西，它並不是「無償」地待在你的腦中。每當你要取用它時，你會需要花一定的代價去找到它。為了避免浪費過多不必要的腦力成本，在本書的第三章，會分析如何篩選出最關鍵，最應該先背的單字，來發揮最大的效益。

來看看人腦與電腦的相似之處，電腦或運算裝置的架構如下圖，硬碟的速度最慢，但容量最大。記憶體速度較快，但容量較小。快取記憶體速度最快，容量也最小。CPU 會從硬碟中取出必要的資料，暫時存入記憶體和快取記憶體，再進行運算。硬碟存了大量的資料，但實際電腦在執行時，只是取用當下需要用的資料而已。

人腦的運作也有異曲同工之妙，人類在說外語時，其實是從長期記憶裡面喚醒那些曾經有過的記憶，然後透過「連結」到接下來可能會用

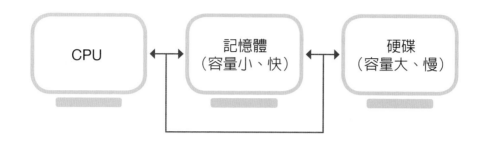

記憶的多存貯模型 （圖片來源：維基百科）

到的搭配詞，載入到短期記憶供大腦取用。你的大腦也存了大量的資訊，但實際對話時，只會去取用當下可能會用到的字。因此我們在和對方交談的過程之中，其實是一直在「預測」對方在我丟這顆球過去給他之後，對方有可能會回丟什麼樣的球回來，然後利用短期記憶裡有的字，迅速地回答。

　　人無論是在與人溝通的過程之中，或者是閱讀文章，每一個句子，都有「脈絡（context）」可循，例如我正在和你聊「蘋果」，你可以預期接下來的話題可能會圍繞著蘋果的產地、味道、季節、料理、營養價

值等等，但話題不會突然變成民主的珍貴，不會變成電影評論。

所有接下來可能會使用到的字，就是在這個過程之中，同步地載入我們的臨時記憶區，在本書的第三章也會提到如何透過心智圖以及字典來強化腦中單字間的連結。

如今的我，已經讓部分的語言達到了高級的程度，但我必須承認，即使是我最拿手的外語，很偶爾還是會遇到卡頓或是辭不達意的情形。甚至我也有遇到和我一樣的多國語言能力者，但他可能每說個三五句，就會切到下一個語言，短時間內太過頻繁地切換不同語言，其實會讓我感到煩躁。經過上面的說明，現在你應該很明白這個煩躁感是從何而來。

在對話的過程中，我腦中原本針對前一句話，已經載入了一些字準備回話。結果對方無預警切換另一個語言，我腦中載入的字要馬上全部清掉，根據對方使用的新語言，用最快的速度趕快回想這個語言的慣用語法和基本常用字，這個過程非常消耗腦力。你在一個多語言達人面前，請五個說不同語言的人，每人輪流用不同語言持續丟問題請他回答，十分鐘就可以讓這位多語言達人感到頭昏腦脹了。

多語言達人的代價

因此，就算是所謂的多語言達人，控制腦部的方式仍然和一般人無異。所以我想要強調的是，有些人可能會說：「每多學一個語言，就為你多開啟了一個全新的世界。」這句話千真萬確是對的，我因為我學了不同的外語，而帶給我很多體驗，是沒有學過的人無法享受的。

但是我卻選擇在這本書的一開始先潑你冷水，因為那句話並沒有告訴你：「每多學一個語言，你必須為那個語言付出相對應的代價去維持它。」語言能力並不是永久免費常駐在你的大腦，他和你鍛鍊的身材一樣，你仍然要付出一定的時間去維持它。並且常駐在你大腦的語言越多，就要付出越大的代價去避免各語言之間的干擾。

幸好，雖然人類的腦容量有限，但是透過一些技巧，可以試著降低不同語言之間的干擾，甚至改為利用不同語言間的相關性，這些原本會造成混淆的部分來加速理解，節省一半以上的時間學習，再把更多時間投入在「習得」上練習流利度。

本書的第三章會提供一些背單字的技巧，在有限的腦容量中，有效率地習得應該習得的單字，並且縮短學習的時間。而第五章的實戰篇，也會告訴你如何依照心中的偏好，幫不同語言安排學習的優先權，逐步從初級到中高級。

成為多語言達人，在實踐上確實有它的挑戰性存在。但透過本書循序漸進的方法，避開不必要的冤枉路，想要精通兩三個以上的外語成為你一輩子受用的工具，絕對不是夢想。

1.3 兒童人人都學得起來，
成人卻常說學不會？

很多人身邊都有人學過日文，經過了三五年，有的人順利通過了最高等級的檢定，卻也有人跟你說，他的日文快忘光了。你請他講兩句日文看看，他永遠只會說：「初めまして、私は○○です。どうぞよろしくお願いします。」（初次見面，我是○○，請多多指教。）

「我真的好喜歡日本，我每年都一定要去日本旅行，可是日文好難，我五十音怎麼背都背不起來。一定是我太笨，我學了五年了，就是學不起來，什麼動詞五段變化，て形，背到快要懷疑人生，去到日本還是啞巴。」這段話，有沒有讓你想到你身邊的哪位朋友？

如果把這段話換成：「我兒子啊，長到五歲了，一句中文都不會說。我每天辛辛苦苦教他中文，結果他現在還是個啞巴。」聽起來是不是很荒謬？除非是少數特例，否則幾乎找不到學不會任何語言的小孩。

我們可以思考一個問題：真的很笨的美國人，會不會說英文？真的很笨的日本人，會不會說日文？如果再怎麼笨的人，都有辦法好好說自己的母語，那學不會語言這件事，怎麼能說是因為自己「笨」呢？

我們去觀察小孩學會說語言的過程之中，有哪些事情是「兒童」有做到的，而「成人」卻忽略的，這很有可能就是習得語言的關鍵。

兒童學語言的優勢

為什麼兒童學語言幾乎不會失敗，而成人卻不少以失敗收場，有部分的學者提出關鍵期假說（critical period hypothesis），認為生命的前幾年是關鍵期，也就是學語言的黃金時期，若過了關鍵期，語言學習的難度將大幅上升。可是學界針對「關鍵期假說」是否適用於語言學習仍存疑，因為早已有許多實驗的結果推翻了這個假說。

我認為兒童最大的優勢在於口音的練習，因為兒童時期全身上下的肌肉都在快速地成長，包括口腔，因此這段期間如果能習得許多語言中較難發的音，未來在發音練習上會少很多煩惱。例如西班牙語的彈舌音，或是法語的喉音。而成人確實要花上加倍的努力，才能發好許多自己母語中不存在的音，有關口音的練習，可以參考第二章的口說部分。

若仔細盤點兒童在語言學習上相較於成人擁有的優勢，成人可以做為學習上的改進策略。大致上有下列幾點：

1. 充分時間：兒童比成人多擁有大量的時間，在成人煩惱著柴米油鹽為工作奔波的同時，大部兒童相對少了這些煩惱。語言習得永遠需要投入時間，有關如何取得更多零碎時間的技巧，在【科技實作八】提供一些我自己使用的方法。

2. 語言環境：因為兒童學母語，周遭環境都是那個語言。而成人習得第二外語缺乏環境，身邊沒有練習的對象。在本書各章的【科技實作】將會提供許多技巧，透過網路打造外語環境，並找到練習語言的語伴。

3. 不怕犯錯：兒童說語言時，犯錯就算了，但無論父母有沒有改正

兒童犯的錯誤，兒童在大量的練習後會慢慢意識到自己是否犯錯。因此成人在練習口說時，也應該要大膽開口說，再嘗試去察覺自己的口語有沒有需要修正的地方，第二章的口說部分，會提供練習口說的建議。

4. 適度壓力：兒童學習語言時，不會被威脅「如果你下次動詞變化變錯了，你就不准吃飯」，他們是在一次次的錯誤中學習，然後帶著對這個世界的好奇心，越來越熟悉語言的使用。但為了識字與書寫，在求學階段仍然會面臨適度學習的壓力。因此本書的第五章將介紹如何將語言學習融入生活，自然而然地培養加強外語的習慣，而第六章則是提供語言學習與檢定的關鍵技巧，適度搭配語言檢定以瞭解自己的程度，有助於採取最有效率的學習模式。

成人學語言的優勢

看完了兒童的優勢，不禁深深感嘆時光一去不復返，但我真的想要好好學語言，有什麼方法可以讓我們再一次回到兒童時代來好好學習？可是「瑞凡，我回不去了」。

千萬不要灰心，因為看完兒童的優勢後，再來盤點成人的優勢，你會發現成人學起語言來，絲毫不遜色。成人的優勢如下：

1. 高度自主性：相較於兒童能夠吸收到的知識都侷限在書上或身邊的人，成人能夠利用網路取得任何可能的資源，利如教學影片、僱用家教、買書或尋找語言交換。兒童還在學怎麼用手抓魚來吃，成人學的是怎麼使用釣竿。

2. 理解能力：許多抽象的概念或專有名詞，兒童難以掌握，例如我在國小的時候始終搞不懂什麼是「戒嚴」，是戒什麼？跟戒酒戒煙一樣嗎？嚴是很嚴格還是很莊嚴？同理，很多專業術語，像是通膨、政變、褫奪公權、輪迴這些用字，兒童理解起來通常也是一知半解，但教成人一聽就懂。

3. 分析歸納能力：兒童靠的是大量類似的句型來練習反射動作，但成人有辦法透過規則在短期內吸收大量的資訊。兒童聽不懂什麼叫先行詞、關係代名詞、假設語氣等等，懂的字也不夠多。但成人可以利用歸納好的規則來記憶語法，可以用字首字根學習歐語，或利用漢字來學習亞洲語言，本書第三章會教大家如何善用這些技巧。

4. 自律：雖然成人並非每個人都很能自律，但相較於兒童，成人的自律能力確實較好。兒童很難坐在書桌前一個下午，但成人懂得安排生活，透過意志力就能夠投入在一件事較久的時間。

語言學習的技巧無他，如果我們能夠吸收兒童的優勢，再搭配成人的本身的條件，那麼學好語言，就絕對不是難事。

1.4 母語在外語學習中是阻力還是助力？

知名網紅透過揣摩不同族群的口音，創造了不同的角色。然而在模仿越南人口音登上電視廣告時，臺灣新住民發出嚴正抗議：「以表演之名行霸凌之實正蔓延，每一秒的模仿口音，都是一次次如美工刀般劃過新住民及子女的心；再多的努力與入境隨俗融入，都抵不過口音標籤的岐視化！」[2]

到底模仿口音是不是歧視？這個問題的答案見仁見智，但幾乎每個人學習外語時，都會有口音。有人說口音不重要，語言的重點是溝通，對方聽得懂就好；卻也有人說自己因為口音而被嘲笑，沒有人願意和他做朋友。

這些口音，其實都來自於自己習慣講自己的母語，而導致在說另一個語言時，口腔不習慣動許多從未曾動過的肌肉。因此口音的問題，罪魁禍首就是你的母語。

不僅如此，母語還有更大的威脅，在母語中的習慣，常會不自覺地帶到外語。最常見的例子，是臺灣人講日語時，在い形容詞後常會不小

---

2. 引用自陳鳳鳳老師 -Trần Thị Hoàng Phượng 臉書專頁，2022 年 8 月 2 日文章。

心再加上一個的，例如說好吃的蛋糕，很多臺灣人會說成「美味しいのケーキ」，但應該說「美味しいケーキ」，這就是把中文的「的」的習慣帶到外語的例子。日文的の只能接在名詞後。同樣的道理，中文因為第三人稱發音都是「他」，於是說英文時不少人會將 he 和 she 說錯。

在第二語言習得（Second language acquisition）領域，將人們在使用第二語言時，受到母語知識的語言干擾現象，稱為語言遷移（Language transfer）。標準的定義不限母語，任何學過的語言，彼此之間都可能造成語言遷移。

偶係利板蘭

我們先來觀察每個人講外語的口音，如果你有日本朋友學習中文，他們在自我介紹的時候，你會聽到他們說「/偶係利板蘭/（我是日本人）」，非常尷尬的是，「日本人」這三個中文字的發音，在日文中都沒有，所以他們發成「/利板蘭/」，更切確來說他們是直接用日文發音來讀。

| 我 | 是 | 日 | 本 | 人 |

/ オ　シー　　リー　ベン　レン /

中文的「我 /wǒ/」嘴形由小至大，而「偶 /ǒu/」嘴形由大至小，可是日文只有 / オ (o)/ 音，導致日本人讀這個音時，嘴習慣不動。所以日本口音說「如果」跟「如狗」，聽起來都一樣，他們都會唸「/ルーゴ/」。同樣中文最難的捲舌音 / ㄓㄔㄕㄖ（zhi chi shi ri）/，日本人常發成 / 雞雞

犀利（チチシリ）／，日文在句中很少送氣音，所以日本人說「好吃」很容易不小心唸成「好雞」。日語的母音只有五個，因此對日本人學習外語口音時，會比其他國家的人更挑戰。

接下來，我們來看看越南口音：

大家好！我是來自越南胡志明市的○○○

／搭家豪！我失來滋約南胡知明失的○○○。／

越南語的母音變化非常豐富，但是子音同樣無法對應中文的／ㄓㄔㄕㄖ（zhi chi shi ri）／和／ㄗㄘㄙ（zi ci si）／，所以上面那句的「是、自、志、市」，越南人都會用越語語尾助詞 chứ 的嘴形去發這些音。

再來可以發現，所有中文四聲的字，越南人常會發成一聲。這是因為越南語六個聲調：平聲、玄聲、問聲、跌聲、銳聲、重聲。裡面沒有一個聲調和中文的四聲相同。下次聽看看你家附近的越南河粉店的老闆或店員，如果是越南人的話，講中文是不是會有一聲跟四聲搞混的現象。

行く＝已哭？

上面看完外國人說中文的口音，不要笑人家，接下來談談臺灣人講外語的口音。坊間很多日文老師標榜發音超簡單，五十音「啊依烏欸歐」輕輕鬆鬆就背完了。你再仔細聽日本人說話，他們的「あいうえお」真的是發中文「啊依烏欸歐」的音嗎？

最簡單的例子就是日文表示笑聲的「ククク」，中文大家會寫「科

科科」，沒有人會寫「哭哭哭」，因爲聽起來完全不像。那麼爲什麼行ㄑ的發音會有人發成「已哭」？你若觀察日本人說話，日文沒有圓唇音，所以日文並沒有中文「ㄨ（u）」的音，中文嘴巴需要往前嘟出來。但日本人他們發う行音時，嘴巴是幾乎不動的。同理，日文的あ和中文的「啊」發音也有差別，日文開口程度比中文小很多。

所以我觀察一個日文老師在發音上有沒有下工夫，最簡單的基準就是觀察他う行音的發音是否正確，日文有大量的動詞結尾是る，只要他在講解動詞時大量動嘴部發出了中文「滷」的音，就知道他當年在背這些字的時候，沒有搭配音檔來練習，而是靠自己腦海裡錯誤的印象去練習。

再來看臺灣人說英文的例子，舉一個很多人童年的回憶：

I am a student.

／癌 AM 嗯 死 丟 等／

因爲中文是一個字一個字讀，但英文其實是連音的語言，上句的「I am a」都會連讀成「I'ma」，因此只要一個人讀英文，沒有靠搭配音檔練習去模仿連音，中文口音就會特別重。其次是 student 的咬字，結尾無聲的 t 一定要發出來。如果他的咬字和音調是「死丟等」，那就一定是錯的。

最後是語調（intonation），中文只有四個聲調，但英文卻像在唱一首歌，有高低起伏。我判斷一個臺灣人講外文口音有多重，有一個判斷的基準：如果他的咬字和音調，大部分都落在中文的發音和一二三四聲上，那這個人的發音基本上就是不標準的。——因爲「沒有一個語言是爲了另一個語言存在」，我們當然不能用中文的發音習慣去發別的語言。練習

發音時，要不定期地觀察自己的外語發音是不是大多落在中文發音上來避免口音，詳細的練法，將在下一章進行討論。

遷移不只發生在口音：認識華語和臺語之間的遷移

談完語音的遷移，看起來母語對外語學習造成的影響，似乎百害而無一益？事實上，所謂的語言遷移可以再更明確定義。母語造成學習語言時產生的干擾現象，稱為負遷移（negative transfer），無論是發音、語法、用字習慣，都有可能造成干擾，因此要小心避免。但母語不全然是造成負面影響，如果是正面影響，則稱為正遷移（Positive Transfer），例如對於漢字的理解、相近的語法、類似的用字習慣，正遷移可以加速學習。

請你翻譯這段日文給我聽：「朝ご飯を食べてから、学校へ行きます。」即使沒有學過日文的臺灣人，看這些漢字也會猜「吃早餐後去學校。」再來看這句德文：「Meinen Geburtstag ist in dem Oktober.」如果你知道 Geburtstag 意思是生日 Birthday 的話，只要會基礎英文的人，也會猜「我的生日在十月」。

所以美國人學歐語，絕對比臺灣人學歐語要輕鬆不少，因為文法規則類似，但美國人學習日語就不吃香了。同樣的道理，日本人學韓文非常輕鬆，但學習歐美語言則是叫苦連天。

不少臺灣人能同時使用華語和臺語或客語，因為這幾個語言間語法大致相同，而且有大量的共用字，因此當然存在正遷移，互相學起來都比歐美人士省力很多。而有人華語比較流利，有人則是臺語或客語比較

流利。如果我們去觀察「臺灣國語」，便會發現存在許多語言遷移的現象。

因為臺語沒有捲舌音，所以講「臺灣國語」的人，很少捲舌也不會兒化音。「房東」會唸成「黃東」，因為臺語沒有ㄈ（f）音。他們唸「國語」兩字唸起來像「狗蟻」，因臺語沒有「ㄨㄛ（uo）」的音，也沒有「ㄩ（ü）」。

同理，一個只會講華語的人，他唸臺語的「臺語／tâi-gí／」，會唸成「呆藝」，因為華語裡沒有臺語的濁音g。同樣因為華語沒有入聲字，也不習慣大量變調，因此只講華語的人在臺語的入聲字和變調都要花上更多心力練習。

再來談到語法上的遷移，臺灣人會說：「不要用跑的！」聽起來沒什麼大問題吧？但在華語教學領域，「用」的後面接名詞，表示手段、工具、方法。用的後面其實不能接動詞。可是臺語語法卻是說：「莫用走的/Mài īng tsáu—ê/」，這就是臺語影響到華語的例子。

華語其實也影響到臺語，臺語說「一邊……一邊……」的句型，例如「邊走邊看」是說：「那行那看/ná kiânn ná khuànn/」，但是受到華語的影響，後來「一面行一面看/tsit-bīn kiânn tsit-bīn khuànn/」也變成了可以用的臺語語法。

正因為語言遷移是一體的兩面，我們不必因為語言的負遷移而感到壓力，相反地，如何正面地看待遷移，「善加利用正遷移，小心避開負遷移」，便是學習語言的關鍵。

1.5 你是自學的嗎：語言教學法概論

　　將近二十年的語言學習路上，我很常被問到一個問題：「你的○語說得眞好，你都是自學的嗎？」每次被問到這個問題時，總讓我覺得一言難盡。這個問題就好像你看到有人籃球打得非常好，於是你問他：「你籃球打得眞好，你都是對著籃框自己一個人練的嗎？」

　　籃球技巧不只要靠自己大量的練習，進攻防守更是需要實戰經驗。沒有一個優秀的籃球選手完全只靠自己一個人練習，而達到高超的球技。

　　語言的「聽讀」部分確實是可以靠自學來完全掌握，但「說寫」如果一輩子對著空氣自言自語，寫著自己也不確定是否正確的句子，即使能完美習得說寫能力，那也要比別人多付出三五倍以上的努力才有可能。

　　因此我認爲原本的問題應該要改成：「你的○語說得眞好，你有找老師學嗎？」無論有沒有找老師學，「自學」的歷程才是進步的關鍵，所有達到高級的學習者，即使在課室中，或者和家教老師習得許多知識與表達方式，但最後都免不了在課外再多投入時間查單字、整理單字表、額外練習題目這些「自學」的過程，因爲單單只靠課堂的時間是遠遠不夠的。

　　同理，無論有沒有找老師學，「找練習對象」扮演著提升流利度的角色，語言習得一定得靠對象，無論是和老師的對話，找語言交換、和

朋友組讀書會、找能用外語的打工機會、和一群母語人士一起旅行等等，都是練成口說的關鍵。

自學或是找練習對象，學習者都不只是被動地接受資訊，而是「自己教自己」，因此這個小節將介紹許多常見的語言教學法以及其優缺點，讓學習者可以視自己的學習狀況多加運用。

語言教學法比較

外語教學史上累積了數十種語言教學法，它們各有優缺，而且在目前的課室教學仍廣泛地被使用著，甚至可以搭配混用。我挑選出比較具代表性的幾個，並且列出他們的特性（參閱第七章參考文獻）：

1. 文法翻譯法（Grammar-Translation Method）：古典教學階段（1750-1880），最古老的教學法，利用母語教學，循序漸進講解文法、單字、課文、例句。學生有錯必改，但幾乎無法練習口說。優點為教師不需要教學技巧，製作考卷容易，評分客觀，且可以大班授課。缺點為填鴨式，教學沉悶，無法練習口說。目前國民基本教育的英文課還有升學考試補習班大多屬於此類型。

2. 直接教學法（Direct Method）：教學改革階段（1880-1920）。直接利用目標語授課，不用母語授課，不進行翻譯，老師要用正常語速示範、提問並修正學生犯的錯誤，讓學生多講，可以模仿老師。優點為效果明顯，缺點為如果班級人數過多則效果會不好。此外，如果初級階段以此方式授課，學生文法觀念可能會不夠扎實。我本身教外國人華語，

在中級程度以上也採直接教學法，推薦學習者在文法大致上已學完進入中級階段後，參加直接教學法的小班或家教課程。

3. 聽說教學法（Audio-Lingual Method）：科學發展階段（1920-1970），類似直接教學法儘量使用目標語授課，透過句型代換練習來刺激以產生反應，讓語言變成反射動作，像訓練動物一樣。強調聽說優先於讀寫，在課堂上大量練習聽說，回家再自己練讀寫。缺點為過度重視句型結構，學生可能會不懂如何活用。我認為很適合初級班，我教初級班學生時，也時常採用這種教學法取代冗長的文法解釋，線上課程的教材也很適合用這種方式來設計。

4. 情境教學法（Situational Language Teaching）：科學發展階段（1920-1970），直接設計可以使用句型的場景，例如有些課堂會設計「角色扮演」，學生去購物、去打電話詢問服務等等。優點為有趣且能實際活用於生活，缺點是學生只是敢講，但說得不一定正確。許多語言學校的課程會設計這樣的活動來提升課程的活潑度。

5. 任務型語言教學法（Task-Based Language Teaching）：溝通教學階段（1970-2000+），透過設計好的任務，讓學生在任務過程中使用外語，並在完成任務後進行檢討，來修正改進。優點為有趣且能有效培養溝通能力，糾正部分也能讓學生學到正確的用法。缺點為無法在大班中使用，不但很要求學生的程度，也很考驗老師設計任務的能力。

6. 沉浸式教學法（Immersion Method）：重點不放在語言教學上，而是實際以語言做為吸收其他學科知識的媒介。許多雙語學校採用沉浸式教學，目前部分大專院校，都開始導入。優點為自然習慣語言的使用，缺

點也很直接，如果老師或學生的外語程度不夠好，可能效果會嚴重打折。

　　這些教學法各自有其論理基礎（如行為主義、認知心理學等等），不在本書討論範圍內。認識這些學習法後，在下一章討論的口說與寫作練習中，學習者可以針對自己比較需要加強的部分，尋找理想的語言交換夥伴或是老師時，參考這些教學法，和夥伴討論出一個適合自己的練習方式。

1.6 「精通」多國語言： 談歐洲共同語言參考標準

「來自○大的語言天才，精通○國語言的他，究竟是怎麼辦到的？」每當媒體用如此聳動的標題吸引讀者目光時，我都會忍不住捏一把冷汗。我會想問，以你目前中文的程度，你還算「精通」中文吧？所以對於那些外語，像是英文、日文，也如中文一般「精通」，還是只是「能溝通」？

《禮記‧學記》：「學然後知不足，教然後知困。」隨著自己一面學習一面教課，總是會發現自己還有很多不足的地方，所以我從來不敢對別人說自己精通什麼語言。我認為要到專業翻譯或口譯的等級，才稱得上精通。不少通過日文最高級檢定 N1 的人會說，這才是開始，因為這才開始拿到了一張邀遊日文世界的門票。

不只「精通」這兩個字被濫用，「高級」也同樣被濫用。坊間的教材，有的標榜「高級」程度，翻了幾頁發現只是介紹了一些初中級的語法。坊間的補習班，有的稱為「高級班」，實際確認上課內容，才知道只是這班開班歷史久了點，上課的內容也只是中級程度的教材。

本書針對不同程度的學習者提供最合適的學習方針，因此為了確保我口中的程度，與你心中想的程度有一定的共識，還是有必要介紹歐洲共同語言參考標準（Common European Framework of Reference for Language，CEFR）。

　　這套標準將語言程度分為六個等級，我以本書開頭的表格來表示各階段的學習重點。如果讀者想要知道在每個階段的學習地圖和重點攻略技巧，可以參考第五章。而評估自己落在哪個程度，可以從自己目前有辦法掌握八成的教材來判斷，或藉由語言檢定來進行評估，參閱第六章以瞭解準備檢定的相關知識。

　　表格中的估計耗時一欄，所耗的時間並非絕對值，而是相對值，我估計「如果一個具備完整語言學習背景知識的人，學習一個難度適中的語言，保守估計到那個程度，大約要花費的時間。」

　　因此雖然估計到 B1 程度為一年的時間，但根據目的語和原先已習得的語言之間的相似度，例如華人學習粵語，可能只需要一半的時間。但學習阿拉伯語，可能會需要兩倍的時間。

　　相信想要學好外語的各位，都曾經在網路上看過各種「我是如何學好○語」的文章或影片，但是試想：你教小學三年級的學生練習國語造句，跟教一個國一的學生寫國文作文，使用的方法會完全一樣嗎？程度不同，當然不可能一樣。同樣的道理，一個英文已經對答如流的人，跟一個剛開始學英文的人，加強英語的方法，怎麼可能會完全一樣呢？

　　因此本書強調讀者需要評估自己目標語的程度，認清自己實力的定位，然後依照自己的程度採用適合自己的方法，才能最有效率地進步。

　　針對這六個等級我各以三個字下了註解。

　　1. A1（入門）：夢一場。如果在這個階段便停止學習，大約在兩三年後，它就會像你曾經做過的一場夢，似有若無，但也說不出個所以然。

就像分手後的某一任，有人可能會不好意思跟別人承認曾經愛過這個語言。

2. A2（初級）：有學過。達到這個程度，才算是真正有學過這個語言。有基本的認識，雖然用起來還很生疏，但搭配字典也能稍微讀懂些東西。

3. B1（中級）：去旅行。去旅行之前只要稍微復習一下，問路、買東西、訂房、討價還價都不成問題，只是與當地人交流時會卡卡的。我通常會建議學生如果學語言中途想放棄，那至少都要達到這個程度，多少能派上用場。

4. B2（中高級）：交朋友。可以和當地人交流，流暢表達自己的意思。用字不完全正確，但不影響溝通。如果你有很麻吉的外國朋友，建議學到這個程度，讓你們友誼更上一層樓。

5. C1（高級）：找工作。高級程度已經能準確判斷口語、書面語、正式語的差別，根據不同的場合選用正確的表現方式。無論是從事教學工作，或是用外語聯繫客戶或查資料都很受用。如果想要享受這個語言的魅力，學到這個等級，會為你的人生帶來一些改變。

6. C2（精通級）：超專業。最高等級的關鍵在於「用字精準」，無論是翻譯、寫作、學術交流等等，依照場合不同以及聽者的身分選擇最合適的字。想要達到這個等級，需要多年的刻苦練習。

科技實作 **1** 串流平台搭配降噪耳機打造環境

　　這十年來智慧型手機為我們的生活帶來了翻天覆地的改變，猶記 90 年代想聽語言學習雜誌時，還必須固定時間守在收音機前等待廣播，或者聽教材的錄音帶；2000 年時，那時聽 MP3 才剛盛行；2010 年，智慧型手機才剛開始取代 MP3 隨身聽，在 2020 年以後，智慧型手機已經是幾乎人手一台了。

　　而這樣的改變，也完全顛覆了語言學習的方式。以往教材音檔收聽不易，錄音帶往往變成為塵封倉庫的裝飾品，當年練習聽力可要花上比現在十倍以上的努力，才能練到一定的程度。

　　在本章中，談到「兒童學母語的優勢」，其中一個說的是母語的環境，因為兒童學母語身邊到處都是練習的機會。

　　如今拜科技所賜，現在我們同樣能用手機，打造外語環境。除了手機介面可以更換語言，同樣可以把電腦切換成其他國家的頁首，每天接觸一些外國新聞。現在最棒的是，就連看國外的影音，都是打開手機就隨手可得。

　　在下一章將談到聽說讀寫的技巧，其中最重要的技巧，也就是聽力。聽力最迷人之處，就是它不必坐在書桌前就可以練，一支手機加上零碎的時間，再選擇適合自己的聽力素材，就能打造外語的環境。

　　影音串流平台，讓我們可以自由選擇不同國家的影視作品。音樂串

流平台，我們不需要買 CD，就能享用各國的精彩音樂。Podcast，我們可以收聽不同國家的廣播，有的甚至還有逐字稿。而 YouTube，讓我們輕易地找到自己有興趣的影片，各種語言都有。

我本身是 YouTube 家庭方案的愛用者，不只是為了全家人都可以不必看廣告，離線播放以及關閉螢幕收聽，都是我在練習語言時會大量使用到的功能。

而它附贈的 YouTube Music，我可以自由編輯各國語言的好歌精選集，今天吃韓式烤肉，餐桌旁就搭配韓樂。今天跟喜歡美國流行樂的朋友出門，那車上就來放美國流行樂，更棒的是還附上歌詞，想要跟著唱也可以。

不只是音樂融入生活，YouTube 上有各種的語言學習頻道，我喜歡看外語的老師，如何用外語去解釋他們的文化。我本身也對於世界各國局勢的題材很感興趣，當你學一個語言到中高級以後，不妨找看看國外的 YouTube 頻道有沒有介紹你有興趣的領域，這就會是最棒的沉浸式學習素材。

另外本書的第六章討論語言檢定的準備，你可以試著在 YouTube 上尋找你想要考的語言檢定，除了有機會找到許多老師講解考題的影片之外，也能發現許多考古題的音檔，不妨照著這章介紹的「歐洲共同語言參考標準」，聽看看自己的程度落在哪裡，看看自己聽得懂幾成。

而練習聽力，就不得不提到「降噪耳機」這個發明。過往在通勤時間，我很少練習聽力，因為無論是捷運的運行聲、馬路上的車聲、附近的講話

聲，都讓我必須要將音量調到非常大，才能專心聽清楚。家中做家事時，想要一邊練習聽力，也是常讓我分心。

而「降噪耳機」則完全解決了這個問題，不只蓋過捷運上的背景音讓我可以專心在想要練習聽力的內容，在處理一些零碎的瑣事，例如碎紙、整理桌面等等，這些都不必擔心線材會綁手綁腳。善用通勤和零碎時間，每天可以生出至少半小時以上的聽力練習時間。

我可能會這樣子來練習聽力：在考外語檢定前的兩週內，我每天上下班的路上，都會聽這個語言的聽力考古題。如果是當天晚上要上某個語言的課程，那我會聽那套教材的音檔。如果幾天後要跟某個國家的朋友出門，那我那幾天就會聽那個國家的 Podcast，讓我復習那個語言的語感。

千千萬萬要記得，通勤時間練聽力，也要注意安全第一！趕時間時請勿練聽力，無論是騎車，過馬路，都請減速慢行。

實作練習內容：

1. 嘗試在你使用的音樂串流平台或者 YouTube，幫你正在學習的語言建立一份播放清單，叫做「○語精選集」，去網路上查看看他們國家的排行榜，找出熱銷的曲子裡，你聽起來最有共鳴的音樂，不一定要聽得懂，但一定要選你聽起來很有感覺的，本書第五章會用到。

2. 你想要學好的語言，如果你已經到中級程度，你能不能找出一兩部喜歡的電影或影集、一兩首喜歡的歌，或一兩個母語人士的 YouTube 頻道？

3. 如果你目標語的程度已經到達中級，請你訂閱一兩個目標語的母語人士 YouTube 頻道，找講話不要太快，然後主題是你有興趣的，或者你覺得他說目標語聽起來特別好聽的也可以。然後抄下（或打字）十句他說過的，你覺得你有機會用到的話。（未來你持續學習，每個月去關心他的時候，聽看看你是不是又多聽得懂一些呢？他會是你的口說小老師，下章要來練習模仿他說話。）

科技實作 2　Language Reactor 的追劇學習術

影音串流平台如雨後春筍般地出現，你還有使用哪些平台來追劇或者觀賞你最愛的動漫、綜藝節目？

我本身除了會使用 YouTube 看影片之外，若是追劇，我最常用的是 Netflix。這兩個平台都可以搭配 Chrome 的延伸模組安裝非常棒的學習套件，叫做 Language Reactor。（https://www.languagereactor.com/）

利用 Chrome 瀏覽器到官網下載，未來在 Netflix 和 YouTube 看影片時，就會同時出現兩個字幕，記得設定一下自己的母語和要學習的語言。

免費版有最高儲存上限的限制，若要完全啓用則必須付費。我本身是這個功能的愛用者，因此也有每個月付款訂閱，你也可以評估是否付費支持開發者做出更好的程式。

在Netflix網站上觀看電影和電視劇時，此延伸模組會增添雙語字幕，彈出式詞典，視訊播放精確控制等更多功能。

上千個頻道，各種主題任您觀看！透過具有上下文的純正語言培養您的理解能力。

（圖片截取自官網）

它的使用方式很簡單，按下空白鍵讓畫面暫停，滑鼠移到單字上它會顯示意思，點右鍵就存入單字本。點句子就重新唸這句給你聽，遇到想要背下來的好句子，在右方可以存入句庫。

存好的單字和句庫，都可以到官網匯出，也可以搭配未來在各科技實作中介紹的筆記術，放入你的背誦清單。

每個字和每個例句都會標示出處，哪一部影集的第幾集，點一下就可以打開原始影片來回味當時的劇情。重覆播放然後模仿，讓這些影片成為你聽力和口說的小老師。

我常利用在公司吃便當的時間看劇。當別人看劇是為了消磨時間，你每看一部劇，你的外語能力就進步一些，聽起來是個不錯的休閒活動吧？

實作練習內容：

1. 練習在 Chrome 瀏覽器中安裝 Language Reactor。選擇一個你感興趣的，有字幕的外語 YouTuber 或者 Netflix 影片，實際用它的功能練習開啟雙字幕。

2. 練習用 Language Reactor 做出屬於自己的單字表和句庫，體驗追劇學習法。練習將你的單字表匯出後，存成試算表格式。挑選單字的原則，可以參考本書第三章。

3. 用影片學習適合中級程度以上的學習者，不認識的單字不能太多，如果你對原文的理解達到八成的程度，效果會更好。若程度不夠，應先透過學習加強基本功。從下章開始，將介紹一系列加強基本功的方式。

正在為您的大腦安裝外掛中，請稍候

1. 學習語言分為兩種方式：語言學習（Language Learning）與語言習得（Language Acquisition），習得讓我們能提高輸出的流暢度，學習讓我們察覺輸出的正確性。

2. 腦海以名詞為中心，產生了大量的詞彙海，所有可以和它搭配的動詞和形容詞，它們之間會有一條隱形的連結。學語言的過程，便是儘可能地確保我腦中每個單字的節點，與其他能搭配的單字節點，中間的連結是否穩固。

3. 每多學一個語言，你必須為那個語言付出相對應的代價去維持它。

4. 兒童學習語言的優勢包括：充分時間、語言環境、不怕犯錯、適度壓力。成人學語言的優勢則包括：高度自主性、理解能力、分析歸納能力、自律。

5. 如果一個母語是中文的人說外語的咬字和音調，大部分都落在中文的發音和一二三四聲上，那這個人的外語發音基本上就是不標準的。

6. 無論有沒有找老師學，「自學」的歷程才是進步的關鍵，而「找練習對象」扮演著提升流利度的角色。

7. 本書針對不同程度的學習者提供最合適的學習方針，程度判別參照歐洲共同語言參考標準（Common European Framework of Reference for Language，CEFR），將語言程度分為六個等級，清楚認知自己的程度，有助於選擇適合自己的學習技巧。

8. 中級程度以上的學習者，可以透過電影或影集、YouTube 頻道、Podcast 等資源來為自己打造學習環境，若對原文的理解達到八成左右的程度，效果會更好。

基礎篇
聽說讀寫（打）的關鍵技巧

　　經過上一章一系列的介紹，應該對於語言學習有了最基本的認識。我們常說練語言就是練習聽說讀寫，大部分的語言檢定也是針對這四項技能進行評估。而和一般教材不同的是，我在本書中特別強調「打（字）」的重要性。

	輸入（學科）	輸出（術科）
口頭	聽	說
書面	讀	寫（打）

　　人類都是先學會聽說，再學會讀寫。而說和寫的輸出，必須要有足夠的輸入才有辦法達到，因此這幾項技能裡，最重要的技能就是「聽」。

　　學科的「聽讀」，因為是輸入的關係，可以靠自學或者線上課程就能達到一定的程度。而術科的「說寫」，是輸出的關係，很難完全只靠自學就練成，可能要找到可以一起練習的老師或夥伴進步才會快。

2.1 學科：聽力

　　跨年演唱會，聽著歌手在舞台上載歌載舞，聽著聽著你發現他唱得太完美了，又唱又跳卻完全沒有走音。再仔細一聽，唉！對嘴的，原來他只是放音樂下去，嘴巴動著假裝自己在唱歌一樣。

　　你曾經聽到喜歡的歌時，跟著對嘴唱過嗎？如果你有看過真人實境秀《魯保羅變裝皇后秀（RuPaul's Drag Race）》，每一集的最後，都會讓兩個變裝皇后用對嘴來一決勝負（Lipsync for Your Life）。《名人對嘴生死鬥（Lip Sync Battle）》也是很有名的對嘴表演節目。聽力和口說的練習關鍵技巧，也是用對嘴來決勝負。

　　對嘴時，耳朵一定要張大聽，並且根據你聽到的所有音，動你的嘴巴。你的嘴巴開口閉口的程度，都要儘量和音樂裡面的咬字一樣，如果嘴巴動太少，或者是動的方式和發出來的音有落差，聽的人馬上會發現你對嘴對得亂七八糟。

　　練習聽力的過程中，你的腦中也會有一道聲音跟著在對嘴。打開耳朵專心聽，才能讓自己跟著對嘴，但並不是所有原文的素材，都適合拿來做聽力練習。

聽適合自己程度的聽力素材

上一章我們談過美國語言學家克拉申提出了習得／學習假說，他另一個有名的假說叫做語言輸入假說（Input hypothesis），他強調學生不需過度注重口說或寫作，他把它叫做「輸出（output）」，而必須先藉由閱讀和聽力吸收足夠的內容，這個叫做「輸入（input）」；輸入的材料必須是超過學生目前的程度，但又不能太難讓學生無法理解。

假設學習者目前的水平為 i，又假設 1 為適當的挑戰難度，那教學者應該用的閱讀和聽力材料的難度稱為「i+1」；換句話說，若太簡單則學習者無法進步，而太難又會感到挫折學生。由此可知，最適合用來練習聽力和閱讀的材料，就是稍微比你的程度高出一點點就好。

「高出一點點」聽起來很抽象，依照本書利用的外語三八法則，不妨就理解為「八成」，當然這個八成並非一定是 80%，大約 70%~90% 都在可以接受的範圍內。換言之，一段聽力或閱讀的內容，如果理解低於七成，就不適合拿來做聽力素材。

另一個要注意的是，即使你放了你要練習聽力的材料，但只有在你專心聽它的過程中，才會發生語言習得。美國語言學家 Richard Schmidt 把它稱為注意力假說（Noticing Hypothesis），簡單來說就是你只有在專心聽的時候才會進步，如果只是開著當成背景音樂，那進步是很有限的。

程度	聽力素材參考
初級 A	初級教材音檔、旅遊會話、生活會話、基本句型代換練習
中級 B	中級教材音檔、YouTube 教學頻道或慢速 Podcast（以目標語來講解目標語）、簡易版新聞、外國兒童節目
高級 C	高級教材音檔、YouTuber 節目或新聞頻道、Ted 演講、原文電影影集和劇評、綜藝節目、感興趣主題的原文 Podcast

聽力負面教材

除了能理解八成之外，建議音檔的選擇不要含有大量的中文。最好是完全沒有任何中文。有部分出版社的音檔錄音方式採用一句外文、一句中文的方式來錄製，然後標榜「長達〇小時之 MP3 音檔」，實際聽下去一半的中文不但拖慢學習節奏，更糟的是中文可能還會造成干擾。請看以下範例：

Zack 偽英語教科書朗讀音檔

pretty   漂亮、美麗、精緻

She is pretty.   她很漂亮

beautiful   漂亮

Her room is beautiful.   她房間很漂亮

gorgeous   極漂亮、動人

She looks gorgeous   她看起來很漂亮

adorable	漂亮、可愛、討喜
His dog is adorable.	他的狗很可愛
cute	可愛、好看、迷人
He is so cute.	他很迷人

　　這段音檔的目標是要介紹五個可以形容外表的形容詞，附上五個例句。原先如果只朗讀原文的話，你會大概有個感覺，這五個字好像都跟好看有關係。但是如果把中文也跟著朗讀進去的話，中文不但完全沒有增加你的理解，還造成更多的混淆，聽完後仍然不知所云，朗讀的時間也都浪費掉。

　　造成這個問題的最大原因，就是因為「沒有一個語言是為了另一個語言存在」。因此學習外語時，中文扮演的角色是「確認是否理解」，但是如果想要「確認是否理解」，並不一定只能靠中文，你可以利用目標語提問來回答，或是同樣的意思換句話說，找近義詞或反義詞等等，方法有很多種。

　　同一樣一地，也一不一建一議一用一不一自一然一語一速一朗一讀一的一音一檔，因一為一聽一起一來一很一奇一怪。

　　在下一章介紹背單字技巧時，會提到比起背中文意思，語塊（chunk）、搭配詞（Collocation）才是記單字的關鍵。至於中文呢？僅供參考。

聽力練習法：影子跟讀法、回音法、聽寫練習

只要找好聽力素材，接下來就是培養練習聽力的習慣，大量地聽培養語感之外，還必須針對需要記憶的部分多聽幾遍，加深印象。請務必找自己可以理解八成左右的內容，練習方式包括下列幾種：

1. 影子跟讀法（Shadowing）：像是對嘴一般，當你一邊聽的同時，專心聽，然後聽到那個字的當下馬上嘴巴就要跟著把聽到的字說出來。中間是不能停下來的，要一邊聽一邊說，用幾乎同步的方式練習，而且要儘量去模仿聽到的每一個字。缺點是你跟著唸出來的內容，並不一定聽起來和原來的聲音完全一樣，若要矯正發音，最好的方式是錄音後比對。

2. 回音法（Echoing Method）[3]：臺大史嘉琳教授提出的方法，類似影子跟讀法，但變成聽完以後，先停一下，在你腦海中播放後再唸出。

3. 聽寫練習（Dictation）：選擇不要太長的音檔，播放音檔後然後每句按下暫停，然後把你聽到內容寫（打）出來，並且在聽完後比對拼錯的字和沒聽到的字來記憶。這個方法對於初級階段尤其重要，利用初級的音檔練習聽寫能讓拼字、發音有明顯的改善。

---

3. 如何用「回音法」學好英文口說｜史嘉琳 Karen Chung｜TEDxNTUST
https://www.youtube.com/watch?v=sQEWEPIHLzQ

2.2 術科：口說

在練習聽力到一定程度累積了足夠的輸入，就可以開始搭配口說來練習輸出。而我把口說歸類到「術科」，代表口說的練習要分為兩部分來看：靠自己自學即可達成的發音及句型練習，以及靠語伴才有辦法做到的對話及發表練習。

用對嘴一決勝負

我們在上一小節提到聽力練習的根源就是「對嘴」，這一小節要更進一步來討論了。既然是「對嘴」，代表你一定是聽音檔練習，有的初學者以為看著書背了上百篇的口說模版就可以練成口說，這是很危險的觀念。模版適合發音已經很標準的中高級以上學習者在加強實力或準備檢定時使用，但發音還不夠標準的階段，平常累積實力時則還是建議搭配音檔。

當我們聽的內容可以大致上做到「對嘴」以後，那就可以試著發出聲音，聽看看自己的聲音和原版的聲音有什麼不同，稱為「跟讀」。

跟讀方式	逐步	同步
看稿	看著稿聽完一句後按下暫停，再模仿音檔或影片唸一遍	看著稿並且同時唸出，如對嘴一般
不看稿	不看稿，按暫停後再模仿讀出，注意自己的語調口氣也要模仿	不看稿同步唸出，多練幾次後可背起來一部分

　　既然我稱它為「對嘴」，代表它對我而言與其說是「外語」，反而更像是一首歌。唱歌的時候不但要注意咬字，還要注意音高跟節奏，其中以同步不看稿的難度最高。如果時間允許的話，錄下自己唸的部分，跟原版音檔比對，聽看看你的歌唱得好不好聽呢？

口音的矯正

　　試想你遇到一個外國人對你說：「窩姐德，窩醫粽溫非場浩庭！打夾抖哀挺窩醫粽溫！」沒有一個字的音調是正確的，你聽每一句都要去思考他到底講了什麼，然後想了一下才理解他是說：「我覺得，我講中文非常好聽！大家都愛聽我講中文！」

　　有的人說有口音不重要，語言是拿來溝通的。但卻也可以發現，當一個人的口音不標準到一定的程度時，因為聽的人要花大量的心力去還原出原始的句意（解碼），會讓聽者感到不耐煩。我估計大約錯誤率超過三成以上，聽者就會有不舒服的感覺。

但同時，我們也知道對於成人來說，因為口腔肌肉已經習慣母語，要練習動不常動的部位，勢必要像練肌肉一般，忍受好一陣子的不習慣。因此我認為，雖然成人無法百分之百擺脫口音問題，但做到八成以上的發音標準，透過練習是絕對辦得到的。

我非常建議在初級階段，練習教材的聽力與口說時，儘可能讓自己去模仿影片或音檔，去觀察他們的發音、語調習慣，努力做到「八成」像。甚至認真一點的學習者，建議可以錄下自己的聲音和音檔比對，或者是請母語人士幫忙聽看看有沒有不自然的地方。

前期絕對會辛苦至少一兩個月以上，但是它的效益，會在中級過後的單字海階段加倍奉還。很多人因為發音不標準，在中級過後導致拼字拼得叫苦連天，並且中級過後很多發音都已經定型，想要矯正口音可能會更辛苦，還不如初級階段先苦後甘。

發音標準帶來的效益，除了讓對方聽得舒服之外，也可以避免一些誤會。例如我聽過外國人說：「我很喜歡吃蘿莉。」我嚇了一跳，確認之後才知道他愛吃「酪梨」。同樣我們說英文時，Beach（海灘）發成短音就變成罵人的字，本來想要說 bleeding（流血），舌頭沒放好就說成 breeding（交配繁殖）。

第一章談到口音的負遷移，有強調「沒有一個語言是為了另一個語言存在」。練習發音時，要不定期地觀察自己的外語發音和音高是不是大多落在中文發音上。在聽的過程之中，比對哪些音和發音習慣和中文不同，不同的部分就是該多花時間練習的地方。

連音以及發音標記法

・適用語言：歐語（有連音之語言）

　　為了改善發音，接下來會介紹我在練習時，為了更接近母語人士使用的口音，會在書面上做的標記符號。連音與發音標記，主要會使用在學習歐語這類經常連音（Linking Sound）的語言。

　　連音是人類因為發音方便，就連我們習慣逐字唸出來的華語和臺語，很小部分也有連音的現象。例如華語的「啊」、「呀」、「哇」、「哪」等語氣詞就是因為連音而產生的。原先以「啊」為主的語氣詞，前方字發音 i 音結尾，連音讀音變成「呀」，如「買東西呀」、「對呀」；前方字發音 u 結尾，連音讀音變成「哇」，如：「好哇」、「豬哇」；前方字發音 n 結尾，連音讀音變成「哪」，如：「天哪」、「好狠哪」。

　　臺語的連音如：啥人 /siánn-lâng/，連音唸作 siáng，共人拍 /kā -lâng phah/（打人），連音唸作 kâng phah。日文的例子，如：「反（はん）応（おう）」，連讀之後因為鼻音ん，使得得後方お發音變成の，而形成「反応（はんのう）」。

　　歐語的連音，通常發生於「子音結尾」連接「母音開頭」的字，如果我唸完句子跟原始音檔比對，現原始音檔有聽到連音的連象，我會以「‿」符號提醒自己要記得連音。如果有省略音，如法文時常有省略尾音的現象，可以畫底線再加上「╳」提醒自己不發音。若是容易發錯的音，要提醒自己注意可以畫底線標音標，也可以以中括號[]或斜線 // 來標示為發音，如有重音需要提醒自己，和字典的音標一樣以「ˊ」符號點在字

上。

　　記得這些標示只標記自己需要多注意的部分，不需要全部標示。通常規律練習一陣子後連音就會有明顯改善，也就不必畫得整本花花綠綠，只要畫你容易犯錯的地方就好。

英語 . 法語例句

　　　　　提醒自己重音的位置，加上重音符號

She said her name is Alexandra, but I doubt it.
　　　　　　　　　　　　　æ

提醒自己正確的發音，　　　　　提醒自己不發音，
畫底線後寫上音標　　　　　　　畫底線加上✕

J'ai deux enfants.

提醒自己連音，畫上連音符號

音調、變調與音高標記法

· 適用語言：華語、臺語、日語、泰語、越南語（有音調之語言）

　　在練習有音調的語言，如華語、臺語、日語、泰語、越南語時，正確發出音調絕對是發音標準的關鍵。中文的音調在辨義上扮演著極重要的角色，「媽麻馬罵」，音調一變意思就不同。觀察那些中文講得很流利的外國人，如果咬字不太正確，那音調絕對都是八成以上正確；反之如果音調不太穩定，那咬字絕對也有八成以上正確。

　　談到音調就不得不談到變調，變調指的是一個字原本是某一調，在某些情況下要讀變調，通常我們在考試時標記本調，但讀時讀變調。

　　華語最有名的就是三聲變調，尤其是「連續三聲變調」需要多練習，而臺語則是句中大量的變調。我會將自己容易唸錯的字圈起或畫底線，然後以帶圈數字表示音調值。如華語三聲標③，臺語第五調標⑤。以箭頭→表示變調後讀音。

　　因臺語變調規則相對複雜，詳細的變調規則將在第六章著墨。華語可以整句標音調，但臺語之變調建議標在字上。並且建議學習者儘快習慣變調方式，以免變調標記太過零亂。

日語在字典中已有明確規範音調（重音），用數字表示在第幾個音由高音轉為低音。以⓪表示平板型，①頭高型，其他數字②③④……表示中高型及尾高型。

　　有人會說日語的音調不重要，就算日語音調錯了，日本人也都聽得懂，因爲東京腔跟大阪腔的日語有很多字的音調都相反。但就如同口音，一個老師在示範日文發音時，在記音調上有沒有用心，日本人一聽就聽得出來。混亂的音調，就像外國人說中文時，每個句子都聽得到北京腔和臺灣腔混在一起的中文，不是聽不懂，就是聽起來有些不舒服而已。

　　日語也有變調的現象出現，但並不常見。最常見的是二類動詞的て形以及形容詞的副詞型，重音往前移一個字的現象。這部分我在帶我學生時，也會請他們多注意。同樣以帶圈數字和箭頭標記。數字標記法適用於用電腦打筆記時，快速標示音調。

　　除了利用數字來標示音調之外，我也很鼓勵初級學生練習用「 」符號來練習標音調，因爲日文每個字都只分爲高音或低音，平板型在第一個字右上角畫「符號，頭高型在第一個字右上角畫」符號，中高型及尾高型在第一個字右上角畫「符號，並在重音降落的字右上角標」符號。這個方法只適合用於紙本書本或筆記，我自己用這個方法練習聽和標示日文音調至少五年以上的時間，即使目前學習新的字也常使用來標示。

日語範例

高くてもちょっと食べてみたいです。　（就算貴也想吃看看）

②→①　　　　　②→①　…… 用帶圈數字和箭頭標記音調變化

高くてもちょっと食べてみたいです。

…… 或直接用鉛筆在字上畫高低音

　　越南語拉丁字在法國殖民時期推廣，目前已普遍使用。音調符號全都直接標記在字上，只要圈起容易唸錯的字多練習即可。相較之下，泰語的音調規則非常複雜，並非每個字都會標音調，根據高子音、中子音、低子音搭配長短母語以及是否有尾音，分別對應不同的調值。

　　泰語標音調的問題，在臺灣的教科書爲了配合中文四聲的標記法，因爲其中四個聲調可以對應中文的聲調，利用中文聲調符號再加上「～」符號表示中文沒有的，音最高的調值 **ไม้ตรี** 來解決音調標記問題。可是這個問題遇到最大的障礙，就是「給歐美人士的教材的音調標法用同樣符號但表示不同的音調」。

　　爲了避免學習上的混亂，我個人採用 thai-language.com 網站的標記法，用五個字母來標記：

M	中調（Mid tone）	類似中文一聲
L	低調（Low tone）	類似中文三聲ˇ
H	高調（High tone）	比中文二聲更高的調，常標記爲～
R	上升調（Rising tone）	類似中文二聲 ╱
F	下降調（Falling tone）	類似中文四聲 ╲

　　同樣，我若容易唸錯的字，我會圈起或畫底線，然後查字典確認後標上音調。

泰語範例

คุณ ชื่อ อะไร ครับ　　（你叫什麼名字）

Ⓜ Ⓕ ⒧Ⓜ Ⓗ …… 用帶圈符號標記自己常發錯音的音調

變音標記法（以韓語、泰語為例）

· 適用語言：韓語、泰語（常產生變音之語言）

　　泰語除了音調困難之外，泰語裡有大量源自梵語和巴利語的字，除了很多同音字母需要背之外，有許多字的拼法和唸法並不規則，導致泰語拼字的難度非常高，就算唸得出來，也不一定可以正確拼出。

　　許多書籍使用英文字母來拼它的音，同樣面臨到「不同作者使用不同拼音符號」的問題，導致換一本書就要換一套拼音規則。因此最後我採用「Phonemic Thai」的規則來拼音。簡單來說，它直接用泰文字母來拼音，每個發音都有對應的泰文字母來代表它的發音，而且用字典查得到，泰國人也都會這套標記法。我會用雙斜線 //，或是中括號 [] 表示它是發音。

泰語範例

คุณ พูด ภาษา อังกฤษ ได้ไหม　　（你會說英文嗎）

　　　/พา-สา//อัง-กฤด/

……用 [中括號] 或 / 雙斜線 / 標記變化後的發音

79

　　我曾經問過泰國人，既然你們都可以用泰文字母來拼音了，為什麼不直接全國統一，拼字直接照發音來拼不就好了？泰國人回答，這些字因為有它的語源，所以拼字也依照他們語源來拼。有些同音字母在過去並不同音，後來才變成同音，對他們而言這就像是中文的部首，也有分辨字義的功能。

　　韓文也同樣存在著大量來自於漢字的同音字，並且有著大量複雜的發音變化規則還有連音，所以並非照著發音來拼字，這些規則會在第六章簡單介紹。這些發音變化規則是初學者要花大量時間去熟悉的，同樣可用韓文字母來標記。

韓語範例

한국말 시험에 합격할 거예요 .　　　（韓語考試會合格的）

〔한궁말〕〔시허메〕〔합꺼칼〕

（鼻音化）（連音）（緊音化＋氣音化）

……用 [中括號] 或 / 雙斜線 / 標記變化後的發音

斷句與語調標記法

· 適用語言：全部

　　任何一個語言，在口說時，如果一個句子太長，滔滔不絕地唸出來可能會讓聽者感到壓迫。斷句（Phrasing）除了讓我們有換氣的時間，也能夠讓唸出來的語句更有情感。朗讀得好聽是一門學問，有興趣的讀者

可以在網路上找到許多技巧教學。簡單來說，這些斷句停頓的邏輯，和語塊（chunks）有關係，對於語塊的詳細介紹請參閱第四章。

中文的習慣是利用標點符號、主詞後、引用句前、時間地點後短暫停頓。有時為了強調或對比也有可能會停頓。英文除了這些停頓外，在連接詞前、介系詞前、that 子句前有時也會有停頓。因為各個語言習慣斷句的方式不同，建議可以在跟音檔練習朗讀的同時，利用鉛筆標示，單線 I 表示大約停半拍，雙線 II 表示約停一拍。

一些語言在斷句時，會習慣在斷句處語調上揚來表示句子還沒有說完，如韓文、法文。我若在聽音檔發現朗讀人士在某處有上揚的習慣，我會以鉛筆標示向右上╱或右下╲的箭頭，提醒自己讀到此處語調要上揚或下降。練習一陣子後會較習慣目標語的語調習慣。法語的斷句和語調可以參考這個連結。⁴

根據要學的目標語，網路上找看看斷句的教學，然後跟著音檔揣摩。歐語的練習同樣要搭配連音技巧一起練習。

韓語範例

잘 듣고 I ╱ 따라하십시오 .　（請仔細聽然後跟著唸）

……聽到斷句和語調上下變化時可以用鉛筆標註

---

4 完整法文發音教學（九）：重音、語調和節奏組
　https://www.lecoqfr.com/
　https://www.youtube.com/watch?v=WlGIlrCL72o

初中級代換練習

在上述的發音背景知識都完整後，接下來要進入句型的練習。初、中級程度的學習者，非常推薦可以採「聽說教學法」的技巧，透過句型代換練習（Substitution Drills）來熟悉基本句型。即使沒有練習的對象，也能夠透過音檔來自問自答，練習反射動作。

在部分教科書中可以發現類似這樣的練習，例如他可以先在生詞中介紹一些地點和活動相關的字，然後給你練習，並把正確的答案錄在音檔裡。

短句子的代換練習，如果是練習歐語或日韓語這類有時態以及動詞變化的語言，這類變化在語言學上稱為屈折變化（Inflection），要時時確保自己變化的內容正確，直到變成反射動作。

若將不慎將錯誤的內容變成了習慣，稱為石化或僵化（fossilization），未來可能會難以修正，甚至有的錯誤習慣可能一輩子改不掉，建議初中級階段一定要搭配音檔或教材來練習。如果想要靠「自言自語」來練習口說，會建議至少到 B2 中高級程度，以避免產生僵化問題。

有些教科書會有情境代換練習，這樣的句型模版可以搭配音檔練到背起來，有助於實際場景中應用。若沒有，也可以自行在教材的對話範例中換字來練習說看看。

Zack 偽華語教科書

春田：不好意思，我應該怎麼去龍山寺呢？

大叔：你現在在松山機場，先走到松山機場站搭捷運到忠孝復興，然後轉車改搭板南線。

春田：在哪裡下車呢？

大叔：在龍山寺站下車。

春田：謝謝你！

龍山寺	行天宮	臺灣大學	士林夜市
松山機場	林家花園	緬甸街	行天宮
→松山機場站	→府中	→南勢角	→行天宮站
→忠孝復興	→忠孝新生	→古亭	→民權西路
→板南線	→新莊線	→新店線	→淡水線
→龍山寺	→行天宮	→公館	→劍潭

語伴的選擇

上面介紹了發音到句型代換練習的方式，都屬於自己練功的注意事項。但口說既然是「術科」，意味著我們不可能一輩子只自己練功，而是要帶著自己練功出來的成果，實際上戰場演練。

在智慧型手機還不普及的年代，想要有個語伴，我記得當時是到各大語言中心的佈告欄貼上自己的聯絡電話和電子郵件才有機會，對方還不一定願意和你當朋友。或是上網徵求讀書會戰友，每週一次一群人約咖啡廳練習口說。

拜科技所賜，現在可以使用語言交換 APP 或者社群網站輕易找到外國人和你練習，在【科技實作九】中會教你如何找尋自己的語伴。透過視訊會議軟體，甚至可以做到「秀才不出門，能知天下事」。我本身教語言，或者自己請母語家教指導我語言，都是使用視訊會議軟體，不但免去舟車勞頓的辛苦，課程內容錄影更可以隨時拿來復習，也很推薦多加利用。

以下建議幾種語伴口說練習方式：

1. 語言交換：找到想語言交換的伙伴，每週約個固定時間，可以一半時間講自己的語言，另一半的時間講對方的語言。也有人會兩種語言混在一起大聊特聊，甚至變成一句中文一句外文這種奇怪的對話模式（但我本身認為這樣可能會造成兩種語言混淆，並不推薦）優點是完全免費，缺點是很依賴兩人的自制力以及教學能力。

2. 口說讀書會：到網路上徵求一群差不多程度的朋友，一起使用目標語來討論主題，每個人每週輪流當主持人，主持人選擇文章和討論主

題，並且先查好資料讓每個人回家先準備。優點是完全免費，但建議參加者的程度至少要達到 B2 中高級，否則會聽到很多錯誤的外語。

3. 語言交換派對：一些語言的社群，例如法文或韓文，都有熱心的朋友舉辦這樣的活動，參加派對可以認識到一群外國人和外語學習者，建議至少要達到中級 B1，否則會有很多聽不懂的地方。優點是便宜且可以認識同好，缺點則是這種活動通常不會「糾錯」，只能訓練敢講，但講錯了可能自己也沒有意識到。能不能認識到朋友，也要看自己的能耐。

4. 多語咖啡：付入場費送一杯飲料，可以選某個語言桌。桌長通常是母語人士，負責輪流點人開話題，並且適度糾正。優點是如果一桌的人少，那就有大量練習的機會。缺點則是如果一桌的人超過八人，則不會有太多練習的機會，每一次的人數都不一定。如果同一桌有較初級的學習者，也會被迫要聽很初級的內容。另外我也曾遇過桌長很不會帶話題，或者有話很多的成員一直不給別人發言機會的情況，建議至少達到中級 B1 以上的學習者再參加。

5. 家教老師：家教老師分為臺籍的和外國籍的。如果選擇臺籍的老師，會較懂臺灣人容易犯的錯誤，但可能會有口音，講外語可能也會有少部分不自然的地方。而外籍的老師，師資良莠不齊，也很考驗教學技巧。就像我們說並不是會說中文，就一定懂得教中文的技巧。優點是有辦法對症下藥，進步可以更快速。缺點是單價通常較高，且必須篩選好老師。

6. 外語補習班：老師同樣分為臺籍的和外國籍的老師，和家教老師相同，優點是單價稍微便宜一些（但也不算特別便宜），且隨班級人數上升，口說練習的扎實程度也大幅下降。另外因為補習班是「營利事業」，

對大多數補習班而言，創造最大利潤才是目的，學習成效是其次，所以可能多採取文法翻譯法教學著重考試技巧，而非練習口說。認真的老師和穩定一直上課的同學可遇不可求，中高級以上的班級，併班或開不成班都是家常便飯。加上為了顧及工作壓力大的同學，有時節奏會慢只為了留班率。想要有良好的成效，務必要上網多做功課。

7. 人工智慧聊天機器人：隨著人工智慧技術越來越成熟，自動生成聊天內容也越來越接近真實人類的對話方式，【科技實作九】將會介紹聊天機器人的使用技巧，若再搭配【科技實作三】的人工智慧語音生成技術，幾乎就是一個永遠不會跟你抱怨的語伴。因為是機器人，它的優點是不受時間地點的限制，而且因為語法大致上都是正確的，是非常棒的說寫小老師。缺點則是機器人無法查覺你的「情緒」，說出來的內容也較官腔官調。若被有心人匯入大量錯誤的假資料，也有可能會因此說出語法正確，但誤導人視聽的內容。

以上各種練習口說的對象，各有優缺。我推薦初級階段多採取聽說教學法或情境教學法，而中級以上採取直接教學法或任務型教學法。無論是哪一個程度，都可以利用人工智慧聊天機器人，來加強自己口說和寫作的能力。

我最希望讀者能在讀完這本書以後，能夠清楚自己目前的狀況最適合的方案，即使找家教老師或者上補習班，也能夠在預算內找到教學品質最好的老師。

口說練習規畫

找到口說的對象以後，接下來就是口說練習的主題內容。如果去觀察各語言的教材，練習的內容其實大多很接近，可以參考下表，和你的語伴一起討論每個禮拜要學習的主題。若下列口說主題都已掌握清楚句型和表達方式，也可以嘗試準備檢定考試中的口說考題。

程度	口說素材參考
初級 A	場景：打招呼、自我介紹、有什麼、多少錢、日期、家人、問路、天氣、搭交通工具、點菜、打電話、買東西
	句型：提議、拒絕、邀約、禁止、聽說、猜測、勸告、比較、擔心、鼓勵、經驗、原因
中級 B	場景：機構辦事（銀行、郵局、警局……等）、描述症狀、規畫旅行、描述外貌性格、請求協助、諮詢、生涯規畫、採訪、失物招領、送修或退貨、短文發表、安慰朋友、做菜、更改約會、探病、描述改變、描述風景、分析優缺點
	句型：辯解、後悔、說服、幻想、轉達情報、責難、抱怨、強調、感嘆、回憶、糾正、炫耀、誇獎
高級 C	社會議題正反意見辯論（安樂死、核能、難民收容、同性婚姻、代理孕母、統獨問題）、近代社會現象探討（少子高齡化、男女平等、霸凌、人生勝利組、文化差異、資本主義）、感興趣之主題發表（真實犯罪、影劇賞析、科學新知、旅遊景點、好書分享）、特定場景之對話（商用對話、敬語、接待貴賓、電視廣告推銷、演戲、新聞報導）

　　同樣要再次強調：初級階段練習發音咬字標準雖然很花時間，但有助於中高級階段在單字海中學習更有效率，務必要多花心思。如果是練習歐語或日韓語這類有時態以及動詞變化的語言，也請時時確保自己變化的內容正確，直到變成反射動作。

2.3) 學科：閱讀

　　我本身也主張語言學習應該先加強聽說，再加強讀寫。因此若前兩節「聽說」的內容已經練出一些心得以後，就可以開始練習認字和拼字。

　　還記得在聽力一節，提到美國語言學家克拉申（Stephen Krashen）提出的語言輸入假說（Input hypothesis），輸入的材料必須是超過學生目前的程度，但又不能太難讓學生無法理解，稱為「i+1」，本書直接將它解讀為「八成」。

　　選擇閱讀材料時，和聽力一樣，應選擇不靠字典快速閱讀，大約可以理解八成的內容。閱讀這樣的材料，才不會感受到挫折，也更能享受閱讀的樂趣。

　　接下來我將閱讀分為兩個練習的方向：略讀和精讀。

享受閱讀過程的略讀

　　略讀顧名思義，是找到自己喜歡的題材，用目標語來進行大略快速的閱讀。當找到適合自己程度（可以理解大約八成），並且自己也感興趣的文本以後，在略讀大量接收新知的過程，也在不知不覺中累積了單字量。

　　略讀不需要一直查字典，遇到沒有看過的字，透過上下文去猜意思，猜出來大約八成對就好。除非大量重覆出現的關鍵字，或是某些字影響到整段理解時，這時才需要停下來查字典。這樣做的好處是可以完整享受閱讀的樂趣，不會因為查字典而拖慢速度。部分的人不喜歡閱讀是因為閱讀速度太慢，略讀便適合用來培養閱讀的習慣。

　　略讀完每一小段時，不妨問一下自己這段的重點是什麼？初級學習者可以簡單用一兩句話來總結它的大意，若是中高級的學習者，甚至可以練習用自己的話來說看看這段文章想要表達的內容，也可以變成練習口說的素材。

　　這邊要提醒，在上一小節的口說中，不斷強調發音的重要性，其中一個很大的原因，在於自己練習發音的成果，會影響自己大腦中在閱讀時，腦海中產生的聲音。不重視聽力和自己發音的學習者，在閱讀的過程中，腦海中會產生大量錯誤的發音，進而誤以為那就是正確的發音，變成一輩子改不掉的壞習慣，也就是口說一節提到的僵化（fossilization）。下一節我們會再提到，發音同樣影響書寫時的拼字準確度。

　　外語練習閱讀素材的選擇，建議一開始練習時可以搭配前兩節建議的聽力素材參考和口說素材參考中，那些聽力口說的逐字稿先做為初期閱讀認字的練習，再逐步透過文章加深「文章用字」的理解，為下一節的寫作做準備。

程度	閱讀素材參考
初級 A	初級教材文章、簡易版日記短文
中級 B	中級教材文章、兒童雜誌或童書、各國小學教科書或網站、簡易版新聞、各國旅遊書
高級 C	高級教材文章、維基百科、各國的國高中教科書或網站、各國雜誌、各國新聞網站、中央廣播電臺逐字稿

扎實理解每一句的精讀

相對於略讀只在享受閱讀的樂趣，精讀則是一句一句讀下去時，確認是否明白作者每一句所要傳達的意思。如果遇到自己極度感興趣的文章，或是覺得作者的用詞遣詞非常吸引人，想要學習作者的用字與寫作技巧；或是想要扎實藉由閱讀來擴增單字量，那就得採取精讀的方式。

由於精讀過程中會需要理解整句的句型結構以幫助理解，難以用短短一小節的篇幅做到完整的介紹，本書將在第三章「單字篇」介紹累積單字量的方式，並在第四章「文法篇」的最後介紹分析句構的技巧。透過這兩章的技巧幫助學習者透過精讀來學習語言。

2.4) 術科：書寫

就如同練習口說前需要大量練習聽力，練習寫作同樣需要練習閱讀到一定程度，累積了足夠的輸入，再開始搭配寫作來練習輸出。寫作同樣歸類到「術科」，拼字和文章模版需要靠自己花時間練習，而長文撰寫則需要靠語伴或老師才有辦法有效率地練成。

拼音文字的拼字法

你是否有看過身邊的人為了背英文單字，拿出一張紙拼命抄。每當我看到有人桌上放了一張滿滿抄十遍單字的紙張，都忍不住心疼他的手。聽說把要背的單字每個字都抄十遍，這個單字就再也不會忘──才怪！別再相信沒有根據的說法了。

對於歐語和泰語這類拼音文字，當初造字的原理就是靠發音來造字，換言之，通常會唸也就至少能拼個八成出來。至於那些沒有辦法靠發音好好拼出來的兩成，才是我們應該花時間去背的。

用英文舉例來說，單字 inspiration，最糟的背法就是 i-n-s-p-i-r-a-t-i-o-n，寫十遍或一個個字母分別唸十遍都沒用，因為我們腦袋沒辦法應付這麼零碎的資訊。正確的背法是先讓自己這個字唸得標準，然後透過音節來拆，ins-pi-ra-tion。如果發音還算標準的話，那麼應該幾乎所有的字

母都跟發音一樣，只差可能會懷疑到底是拼 pi 還是 pe，是拼 tion 還是 sion，腦袋只去記這部分即可。下一節的打字，會介紹一個技巧，利用手指頭的位置去克服這個問題。

如果單字認得夠多，便會知道這個字是動詞 inspire 的名詞形，字首 in 表示裡面，字根 spir 表示呼吸，所以拼字一律拼 pi。而同字根字的詞類變化，如 respire 的名詞型為 respiration，perspire 的名詞形是 perspiration，結尾都是拼 tion。

多音節字很多都能靠字首字根來拆解，而歐語很多字都能夠利用字首字根累積，詳細的技巧在第三章分享。這就像寫中文字時不會傻傻地從第一劃寫到最後一劃，很多都可以拆成小的「部件」，如「碧」可以拆成「王白石」，這也是背漢字的技巧。

練習拼字文字的拼字大原則，先利用發音記字的大略拼法，透過累積同字首字根的單字來歸納規則，最後將腦力花在分辨同發音的拼字。這樣的技巧，套用在泰文也是通的。

例如背單字 **ความสุข**（幸福），**ความรัก**（愛情）這類的抽象名詞，字首的 **ความ** 是泰文將動詞和形容詞轉名詞化的字首，因此我只要背字首以外的部分。利用我在「發音」一節中介紹的「Phonemic Thai」的規則，直接用泰文字母來拼音，我只要在字上把「Phonemic Thai 沒用到的字母」畫線做記號背起來即可。

下面舉一些泰語單字範例：

單字	釋意	Phonemic Thai 發音
ความเข้าใจ	理解	เค่า-ใจ
ความพยายาม	努力	พะ-ยา-ยาม
ความสุข	幸福	สุก
ความรัก	愛情	รัก
ความรู้สึก	感受	รู้-สึก

屈折變化的拼字法

談完利用發音來拼字後，接下來要談拼字時最麻煩的屈折變化（Inflection）。我們在口說一節已經談過，在初級口說練習，都會進行大量的代換訓練來習慣這些屈折變化，根據詞的性、數量、格位進行變化，例如英文中，名詞複數加 s，動詞過去式加 ed，形容詞比較級加 er等等。

相較於華語、泰語、越南語這種沒有任何屈折變化的語言，印歐語系在屈折變化的拼字上絕對要花上大量的功夫。所以有人說英文算是相對簡單的語言，因為英文的屈折變化已經算是相對簡單的了。

背有屈折變化的名詞時，名詞背原型之外，如果分陰陽性，那就要連冠詞一起背。如果名詞複數為不規則變化，或是複數會產生發音上的改變，那背原型時還要順便背複數，讓自己能馬上聯想，直到變成習慣為止。例如德文，就要搭配陽性、中性、陰性定冠詞 der, die, das 一起背。

而背法文定冠詞 le, la 時會遇到一個狀況，遇到母音開頭的名詞時會

縮寫，而導致難以分辨是陽性還是陰性，例如 l'arbre（樹），這個情況可以改背<del>不定冠詞</del> un, une，改背 un, arbre 就可以知道是陽性，來避開這個問題。

德語單字範例

Mann（der , ä-er）男人
Frau（die , -en）　女人
Baby（das , s）　　**寶寶**

如果要背的單字，其複數變化不規則，在熟悉各種複數的變化前，每背到一個新名詞，都要加背複數形式，以免拼錯字。

德語單字背誦方式

der Mann , die Männer ……背到一個新名詞，都要加背複數形式
die Frau , die Frauen
das Baby , die Babys

同理，背法文名詞時，如果複數變化不規則或者有發音上的變化，也要用同樣的方式來背。

法語單字背誦方式

l'œil , les yeux　眼睛 ……複數變化不規則或者有發音上的變化，兩種要一起背
le travail , les travaux　工作

用來修飾名詞的形容詞，背的時候除了要先背原型之外，建議加背一兩個能夠互相搭配一起使用的名詞。許多歐語在形容詞修飾名詞時，會依照名詞的陰陽性以及格位做相對應的變化，參閱第四章「名詞修飾初階班」和「語塊」單元。

而背動詞時，在還沒完全熟悉該動詞的變化之前，背動詞時也會稍微需要溫習一下它的各種變化，例如我們求學的時態背過英文的不規則動詞三態表。因為動詞變化通常有規則可循，建議可以另外製作表格來背，參閱第四章「動詞變化練習技巧」單元。

韓文單字的拼字法

在本書用來當範例的各種語言中，韓文的拼字需要獨立出來另外討論。韓文拼字中有最特別的雙尾音，例如ㄺ、ㄽ、ㅄ等等這種將兩個尾音寫在一起的情況。

發音時依情況讀其中一個尾音的音，若發生連音時，右下角的尾音連到下一個音。這些尾音也常常因為下一個字的子音而產生音變，練習音變的方式參照「口說」小節介紹的，採用 [發音] 或 / 發音 / 的標記法。

如果背的單字是名詞，因名詞後時常會接主格助詞이 / 가，或是受格助詞을 / 를，背原型之外，要找一個搭配的動詞一起背，從發音來判斷是否有雙尾音，就可以解決這個問題。

如果要背動詞與形容詞，可以利用形容詞冠形型和動詞的冠形型（未來＋ㄹ / 을、現在＋는、過去＋ㄴ / 은）來修飾名詞，搭配名詞一起背，

來習慣雙尾音的發音變化。初級階段還不熟悉發音變化，務必要在旁邊標註發音，並且搭配音檔來練習。

背韓語單字要多靠搭配詞，以及發音變化規則的觀念，拼字才能拼得更準確。

單字	釋意	發音標註
넋	靈魂、心神	〔넉〕
잃다	弄丟、遺失	〔일타〕
넋을 잃다	失魂、發呆、入迷	〔넉쓸 일타〕
짧다	短	〔짤따〕
다리	腿	（無發音變化）
짧은 다리	短腿	〔짤븐〕

寫作練習規畫

在聽、說、讀以及拼字的基礎都已經有累積一定的實力以後，便可以開始加入寫作的練習。我認為基礎之所以重要，是因為文章若要寫得好，對於口語和文語要有一定程度的涉獵，才能在寫作時依照場合選用最精準的字。

「我真的快累死了。」「我深切地感到心力交瘁。」這兩句就可以看出口語和文語用字和風格上有很大的落差。有些詞在口語文語都能用，有些詞則只會出現在口語或文語。詞在語境中帶有不同的感情色彩（褒貶義），在不適當的場合選到違和的字，會讓讀者感到不自然。在第三章的「單字屬性表」會討論字的感情色彩。

寫作做為術科，和口說一樣需要語伴的協助，來修改自己寫出來的內容。建議找你那位口說的語伴或是你的老師，利用每週練習口說時，將自己寫出來的內容給他幫你修改。

有些人會放到網路上給網友幫忙修改，也有人會放使用語言交換 APP Hellotalk 每天寫一些東西，當做 Instagram 來經營。詳細的方式會在本書的【科技實作九】中介紹。熱心的網友可以讓我們有機會不花到錢來練習寫作，而缺點則是網友的素質也是有好有壞，就像是會中文，不代表中文文章就會寫得好，因此修出來的文章品質也需要看運氣。

寫作的素材可以參考「口說」單元裡面推薦的練習素材，再搭配下表做參考。通常大多數人會練習寫作目的都是為了檢定考試，每週寫一篇模擬試題或考古題的作文題目，再請老師幫忙修改，也是不錯的練習方式。

程度	寫作素材參考
初級 A	單字句型造句練習、初級對話聽寫、日記。
中級 B	進階單字句型造句練習、短文寫作（300字）、遊記、電影、讀書心得
高級 C	長文寫作（600字以上）、社會議題正反面探討

| 進階 ♠ | **寫作課程與考試準備**

要準備中高級以上檢定的寫作部分，參考坊間的模版將各種類型的範本背起來，確實對考試有一定程度的幫助，詳細的練習技巧，在第四章「語塊」的部分會有著墨。最後分數是否能衝高的決勝關鍵，會在寫

作速度、拼字、用字以及整體文章架構。若能有老師的修改，進步的幅度會更大，也更能確保修改後的文章品質。

例如上圖，是在我準備韓文檢定的寫作時，每週寫一篇考古題的作文。課前拿到題目時，會影印答案卷來進行模擬，並且計時來確保考試時能在時間內完成。寫完後掃描傳給老師，在線上課程上課中練習朗讀，老師幫忙修改病句。

上課時會全程以韓文來討論，老師修改後的檔案，以及上課中補充的單字與例句，老師都會直接打字下來後，在下課後寄給學生。我自己指導外國人中文的課程，也比照一樣的方式，減少學生抄寫的時間。每個禮拜收到檔案後，再花時間背這些作文和筆記。

2.5) 術科：打字

目前坊間的語言學習書，介紹了各種學習語言的技巧，但卻很少有書介紹打字帶給語言學習的幫助。練習打字的好處非常多，因為這個年代打字的機會可能比寫字高出很多，我現在到外面上語言課，比起不斷抬頭低頭抄寫，我更喜歡帶我的筆電，眼睛盯著黑板把筆記打下來，隨時同步到雲端。

中高級越南語第一堂課		lĩnh vực	[領域]
		giấy bao bì	[包皮]->包裝紙
2018/04/20 L14		giấy vệ sinh	[衛生]紙
		khăn giấy	面紙
		băng vệ sinh	[衛生]棉
chủng tộc	[種族]	phân tích kế hoạch	[計劃][分析]
phân biệt dân tộc	[分別民族]	cạnh tranh	[競爭]
	->種族歧視	khảo sát thị trường	[考察市場]
kỳ thị chủng tộc	[種族][歧視]	người tiêu dùng	[消]費者
được lên chức	[職]->升官	người tiêu dùng muốn được bảo vệ cao	
được tăng lương	[增糧]->加薪	nhất	
cạo râu	刮鬍子	[消]費者希望可以得到最大的保障	
râu của em dài rồi	鬍子長長了	bảo vệ cao nhất [保衛高]->最大的保障	
sao nhìn ngắn thế	為什麼看起來短	bây giờ em đang ở nhà trọ hay là nhà	
nhìn trẻ ra	看起來比較年輕	của bố mẹ?	

　　例如上圖是我上越南語課時做的筆記，我會在每次上課時記下日期與第幾堂，上課把補充字彙打下來，回家再檢查拼字跟加上一些補充的資料。筆記我用［中括號］框起的字，表示源自於漢字，詳細技巧於第三章進行說明。

2015/10/05
講師：松田玲子
筆記：Zack Fang

一、　単語：

1. *早々（そうそう◎）*：（多く他の語句の下に付いて）ある状態になってまだ間がないこと。すぐ。直後。「入社—」「開始—」（多く「早々に」の形で）できるだけ早く物事を行おうとする気持ちを表す。急いで。はやばやと。「仕事を—に切り上げる」「—に退散する」（＊馬上）

   【例文】あの新ドラマは視聴率が○○わ（勢いが盛んで充実している）ず、スタートして 早々 ○○きられる（仕事を途中でやめにする、中止する）ことが決定した。

   【答え】*振るわず　　打ち切られる*

   ※　*振るう（ふるう◎）*：勢いが盛んになる。気力が充実する。「商業が大いに—う」「成績が—わない」

   ※　*打ち切る（うちきる③◎）*：物事を途中でやめにする。中止する。「討議を—る」「先着五〇〇名で—る」

　　而上方的筆記是我上的日文進階班，我同樣會標明日期與上課內容，上課的例句和單字難度都很高，我在上課期間將老師的例句問題還有它的答案打下來，利用中間有空的時候將字典的解釋複製到筆記中，馬上同步到我的雲端硬碟裡，詳細技巧會在【科技實作七】中與大家分享。

　　同樣地，我在教外國人華語時，上課會不斷確認學生的發音，將不太標準的發音打下來讓學生多練習。並且補充的單字我也會造出各種例句直接打字下來後，在下課後寄給學生。學生省下抄寫的時間，回家專心練習發音和用法即可。

ZZ 華語大師班 第五冊　　　授課日期：2020/12/06

當代中文課程 第四冊 第十二課發音

1. 制度
2. 河川
3. 財產
4. 從哪裡來
5. 支持
6. 政治

當代中文課程 第五冊 第二課生詞後半

1. 罹患：生大病。
   ◎ 英國著名的理論物理學家史蒂芬·霍金（Stephen Hawking），在 1963 年，年僅 21 歲的他開始行動變得遲緩，確診為罹患運動神經細胞萎縮症，俗稱「漸凍人症」。

◎ 2006 年，Google 宣布以 16.5 億美元的股票收購 YouTube 網站。

◎ 新冠肺炎疫情爆發後，台灣政府於 2020 年 1 月底禁止口罩出口，強制收購口罩，統一集中管理，以避免不肖商人壟斷市場，刻意哄抬價格。

7. 即便：正就算，即使
   ◎ 這門婚事，門不當戶不對的，即便是你瞌頭求我，我也絕對不會同意把我女兒嫁給你這種沒出息的小子！

8. 兼：同時做
   ◎ 軍公教年金改革讓公務員叫苦連天，甚至可能嚴重影響退休生活，目前未雨綢繆的公務員，可能透過兼職，也就是時下所謂的斜槓青年，也為自己的退休金事先做好準備。

練習盲打的必要性

打字快的人，工作效率更高，我一個早上可以打三千字的文章不成問題，要我寫三千字，我的手早就痠爆了。在整理筆記方面，也能夠數位化，可以用關鍵字搜尋，不用帶著大本小本的筆記本，也不用擔心筆記本堆成一座小山。用一兩個月的時間練習打字，換來一輩子的工作效率提升，聽起來是個不錯的交易吧？但打字還有一個更棒的附加價值，它可以幫助拼字。

有人說他比起打筆記，更喜歡寫筆記，因為他打筆記印象很淺，用寫的才印象深刻。我認為這句話只對了一半，打字印象淺有很大的原因在於手指的位置沒有放在固定位置上。

你應該有注意過打字快的人之所以打字快，是因為他們的手指頭放在電腦鍵盤上固定的位置，而且打哪一個字母用的都是同一根指頭。這和彈鋼琴的原理一樣，同一首曲子練熟了，閉著眼睛也能彈，因為手指會記住曾經按過的琴鍵，打字也是一樣的道理，我打字也是反射動作讓字直接出來。

所以這個方法的第一步，是要先練習盲打，也就是不看鍵盤打字。只要能夠不看鍵盤正確打出一段文章，接下來我們在寫作的拼字提過，在背單字的時候，讓自己正確地唸出那個字。例如我唸 Satisfaction，千萬不要傻傻的背 s-a-t-i⋯⋯。而是要用發音來拆，Sa-tis-fac-tion，接下來每一個音，例如要拼 Sa，我一邊唸，我就一邊動我左手的無名指打 s，小指打 a。手指頭和嘴巴會記住位置，拼字的時候就不會拼錯，我寫字時也靠這個技巧，回想我在打這個字時，動的是哪一根手指頭。

英文鍵盤設計

目前我們慣用的電腦鍵盤，字母位置源自歷史上的文字處理機，稱為 QWERTY 系統。當年設計鍵盤時，為了避免打錯字，常用字母會隔開距離，因此五個母音 a, e, i, o, u 使用的手指都不一樣，這反而可以成為我們利用來背單字的工具。

打字時，鍵盤上有兩個小小的凸起，左手的食指放在 F 上，右手食指放在 J 上，若需要輸入大寫時，看輸入哪個字母，就用另一指的小指頭去壓住那邊的 Shift 鍵，如此就可以輸入大寫。

Q	W	E	R	T		Y	U	I	O	P
A	S	D	F	G		H	J	K	L	;
Z	X	C	V	B		N	M	,	.	/
小指	無名指	中指	左手食指	左手食指		右手食指	右手食指	中指	無名指	小指

　　首先第一步要練習不看鍵盤，閉著眼睛從 a 打到 z。接下來就可以試著拿些文章，練習不看鍵盤打字，大約一個月左右即可練成。練成後，背單字時即可先用發音確定大方向，遇到相近的發音時，一邊唸再利用手指頭打字的位置來背其他字母。

發音相近單字範例	動手指頭
grammar	r- 左食指 a- 左小指
glamour	l- 右無名指 o- 右無名指 u- 右食指
birth	i- 右手中指
earth	e- 左手中指 a- 左手小指

韓文鍵盤設計

　　曾經學過韓文的朋友，應該發現韓文的的設計規則和中文注音符號原理非常接近。而韓文鍵盤的設計也和注音鍵盤很像，左半邊是子音，而右半邊是母音。

ㅃㅂ	ㅉㅈ	ㄸㄷ	ㄲㄱ	ㅆㅅ		ㅛ	ㅕ	ㅑ	ㅒ	ㅖ
ㅁ	ㄴ	ㅇ	ㄹ	ㅎ		ㅗ	ㅓ	ㅏ	ㅣ	；
ㅋ	ㅌ	ㅊ	ㅍ	ㅠ		ㅜ	ㅡ	，	．	／
小指	無名指	中指	左手食指	左手食指		右手食指	右手食指	中指	無名指	小指

　　而它鍵盤的設計很聰明，送氣音ㅋㅌㅊㅍ放在下排，而緊音ㅃㅉㄸㄲㅆ放在上排並且需要壓 Shift 鍵來輸入，以交錯的方式出現在鍵盤上，所以同樣發音位置的ㅉㅈ和ㅊ，在鍵盤上使用不同的手指頭。而鼻音ㅁㄴㅇ也都使用不同的指頭。因此韓文用鍵盤來背拼字，能讓字記得更牢。

　　另外因為韓文有大量漢字詞彙的關係，可以再利用我們熟悉的華語或臺語，來加速吸收韓文單字。詳細技巧在第三章的「漢字國的子民」一節進行介紹。

　　舉例來說，在初級韓文就會學到的선생님（老師）這個字，三個字的尾音都不同，初學者背的時候常常會搞不清楚到底該拼哪一個尾音，如果依照本書介紹的技巧，那就有兩種背的方法。

單字	拼字技巧	說明
선생님	鍵盤記憶	ㄴ（左手無名指）、ㅇ（左手中指）、ㅁ（左手小指）
선생님	漢字拆解	선생님〔先生〕、선〔先〕（n韻，拼ㄴ）、생〔生〕（ng韻，拼ㅇ）、님（尊敬詞尾）

｜進階 ♠｜ 泰文鍵盤設計

　　練習泰文輸入的難度之高，就和拼泰文單字一樣難。除了有爆炸多的字母極度難背之外，鍵盤排列是依照歷史上打字機使用的 Kedmanee 鍵盤再加上一些符號而制定完成，本身排列並無特定規則，只有常用字母可以避免少按 Shirt 鍵。泰文字書寫因為不同的子音母音書寫先後順序並非完全一樣，都讓泰文書寫的難度上升不少。鍵盤如下表，母音和聲調以底色標明，可以發現大多集中在食指。

ๅ	/	-	ภ	ถ	ุ	ึ	ค	ต	จ	ข	ช	ฃ
ๆ	ไ	ำ	พ	ะ	ี	ื	ร	น	ย	บ	ล	
ฟ	ห	ก	ด	เ	้	่	า	ส	ว	ง		
ผ	ป	แ	อุ	ิ	ื	ท	ม	ใ	ฝ			
小指	無名指	中指	左手食指	左手食指	右手食指	右手食指	中指	無名指	小指	小指		

（按下 Shirt 後）

+	๑	๒	๓	๔	ู	฿	๕	๖	๗	๘	๙	๐
๐	"	ฎ	ฑ	ธ	๊	ํ	ณ	ๆ	ญ	ฐ	,	
ฤ	ฆ	ฏ	โ	ฌ	็	๋	ษ	ศ	ซ	.		
(	)	ฉ	ฮ	ฺ	์	?	ฒ	ฬ	ฦ			
小指	無名指	中指	左手食指	左手食指	右手食指	右手食指	中指	無名指	小指	小指		

106

　　我練泰文輸入時，自己用試算表製作了一張鍵盤對照表，方便我忘記怎麼輸入時，可以馬上查它在鍵盤的哪裡。習慣了以後，打字的速度就會起來，要利用一些練習打字的網站來做訓練。其中表格裡「音」的箭頭╱表示高子音，→表示中子音，沒標註的表示低子音。

　　字母一欄以底色標註的音，是在「Phonemic Thai」中用來當音標的音。表格中鍵盤一欄指的是對應英文鍵盤位置，^ 表示 Shift。發音一欄，意思是這個字母在拼字時和該字母同音，而尾音一欄指的是當尾音時會發出的音。因此可以發現有非常大量同音的現象，同音時該拼哪個字母，也同樣可以使用鍵盤的位置來克服。

　　可以看出泰文拼字的難度相較於其他語言，要難上許多。本書以小語種泰語為範例，說明即使不是熱門語言，也能夠利用背鍵盤來加強拼字的技巧。讀者若想學任何本書沒有提到的語言，都可以如法炮製。

法德西語輸入輔助拼字

　　輸入法德西語是許多人的惡夢，因為鍵盤配置和英文鍵盤有些微的不同，再加上許多英文裡面沒有的字母，到底座落於鍵盤的哪個位置呢？不但難背，還會遇到因為作業系統的轉換或升級，或者換電腦重新安裝輸入法，而找不到原來習慣的鍵盤配置。我過往在 Win7 裡習慣的法文輸入鍵盤，升級到 Win11 後直接無法使用，有什麼方法可以解決這些惱人的輸入問題？

字母	音	鍵盤	發音	尾音
ก	k→	d	ก	ก
ข	kh↗	-	ข	ก
(ฃ)	kh↗	\	ข	
ค	kh	8	ค	ก
(ฅ)	kh	^\	ค	
ฆ	kh	^s	ค	ก
ง	ng	'	ง	ง
จ	j→	0	จ	ด
ฉ	ch↗	^c	ฉ	
ช	ch	=	ช	ด
ซ	s	^;	ซ	ด
ฌ	ch	^g	ช	
ญ	y	^p	ย	น
ฎ	d→	^e	ด	ด
ฏ	t→	^d	ต	ด
ฐ	th↗	^[	ถ	ด
ฑ	th	^r	ท	ด
ฒ	th	^,	ท	ด
ณ	n	^i	น	น
ด	d→	f	ด	ด
ต	t→	9	ต	ด
ถ	th↗	5	ถ	ด

ท	th	m	ท	ด
ธ	th	^t	ท	ด
น	n	o	น	น
บ	b*→	[	บ	บ
ป	p→	x	ป	บ
ผ	ph↗	z	ผ	
ฝ	f↗	/	ฝ	
พ	ph	r	พ	บ
ฟ	f	a	ฟ	บ
ภ	ph	4	พ	บ
ม	m	,	ม	ม
ย	y	p	ย	ย
ร	r*	i	ร	น
ล	l	]	ล	น
ว	w	;	ว	ว
ศ	s↗	^l	ส	ด
ษ	s↗	^k	ส	ด
ส	s↗	l	ส	ด
ห	h↗	s	ห	
ฬ	l	^.	ล	น
อ	o→	v	อ	
ฮ	h	^v	ฮ	

　　網站 **www.lexilogos.com**[5] 提供的多國語言鍵盤，直接解決了這個問題。它直接沿用英文鍵盤，並且特殊字元的打字，只要將特定字母後方再加上 = 符號來選字即可。直接在這個網站上選擇要輸入的語言，在它的輸入框中利用它的選字功能來輸入一整段文字，完成後再貼回自己原先想要輸入的檔案中。雖然多了一個複製貼上的步驟，但網頁不受作業系統限制，不必額外安裝輸入法，而且不需要再額外背鍵盤，相較之下非常省力。

法文輸入範例：

螢幕顯示	輸入
ç	c=
é	e=
è	e==
ê	e===
ë	e====
œ	o+e

德文輸入範例：

螢幕顯示	輸入
ä	a=
ö	o=
ü	u=
ß	s=

5.https://www.lexilogos.com/keyboard/index.htm

西文輸入範例：

螢幕顯示	輸入
á	a=
é	e=
í	i=
ó	o=
ú	u=
ü	u==
ñ	n=
¿	?=
¡	!=

　　背單字時，同樣可以利用發音，輔助用右手的小指，如果是特殊字元，會有印象在輸入時，右手有輸入 = 符號的動作，來加強印象。

日文輸入輔助拼字

　　日文同樣使用英文鍵盤即可，也就是說只要英打有練起來，日文的輸入也一併受惠。

Q	W	E	R	T		Y	U	I	O	P
A	S	D	F	G		H	J	K	L	;
Z	X	C	V	B		N	M	,	.	/
小指	無名指	中指	左手食指	左手食指		右手食指	右手食指	中指	無名指	小指

　　日文以羅馬拼音來輸入，便無需另外再背鍵盤。華語圈的日語學習者，在初級階段最困擾的應該會是分辨清音濁音，例如背單字あなた時，無法分辨是拼あなた還是あなだ。因為日語的た在句首發音送氣，而在句中發音不送氣，聽起來會很像だ，但聲帶不振動。

　　我們同樣利用鍵盤的位置來分辨這些相似音，清濁音的部分在上圖加上底色，因為同發音位置的清濁音在打字時使用的是不同的指頭，若能夠在發音上多加揣摩，再搭配用手指位置去背，可以讓記憶更深刻。

類型	例字	羅馬拼音	記憶技巧
清音、濁音	いただきます	i ta da ki ma su	t 食指、d 中指
半濁音、促音	いっぱい	i ppa i	重覆下一個字母可輸入促音
拗音、鼻音、半濁音	キャンプ	kya nn pu	拗音用子音加上 y，鼻音用 nn 輸入
小字	あぁ	a xa （la）	小字輸入 x 或 l 開頭

越南語輸入輔助拼字

越南語輸入法同樣採用英文鍵盤，稱為 Telex 輸入法。但因越南語有聲調，因此搭配原先在字尾沒有用到的字母，即可擴充到所有越南文的字母加上聲調。

Q	W	E	R	T		Y	U	I	O	P
A	S	D	F	G		H	J	K	L	;
Z	X	C	V	B		N	M	,	.	/
小指	無名指	中指	左手食指	左手食指		右手食指	右手食指	中指	無名指	小指

底色的部分為聲調或特殊字母，越南語的發音同樣有難度，尤其是南北越語的聲調辨別更是困難，其困難點在第六章中進行介紹。利用鍵盤來背越南語聲調也同樣是非常實用的技巧。

特殊字符	輸入方式	範例	結果	釋意
ă	aw	awn	ăn	吃
â	aa	vaang	vâng	是的
đ	dd	ddaau	đâu	哪裡
ê	ee	teen	tên	名字
ô	oo	coo	cô	女老師
ơ	ow	own	ơn	恩
ư	uw	tuw	tư	四

例如我在拼字時，不確定到底是拼 a, â, ǎ 哪一個，大部分的人靠的是用張口程度來分辨是哪一個。但若要再加深印象，這三個字的輸入分別為 a, aa, aw。所以我們同樣可以利用鍵盤，例如要背 ǎn（吃），輸入 awn，只要讓手指頭記憶打這個字時有動到無名指輸入 w，就不會拼錯。

詞尾標註	聲調名稱	聲調越文名	輸入方式
f	玄聲	huyền	huyeenf
s	銳聲	sắc	sawcs
r	問聲	hỏi	hoir
x	跌聲	ngã	ngax
j	重聲	nặng	nawngj
z	刪除聲調符號		

聲調的部分同理，聽起來都偏低音的玄聲、問聲、重聲非常容易搞混，背的時候搭配手指頭，玄聲 f（左手食指）、問聲 r（左手食指上移）、重聲 j（右手食指），即可加強印象。

中文輸入概論

疫情以來許多課程改以線上課程方式來進行，有許多老師用手寫筆補充資料，有些老師用滑鼠慢慢一筆筆寫，沒有練習打字的老師一個一個字慢慢選。我在教課時從來不因為打字所苦，因為我打字遠比寫字快，學生甚至不必抄筆記，我可以打好以後直接寄給學生，學生專心把時間花在口說練習即可。

而我去外面課室學外語時，也是帶著一台筆電或 iPad，在同學還在

拼命地抬頭低頭抄寫黑板上的字時，我已經把例句都打下來，有時候甚至連老師口中部分的範例我也都順便練習聽寫把它打下來，有多的時間我還能順便查字典。

前幾節我們討論利用外語鍵盤來加強拼字印象的技巧，這節要來討論中文輸入。大部分的臺灣人，使用注音輸入法為主。注音輸入法不是不好，而是在練打字速度時，會因為選字而遇到瓶頸，也難以練成盲打——不看鍵盤和螢幕打字。就算把選字的編號 12345 都背起來好了，卻又往往因為使用電腦的作業系統不同，或者從 Windows 改用 Mac，讓好不容易背起來的選字編號，又再度作廢。

我必須承認，到目前為止我的注音輸入法還是非常慢。因為從我高中練成倉頡以後，就再也沒有任何使用注音輸入法的理由。甚至手機的輸入，我都是採用漢語拼音輸入，而不是使用注音。

能夠盲打的輸入法，如倉頡、嘸蝦米、行列輸入法，都是依照漢字的造字原則來對字進行編碼。因此這類的輸入法選字率極低，並且練成後，因為打字時會需要不斷回想字的寫法，因此也更不容易忘記正確的漢字。練成後也完全依反射動作，照漢字的書寫筆劃即可打出，無論是粵語漢字、臺語漢字，甚至是簡體字，都能夠輸入。以漢字為基礎的輸入法只要勤練一陣子，就可以受用一輩子，我認為是非常值得的投資。

對於想要練習中文盲打的朋友，可以自行選擇有興趣的輸入法，另外買書來練習，那些輸入法的優劣比較規則不在本書的討論範圍內。但我想討論為何我反而有時使用漢語拼音，而不是注音的原因。

很多人會說，外國人來臺灣，就應該要學習注音，不應該學習中國的漢語拼音。但實際依我自己幾年下來指導外國人中文的經驗，注音不但難背難寫容易忘（它的設計理念和韓文是相同的，相當於外國人要學兩套書寫系統），而且世界不通用，即使學了注音，可能還是要學漢語拼音。甚至有人主張說外國人學注音以後，發音會更好。這些在實際教學過後都會發現，教漢語拼音因為好上手，學生反而能把大部分的精力放在辨認漢字以及改善口音。

注音的優點，我認為只有能夠閱讀臺灣出版的童書，還有國語日報。除此之外漢語拼音可以完全取代注音。漢語拼音具備下列優點：

1. 與英文使用相同鍵盤，不必另外再背鍵盤。

2. 相較於注音將子音都集中在左邊，漢語拼音的子音是到處分散的。在 Mac 及 Android 系統的漢語拼音甚至可以利用機器學習功能，讓慣用語只打第一個字母就好。

3. Mac 或 iPhone， iPad 等行動設備都能夠支援「替代文字」功能加速打字。

4. 中文打字時，若要插入英文字，不必切換為英文模式。若有輸入簡體中文的需求，也可以直接用漢語拼音來輸入。

5. 全世界學中文的人都通用，且在華語文教學或者語言交換時都可以使用，如果想要跟來臺灣學華語的外國人進行語言交換，漢語拼音幾乎可以說是必學。即使是慣用注音的使用者想要學漢語拼音，也只要上網搜尋注音 - 漢語拼音對照表將它印出，手機新增漢語拼音輸入法，試著

全用漢語拼音輸入，把不確定的音標起來背，大約一個禮拜就可以習慣。

　　例如我使用 Mac 打筆記時，有時候我會使用漢語拼音輸入，讓我的手稍微休息一下，因為我要輸入每一個詞的漢語拼音第一個字母，電腦經過訓練後讓常用的詞出現在上方。搭配「替代文字」將常用詞建檔，詳細技巧在【科技實作四】中分享。

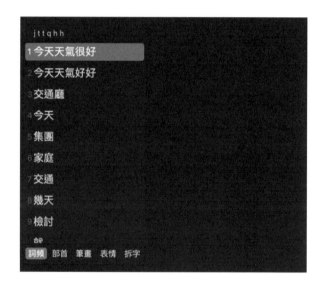

科技實作 3　聽力素材篇：語言音檔轉檔剪輯一把罩

上一章的【科技實作一二】，我們談到創造聽力的環境，多製造練習聽的機會，可以利用串流平台得到大量練習聽力的素材。而本章中多次強調，練習聽力與口說，要儘量搭配教材的音檔，這次科技實作，來介紹教材的音檔如何建檔、轉檔以及簡單剪輯，未來在【科技實作七】會介紹雲端硬碟，想要聽音檔練習聽力與發音，不再需要傳輸線。

目前很多教材的音檔已經改採用雲端下載，或是光碟中已經是轉檔好的MP3 檔案。但較老舊的教材仍有許多是採用 CD 格式，便會需要自行將 CD 轉檔為 MP3。Windows 可以利用 Windows Media Player，Mac 則是使用 iTunes，都能夠進行 CD 轉檔。

在 Windows Media Player 中，在〔工具〕>〔選項〕>〔擷取音樂〕，格式選擇 MP3，即可在目的資料夾中匯出 MP3 檔。語言教材轉檔前，可以幫專輯名稱取名為書名，而歌手名稱取名為出版社名。

117

利用剪輯軟體進行基礎剪輯

當我們手上有許多音檔以後，有時候針對音檔內容可能會需要做一些調整。我最常用的剪輯軟體是 Goldwave。它可以針對音訊內容進行各種編輯，例如裁剪、去除雜音、縮短或增加空白時間間隔等等。但因為它是付費軟體，如果要省錢，也可以改使用 Audacity 這類的免費剪輯軟體。

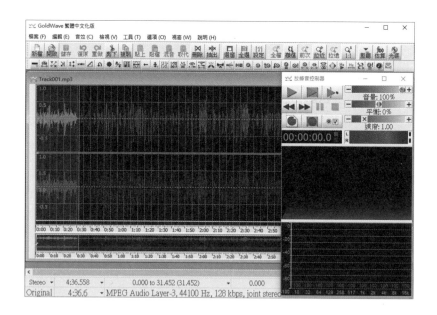

如圖便為某套教材的第一個音軌，開頭有半分鐘的音樂。只要選取這段內容，按下 Del 鍵即可刪除，節省未來練習聽力的時間。

在「聽力」一節介紹過「聽力負面教材」，就是一句外文一句中文方式錄製的音檔。曾經某出版社一套很棒的教材，聽力的音檔卻用這種方式錄製，我當時一邊咒罵著這家出版社，一邊把裡面的中文全部剪掉。

聽起來很蠢，但剪完後乾淨的音檔，就變成了很棒的聽力素材。

由於這套軟體功能強大，無法一一列舉所有功能，在語言學習上我曾經用過降噪功能。有部分年代久遠的教材，因為當年錄音設備不良而導致音檔裡有很多雜音甚至刺耳的機械聲，人聲很不清楚。

使用 Goldwave 裡面的〔音效〕>〔濾波器（Filter）〕>〔噪訊消減（Noise Reduction）〕，稍微嘗試調整裡面的參數。按下右下角綠色的預覽播放鍵，聽完覺得合適就可以匯出存檔。

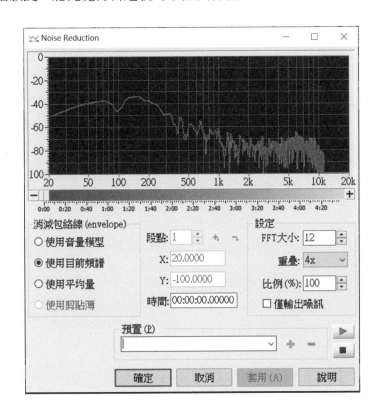

其他我會用到的功能包括〔音效〕>〔時間扭曲（Time Wrap）〕，可以調整播放速度，對於某些朗讀得太慢的音檔，可以用這個功能調整。

另一個是〔音效〕>〔濾波器（Filter）〕>〔靜音消減（Silence Reduction）〕，對於——某一些——朗讀——間隔——很長的——音檔，可以直接去除掉那些過長的空白間隔。

多媒體轉檔軟體

格式工廠（Format Factory）這套軟體可以將影片檔轉為 MP3，也支援各種多媒體格式相互轉檔。其中我會用到的功能是「音訊合併」。

　　例如想要製作一個「串燒不間斷」的播放檔，或是某些教材是「一個句子一個檔案」，就可以使用這個功能將檔案合併成一個音檔。如果你會使用影音剪輯軟體，那麼你可以簡單做一個影片檔，音軌直接用這個串接好的音檔，上傳 YouTube 設定私人影片，那就變成屬於你的聽力練習資料庫。

人工智慧語音生成朗讀單字

　　「人工智慧語音生成朗讀單字」是我本身愛用的方法，首先打開試算表，將想要背的單字打上後，複製到隔壁行。想要朗讀幾次，就複製幾行。例如下圖是我想要背的越南語單字表，我想要讓它朗讀三次。

A	B	C
1	2	3
cơm nước	cơm nước	cơm nước
tắm gội	tắm gội	tắm gội
miến	miến	miến
người hàng xóm	người hàng xóm	người hàng xóm
đài truyền hình	đài truyền hình	đài truyền hình
giữ gìn	giữ gìn	giữ gìn
kiến	kiến	kiến
dân gian	dân gian	dân gian
thi đỗ	thi đỗ	thi đỗ
thời sự	thời sự	thời sự
đặc trưng	đặc trưng	đặc trưng

接下來貼到 Word 中，要利用 Word 的取代功能，把字跟字中間的 tab 取代成朗讀的間隔。貼上 Word 時請務必選擇〔只保留文字〕，便會形成如下圖的版面。

cơm nước   cơm nước   cơm nước
tắm gội   tắm gội   tắm gội
miến   miến   miến
người hàng xóm   người hàng xóm   người hàng xóm
đài truyền hình   đài truyền hình   đài truyền hình
giữ gìn   giữ gìn   giữ gìn
kiến kiến kiến
dân gian   dân gian   dân gian
thi đỗ   thi đỗ   thi đỗ
thời sự   thời sự   thời sự
đặc trưngđặc trưngđặc trưng

接下來要讓朗讀時在字和字中間稍微有停頓，要使用 word 的取代功能，其中語法可以使用 ^t 表示 tab 符號，而 ^p 表示換行符號。我將 tab 鍵與換行都取代成————，即可讓朗讀時稍微停頓。

　　然後打開 Google 翻譯網頁，同時打開內鍵的錄音程式，按下翻譯左下角的朗讀鍵，它就會逐一朗讀給你聽，記得先按下錄音程式的錄音鍵。完成後的音檔格式為 m4a 檔，可以再使用本實作中的 Format Factory 來轉檔為 MP3。如果需要在短時間裡大量背單字時，這個方法可以依個人需求，搭配【科技實作五】製作的單字表，生成你專屬的單字朗讀音檔。

　　目前常見的人工智慧語音生成網站，除了最基本的 Google 翻譯，其他如微軟的 Azure 文字轉換語音，或者網站 Media.io，都可以用來幫一段外文生成朗讀檔案，而且隨著科技的進步，產生的朗讀品質已經不輸給真人，若和【科技實作九】的人工智慧聊天機器人結合，未來勢必能成為更強力的語言學習夥伴。

實作練習內容：

1. 嘗試用本節介紹的方法，實際做出一個人工智慧語音生成單字音檔，朗讀你單字表的檔案，最後出來的格式必須是 MP3 格式。

2. 如果你手上還有教材或者歌手的 CD，嘗試將它轉檔成 MP3。如果是語言教材的話，可以幫專輯名稱取名為書名，而歌手名稱取名為出版社名即可。

3. 將你手上教材的音檔，依照語言、書名來建檔管理。如果有必要，可以使用 Goldwave 或者你慣用的音訊剪輯軟體，嘗試練習將不需要的部分剪掉。未來在【科技實作七】將使用雲端硬碟打造你的雲端學習資料庫。

科技實作 4　手機上的各國語言輸入法

　　本章介紹了電腦上的各國語言輸入法，來增加拼字的印象。然而在這個人手一機的時代，比起用電腦輸入，可能有更多使用手機輸入的機會。無論是用手機查找資料，回覆網友留言，或者是利用手機的字典查單字，手機輸入已成爲語言學習過程中不可或缺的一環。

　　然而手機與電腦最大的不同，在於手機的螢幕小，因此減少輸入次數並且能聰明選字的輸入法才是首選。因此雖然我在電腦輸入中文時使用倉頡，我在手機輸入時反而幾乎不用倉頡。

　　網路時代，想要找外國人聊天，只要使用手機，機會唾手可得。【科技實作九】會介紹上網找語伴的 APP，找到語伴後，也就有了練習口說與打字的機會，因此這邊來比較看看手機的各國語言輸入法。

　　中文輸入法我會使用漢語拼音輸入法，如圖中我只輸入第一個字母，就會依照我的常用字選擇可能的字。如圖中我輸入 sd 兩碼時，原本的推薦用字是「時代」，我在 d 的後面多打 u，選字就

自動變成「速度」。

拼音輸入法還可以搭配替代文字功能，只要輸入自訂的代碼，剩下的內容就全部幫你填好。蘋果裝置設定的路徑為〔設定〕>〔一般〕>〔鍵盤〕>〔替代文字〕，我會將自己常打的句子編好代碼，通常就是前三個字的拼音碼。

另外拼字輸入替代文字還有一個訣竅，因為在漢語拼音中，幾乎不會輸入到 v 這個鍵，因此可以善用 v 來進行替代文字的編碼。例如我的地址，我會編碼 xbv，就會自動填出我的地址「新北市○○區○○路……」，讓我在使用手機輸入時，節省很多時間。

如果有架設個人網站，或者自己的 E-mail，因為不定期會需要分享給新朋友，我也會幫它們編代碼。例如我的個人網站「https://polyzz.com」，我設定的代碼是 hpz。

替代文字在英文輸入也可以使用，因此也可以幫常用的英文字加進替代文字列表。例如你可以設定「See you later」的代碼為「syl」。

日文輸入法，我喜歡用的是 Simeji，日文輸入時，長壓鍵後可以往上下右滑動來選字。這套輸入法同樣有學習功能，會記憶常用的字。

韓文輸入法我慣用的是 Naver Smartkeyboard，有兩種選擇，一種是

和電腦鍵盤一樣的配置，另一種則是如他們傳統手機的配置。電腦鍵盤
配置不必另外練習，但缺點是鍵盤較小，容易誤觸其他鍵。而傳統手機
配置需要花時間練習，如果你有韓國朋友，可以看看他們表演如何神速
利用這個鍵盤快速地輸入。

　　越南文輸入法我喜歡用 LebanKey，除了可以用介紹過的 Telex 輸入

法來輸入越南文之外，在音調選擇、校正錯字還有提示關聯字方面都很好用。我自己也常會使用這個輸入法的提示字功能來復習單字。

泰文輸入使用內建的即可，但由於泰文鍵盤字非常小，用語音輸入有時可能會快很多。

最後是英文與歐語的鍵盤，我使用 SwiftKey，它可以選擇兩個語言，不需要一個個字母慢慢拼字，只要用指尖軌跡滑過想要打的字的字母就會出現字可以選，也有學習功能。如果書中介紹的鍵盤還沒有辦法滿足，那麼安裝 Google 的 Gboard 輸入法，可以再額外擴充多個語言。

實作練習內容：

1. 使用目前學習的外語，在電腦上練習盲打，不看鍵盤打出你目前正在學習的一段內容，可以是對話或者是短文。

2. 使用目前學習的語言，在手機上寫一小段日記或文章，Po 在自己的 IG 或 FB，跟自己的朋友說正在學這個語言。 最後一行加上 #polyzz 截圖再到本書開頭提供的 QR Code 傳給我。

3. 將自己最近背的單字裡，背好幾次都背不太熟的幾十個字找出來，打成一張單字表。

正在為您的大腦安裝外掛中，請稍候

1. 學科的「聽讀」，因為是輸入的關係，可以靠自學或者線上課程就能達到一定的程度。而術科的「說寫」，是輸出的關係，很難完全只靠自學就練成。

2. 最適合用來練習聽力和閱讀的材料，就是稍微比你的程度高出一點點就好，可以理解為「八成」，建議音檔的選擇不要含有大量的中文。

3. 練習聽力可以採用影子跟讀法、回音法、聽寫練習。

4. 累積大量的聽力練習，練習聽力時「對嘴」，練習口說時「跟讀」，把聽到的外語當成一首歌，注意咬字、音高跟節奏，練習初期勢必要像練肌肉一般，忍受好一陣子的不習慣。

5. 建議在初級階段，練習教材的聽力與口說時，儘可能讓自己去模仿影片或音檔，去觀察他們的發音、語調習慣，努力做到「八成」像。

6. 在練習發音時，可以依照目標語言的特性，善用本章介紹的連音發音標記、音調變調與音高標記、變音標記、斷句語調標記，幫助自己模仿得越來越像。

7. 口說的加強，推薦初級階段多採取聽說教學法或情境教學法，而中級以上採取直接教學法或任務型教學法。

8. 語言學習時將錯誤的內容變成了習慣，稱為石化或僵化，如果想要靠「自言自語」來練習口說，會建議至少到 B2 中高級程度，以避免產生僵化問題。

9. 口說練習需要語伴，可透過下列方式尋找：語言交換、口說讀書會、語言交換派對、多語咖啡、家教老師、外語補習班。

10. 閱讀分為兩個練習的方向：略讀和精讀。略讀是找到自己喜歡的題材，不需要一直查字典，每一小段問一下自己這段的重點是什麼，享受閱讀的樂趣。若想要學習作者的用字與寫作技巧，或是想要扎實藉由閱讀來擴增單字量，那就得採取精讀的方式。

11. 練習拼字文字的拼字大原則，先利用發音記字的大略拼法，透過累積同字首字根的單字來歸納規則，最後將腦力花在分辨同發音的拼字。

12. 背有屈折變化的名詞時，名詞背原型之外，如果分陰陽性，那就要連冠詞一起背。如果名詞複數為不規則變化，或是複數會產生發音上的改變，那背原型時還要順便背複數。

13. 準備中高級以上檢定的寫作部分，寫作速度、拼字、用字以及整體文章架構都很重要，若能有老師的修改，進步的幅度會更大，也更能確保修改後的文章品質。

14. 電腦練習不看鍵盤打字雖然需要花一定的時間練習，但因為手指放在固定位置上，可以幫助拼字，各種語言都受用。

單字篇
單字進化論

學生時代學習英文時，每天都聽著英文老師叫我們要背單字、背單字、背單字。升高中要背必考 2000 字，升大學要背必考 7000 字，好像學語言就是永無止境的背單字。也正因為這個錯誤的觀念，使得許多不知道如何背單字的人，失去對語言學習的熱情。

在上一章中已經談到了關於背單字的技巧，在於利用發音，以及鍵盤位置來補助記憶。這章會更深地討論「背單字」在語言學習扮演的角色，讓你清楚明白，並不是所有的單字都要硬塞進腦袋。背單字確實在語言學習過程中是很重要，然而是在中高級 B2 程度開始，才會需要大量吸收單字。

在那之前，透過篩選應該背的單字，先透過加強句型文法的熟練度，快速熟練中級 B1 程度需要的各種語法與句型，再開始廣泛接觸單字會更好。

我們要利用成人的優勢，利用已經熟悉的漢字，搭配統整規歸納能力，讓我們花一半的力氣就可以大量吸收新單字。

3.1 外語三八法則：依程度選擇該背的單字

我們常聽到的 80/20 法則，又稱為柏拉圖法則（Pareto principle），或關鍵少數法則。這個法則的大意是，大多的事物，大約把握 20% 重點，即可取得 80% 的成果。也就是說「關鍵的少數」才是需要努力的目標。

舉例來說，一間公司的營業額的八成，只來自其中 20% 的客戶；準備考試的時候，熟讀 20% 的考試範圍那些最常考的部分，就可以拿到八成的分數；學習語言時，背 20% 最常用的單字，就可以應付八成的溝通需求。因此這一小節介紹的是，如何篩選那 20% 最常用的單字，達到八成的效果，來有效節省腦部的記憶體用量。

因為我們的目標和大方向就是利用那 20% 的常用單字，達到「八成」的學習效果，因此本書設計了一套練習技巧稱為外語三八法則：「看過三次，三個例子，八成理解，繼續前進。」接下來的單字和語法學習，全都會依照這個法則來學習。

還記得在第一章談到大腦的運作方式，有提到我們認知的世界以名詞為中心，發展出千變萬化的各種句子。然而你可曾想過，這個世界上的名詞，以多麼可怕的速度在增加著。

你現在手上拿著這本書，你有沒有辦法依現在你眼睛看到，跟這本書有關的一切，舉出「一百個名詞」呢？我開始列舉給你看：書、封面、

標題、大綱、目錄、字、字型、插圖、頁數、出版社、作者、簡介、售價、折頁、小標題、序、黑色、印刷、排版、紙、光澤……。只要你有心，光是拿著這本書就能舉出一百個相關的名詞。

更可怕的是其實很多詞根本指的是同一件事，例如：字型跟字體、售價跟價格，這些詞在互換時，溝通上還不至於造成混亂。但是有很多名詞，可能依照使用地區的不同，互換就有了不同的色彩，例如：影片和視頻，番茄和西紅柿，資料與數據，明明就是同一個東西，換了另一種說法聽起來感覺就不一樣。

人類不斷不斷地創造新名詞，同時舊名詞也隨著時代演進而一個個消失。我認為每個語言都面臨了「外來語」的挑戰，隨著不同譯者的喜好，有的譯者能兼顧詞的本義，有的詞卻在翻譯中偏離了本義。例如新聞見到的「stampede」事件，指的是人群因為恐慌造成推擠壓死的狀況，中文卻翻譯成「踩踏事件」，讓很多人以為這類事件的人是被「踩死的」，實際上明明是推擠致死。若看日韓媒體，翻譯成「群眾雪崩」或「壓死事故」可能都比中文的「踩踏」更精準，可知描述這類事件就有不只一種的名詞可以代表它。總而言之，國際化的過程同樣使得新名詞不斷地增加。

因此學習篩選單字前要先建立一個觀念：名詞永遠都不可能背完，我們要先培養篩選名詞的敏銳度。再者，跟人溝通時，如果真的溝通時需要提到某個名詞時，可能改講英文，或是拿出手機，用圖片搜尋給對方看，也不會造成溝通上太大的困擾。

而用來搭配的動詞和形容詞，會有最基本的用字，和它衍生出來的近義詞，初級先把基本定義搞定，再來慢慢擴充近義詞和正式用語即可。

初級學習者的選字原則

很多初學者拿到課本後，很容易誤以為課本提供的每個單字都要全部背起來，才能進入下一課，然後不斷地背了又忘背了又忘，以為自己記憶力太差，感到挫折卻又停滯不前。

現在我想告訴你的是，背不起來那麼多字，有時候不一定是你的問題，而是教材設計的關係。你只要背熟重點單字，其他只要能唸對，稍微有點模糊的印象，就可以持續向下一課前進。

舉例來說，很多初級教材的第一課設計是國籍或工作，第二課主題是「這是什麼？」例如歐語教材便會在這課帶入冠詞的概念。你來思考一下，下面的範例，哪一些要背，哪一些可以先跳過？

Zack 偽德語初級教科書第○課單字

das Waschbecken, -	洗臉台
der Tisch, -e	桌子
die Taschenlampe, -n	手電筒
der Taschenrechner, -	計算機
das Foto, -s	照片
der Schuh, -e	鞋子

拿到這課單字以後，先思考，哪些字你這半年來有用過，或是平常跟老師或朋友講話可能會用到的，而哪些字幾乎不會用到的呢？仔細思考一下，便可以發現洗臉台、手電筒、計算機這三個字可以稍微會唸會

認就好，忘了就算了，除非你要在當地生活。

教材之所以會補充這麼多名詞，是因為這套教材原先設計的目的是給在當地語言學校學習的學生使用，但如果不在當地生活的話，在課堂或在跟朋友一起出去旅行時，幾乎沒有使用到這幾個名詞的需求，那即使你在初級階段背起來了，也會因為半年以上用不到而忘記。因此記得，除非要去當地生活，否則這些名詞在初級都不急著背（但高級階段就另當別論）。

在國內出版的初級教材還會遇到一種狀況，初級教材補充用字，例如教到顏色，就會冒出各種顏色的說法，有的甚至補充一頁滿滿的顏色名稱。初級階段其實只要背：黑白灰紅黃藍綠，這些就夠應付大部分的情況，其他等中高級再背就好。

假設你現在已經有概念了，那麼試看看，假設這裡有套越南語教材，其中一課是在教「我喜歡吃○○○」，它補充了下面這些單字，哪一些必須背，哪一些可以不用背？

Zack 偽越南語初級教科書第○課單字

phở bò	牛肉河粉
bánh xèo	越式煎餅
bánh mì kẹp thịt	法國麵包夾肉
cà phê nóng	熱咖啡
bánh chưng	方形粽
cơm âm phủ	宮廷陰府飯（順化料理）
hột vịt lộn	鴨仔蛋

如果你確定了，可以來跟我的想法比對一下。我會背牛肉河粉、法國麵包夾肉、熱咖啡，這些是我們在附近的越南小吃店菜單上可能會吃到的食物（臺灣部分越南小吃店有賣 bánh xèo 越式煎餅，若想背也可以背），其他的在初級都不必背。

部分初級教材在前幾課教數字時順便教點菜，看看結帳多少錢。因此判斷要不要背的基準就是「我愛吃什麼，有沒有聽過，如果跟朋友去吃餐廳，會不會想點」。學日文你當然要背壽司、拉麵、蕎麥麵；學韓文要背拌飯、炒年糕、雪濃湯，但真的不需要把菜單整張背下來。

同理，動物名、食物名、器官名、文具名、家具名、水果名，太多初級教材都圍繞在這些字上，如果沒有要去當地生活，挑幾個代表性的來背就好了。

再來談到初級階段選擇是否要背單字表裡的動詞和形容詞（以及形容詞轉成的副詞）時，判斷的基準也和名詞很像。除了生活常用之外，還可以思考的是如果我不講這個字，我有認識其他的字可以取代它的意思嗎？沒有辦法取代，那就得背。

讀者可能還會有個疑問，那初級教材出現的其他詞性，像頻率副詞、連接詞、疑問詞、感嘆詞、虛詞，這些要不要背？答案是，幾乎要全背。尤其是文法句型範例中出現多次的字，因為初級教材會出現的這類詞，通常都會是常用字，而且很多會在各種句型出現，字數也不太多，最好都背起來。

坊間很多「圖解字典」，也有不少粉絲專頁定期分享「這些○○（名詞）用○語怎麼說」，現在你可以瞭解，初級階段這些字，幾乎都不必背，

因為名詞永遠背不完，依照外語三八法則，請背看過三次以上的常用名詞即可。

少背這些字省下來的時間，拿去好好練習動詞變化、發音和語法代換練習，便可以在更短的時間內達到中級的程度。

中級以上學習者的選字原則

進入到中級階段以後，應該已經熟練所有的文法概念，也要開始練習比較複雜的句型。用英文來比喻，算是進入高中英文階段，這個階段確實開始進入了「單字海」的世界，相較於初級階段，中級過後開始出現大量的書面或正式用語。同時因為要開始廣泛接觸不同類型的文章，在初級階段原本不急著背的字，可能到中級過後就有需要記的必要。

以前面在初級階段決定先不背的字，現在再來看一次，評估看看中級過後要不要背這些字。

Zack 偽德語初級教科書第○課末背單字

das Waschbecken, -　　　洗臉台
die Taschenlampe, -n　　手電筒
der Taschenrechner, -　　計算機

Zack 偽越南語初級教科書第○課末背單字

bánh xèo　　　越式煎餅
bánh chưng　　方形粽
cơm âm phủ　　宮廷陰府飯（順化料理）
hột vịt lộn　　　鴨仔蛋

137

我正面表列幾個可以背的判斷基準：

1. 拆解字後包含一兩個背過的成分：例如原先沒有背的德文單字 Waschbecken（洗臉台），中級程度時應該已學過動詞 Waschen（洗），可能學過 das Becken（盆子），那這個單字便可以考慮背。原本沒背的越南語單字 bánh chưng（方形粽），中級程度時應該學過 bánh（糕餅），可能學過 chưng（蒸），那可以考慮背。

2. 含有學過的漢字成分：例如初級階段沒有背的 cơm âm phủ（廷陰府飯）中級時已學過漢字 âm[陰，音] 以及 phủ[府，否]，那麼這個字便可以考慮背起來。日文韓文同理，參閱本章「漢字國的子民」一節。

3. 含有學過的字首字根成分：例如英文已經學過了中級單字 predict（預測）、addict（上癮），都含有字根 dict（說），那麼讀文章讀到 verdict（判決）和 contradict（矛盾），行有餘力時就可以背。同理，如果日文初級學過「込む（混雜、擁擠）」那麼中級會有大量込む結尾的複合動詞，例如：追い込む、落ち込む、思い込む這類的字辨也就變得很重要了，也要視情況背一些。

4. 常見文化相關用字：例如原先沒有背的越南語單字 Hột vịt lộn（鴨仔蛋），是越南很特別的料理，在與當地人交流，或者中級以上程度的文章有可能出現，那麼就有背的價值。例如日文的「建前（場面話）」，韓文的찜질방（汗蒸幕），這些都是當地人非常熟悉的文化，中級開始就要背。

5. 文章或對話中印象已出現三次以上的字：中級開始便要培養大量

聽讀原文的習慣，依照外語三八法則，應選擇大致上可以懂八成的素材來練習。在練習的過程中，在印象中已經出現三次以上的字建議可以背起來。

6. 印象已出現三次以上的搭配詞與語塊：搭配詞和語塊概念將在第四章進行介紹。查字典時會推薦一些可以用的搭配詞組，在範例中出現過三次以上的字，表示有常用的跡象，背起來會有很大的幫助。

｜進階♠｜ **高級學習者的選字原則**

中級與高級學習者最大的差別，在於用字的精準度。所以高級程度的學習者基本上什麼題材的文章都要稍微有涉獵，上面提到的中級程度要背的字，也大致上都有接觸過。

然而每個語言都有包山包海的辭彙，就連我都不敢說所有中文的詞彙我都能清楚掌握意思，中文還有滿坑滿谷的成語、慣用語、俚語、外來語，如果背不完，要如何篩選單字呢？高級學習者的選字，建議朝著實用性為原則，適度地放過自己吧！

我列出幾個可以不用背的判斷基準：

1. 專有名詞：除非工作或者查資料需要，專有名詞只需要有個印象，大略知道是哪個領域的字即可，諸如醫學名詞、化學名詞、數學名詞。例如：前列腺、下視丘、三聚氰胺、多項式。

2. 文學用字：有許多字屬於一輩子只會在小說裡面看到的，除非熱

愛閱讀文學作品，否則生活中幾乎用不到。例如：翩躚[6]、氤氳、婆娑。每個語言都存在這類文學用字，這類字在寫作時更危險，因為文學用字與口語用字同時使用於文章時會產生強烈的違和感，非母語人士應避免使用為佳。

3. 古文用字：中文用「之乎也者」諷刺人 話喜歡咬文嚼字，但部分古文卻又帶有書面色彩，而在現代仍被使用著，例如：念茲在茲、囹圄。在日韓語的高級檢定也都會出現部分來自古文的語法，例如日文的べからざる（不應）、韓文的물론이려니와（豈止），要知道意思，但不必急著全背起來，除非要準備最高等級的檢定或者想要完全融入他們社會。

4. 擬聲擬態語：每個語言都有大量用來描述聲音或動作的副詞，日文、韓文在擬聲擬態語非常發達，有相關的書籍。部分很常用，例如日文的にこにこ（微笑）、ぺらぺら（流利），韓文的반짝반짝（閃亮）、두근두근（心跳加速），中文的嘩啦嘩啦、洋洋灑灑都是。因為數量實在太多，可以評估其實用性後再背。

上述幾種類型的單字，我的建議都是看看你對這個字的印象是否曾經在不同文章、音檔或檢定考古題看過或聽過三次以上，如果有，再考慮是否應該背起來。

---

6. 形容飛舞或行動輕快的樣子。

3.2 單字屬性表

在討論完選字的原則以後，接下來便要針對這些該背的字，一個個載入我們的腦袋。在開始背這些字之前，我想先帶著你做一個簡單的小練習，我會列出一系列的字，請你放慢速度，每個字唸完停頓三秒，在心中感受一下，這個字帶給你什麼樣的感覺？

幸好、優美、怨懟、誠然、焉知、蒞臨、詛咒、奴婢、富麗、囉嗦

這些字唸過去的時候，每一個字在你心中都會產生不一樣的感覺。有些字只產生好的感覺，例如幸好、優美、富麗。有些字只產生壞的感覺，例如怨懟、詛咒、囉嗦。有些字給人正式的感覺，例如蒞臨。有些字給人文章的感覺，例如誠然。

感情色彩屬性

感情色彩（褒貶義）必須要小心使用，因為一不小心用錯了場合，不小心把貶義詞用在褒義的場合，那就會鬧笑話了。在學習過程，如果想要背的字能讓你明確認定它的色彩，查字典或網路上的例句也都帶有那樣的色彩，標記起來有助於強化語感，我將它稱為單字的屬性。

並不是每個字都帶有鮮明的屬性，因此我的標註法僅限於有明確屬

性的字，利用一個漢字或符號加上圓圈的方式進行屬性標註。我用過的
屬性標註記號如下表：

中文單字範例	我的標註	字典標註	說明
陽光、活潑、樂觀	⊕	無	只有好事
悲慘、怨懟、災難	⊖	{pej}　{iron}	只有壞事
吃屎、賤人、隔屁	⊗	{vulg}	髒話、粗俗
貴司、閣下、蒞臨	↑	{fml}	尊敬語（提高對方）
小犬、拜讀、賤內	↓	{fml}	謙讓語（降低自己）
慢用、敬邀、美言	正	{fml}	正式用語、美化語
焉知、囹圄、私塾	古	{old}	古文用語、時代眼淚
誠然、傾頹、寂靜	⊗	{fml}　{liter}	文章用語（不可用於口語）
就醬、超屌、哈囉	口	{infml}	口語用語（不可用於文章）

　　查英文字典時，許多權威的字典也會標註這些資訊，我會依照我的
理解補充在查的單字旁，例如：貶義詞（pejorative）字典會標為{pej}，
粗俗語（vulgar）字典會標為{vulg}，諷刺語（ironical）字典會標為
{iron}。對於不熟悉的字標註情感色彩屬性，有助於在造句時，避免在
特定場合誤用不適當的字。

　　可以注意到字典在正式用語方面標記為{fml}，但部分語言的正式
用語還有更細的分類，例如日韓語就有極發達的敬語系統，如果不慎用
錯字會非常失禮，因此我使用的標記符號要來得更多。尊敬語只能描述

對方的動作，而謙讓語只能描述自己的動作，例如：日文的見る（看），使用尊敬語時說「ご覧になる」，謙讓語時說「拝見する」。韓文的주다（給），使用尊敬語時說주시다，謙讓語時說드리다。

語源屬性

除了可以利用感情色彩來強化字的印象之外，部分來自不同語言的字，我還會標記語源，讓這個字和已經學過的語言做連結。本章的「漢字國的子民」就是利用我們對漢字的理解來加速背單字，而部分曾經學過的外語，也能夠幫助我們在記單字上加深一層記憶。

語言範例	單字範例	意思	我的標註	說明
中文	凍蒜	當選	☺	源自臺灣閩南語
中文	打印	列印	⊕	源自中國
泰文	กิโมโน	和服	⊖	源自日文 （**着物**）
英文	Kimchi	韓式泡菜	～	源自韓文 （김치）
日文	**アルバイト**	打工	(De)	源自德文 （der Arbeit）
越文	áo sơ mi	襯衫	(Fr)	源自法文 （la chemise）
英文	mosquito	蚊子	(Es)	源自西文
韓文	언덕	山丘	～	非漢字之純韓文
越文	chồng	丈夫	Ⓥ	非韓字之純越文

表中可以注意到針對韓文和越文，我有額外再給予新的符號，主要是因為韓、越這兩個字筆劃太多。韓文用波浪加上圓圈表示韓國的太極

旗，越南以 V 加上圓圈。

特地標註為非漢字，最主要的原因是因為韓文越文學到中高級 B2 程度後，因為累積的單字已經有一定的程度，加上平時有在培養認漢字語的知識，基本上很多字只要一讀過去，馬上就會知道它是漢字。詳細的技巧在本章「漢字國的子民」中介紹。

然而卻也因為這樣，某些固有詞因為長得很像漢字語，有可能會造成誤判而理解錯誤。例如韓文的언덕（山丘）是原先韓文已經存在的固有語，並非漢字語，但這兩個字也可以被理解成漢字的「言德」，此時我會標記符號，提醒自己它並不是漢字。

同理越南文的 chồng（丈夫），很容易誤以為 chồng 對應到漢字「丈」，但查字典確認後，漢字「丈」的越南語是 trượng，我也會標記下來提醒自己不要記錯。

這邊要注意是，在語言流傳的過程之中，可能傳到另一個國家後會產生語意上的變化，例如德文 der Arbeit（工作）傳到日文後，アルバイト的意思變成打工。法文的動詞 souvenir（想起），傳到英文 souvenir 的意思是記念品。

標註語源有助於加速理解，而同時也要小心區分意思和曾經學過的本意有什麼差別。

3.3 |進階 ♠|
利用字首字根的英語歐語單字攻略心法

　　如果高中英文學得還算順利，相信對於字首字根一定不陌生。從中級英語階段開始，會出現大量的多音節字，這些字中間的一些音節往往有特定的規律，坊間有大量的書籍討論英文字首字根，我本身也建議讀者可以先利用英文字首字根的知識讓自己的英文程度提升到中高級 B2 以上，如果想要攻略德語、法語、西語這些語言時，可以再依自己的喜好去突破。

　　並非獨尊英文，而是因爲這些歐語的單字不少與英文相通，如果英文程度夠好，那麼學習這些語言時，可以省下非常多理解的時間。尤其是時態、格位、假設語氣、關係代名詞等等，如果英文的觀念夠好，那麼學其他歐語時，便會發現大方向基本上是相同的。

英文的字首字根

　　常見的字首，有部分會隨著下一個接的字母，因爲發音，而有拼字上的變化。例如 com，根據下一個字母的咬字，可能會拼爲 co, con, col, cor。常見的字首 ad 也會隨著下一個字母，變成 ac, af, ag, al……。背的時候要特別留心。

英文字首	釋意	例字
ab, abs	away, from	abnormal, absent, absorb, abuse, abstract, abduct…
bene, bon	well , good	benefit, bonus, benediction, beneficiary…
com	with, together	coexist, compete, contest, collect, correct…
de	down, away	depend, decrease, delay, deny, define, design, describe…
ex	out	exchange, effect, emotion, expend, explore…

　　字根的數量更多，若在英文字根方面有一定的程度的掌握，未來若遇到沒看過的字，便可以依照上下文和字根來猜意思。

英文字根	釋意	例字
act, ag	do	active, exact, interact, react, transact, agent
bat	beat	batter, battery, battle, combat, debate
cede, ceed, cess	go, yield	access, ancestor, concede, exceed, necessary, proceed, success
duc, duct	lead, tow	educate, produce, reduce, introduce, seduce, abduct
equ	equal	equality, equator, equivalent, adequate

除了字首字根外，部分書籍還會整理各種詞性的字尾，例如名詞字尾 ance, ence, ment, ant, ent, er, or, ion，動詞字尾 en, ize，形容詞字尾 ful, ary, less, ory, ous。在背各種字首字根時，也要記得一併記相關的詞類變化，看看不同的詞性時要如何正確表達。

本節的列舉的字首字根，只是廣大辭海中的其中一頁，本書無法詳盡一一列舉。可依照本書介紹各種觀念，到書店尋找一本最合你胃口的教學書做參考。

在讀字首字根相關的書時，勢必會遇到大量沒有背過的字，可以利用本章教的判斷基準，只先背印象已出現三次的字，比較不會感到挫折。等整本都讀過一輪時，再回去看那些沒有背的字，是否在這段期間裡有在其他文章讀到過。

法文的字首字根

如果對於英文字首字根有一定程度的瞭解，那麼在閱讀法文時，會有種似曾相似的感覺。相當多字首字根都是同源，只是發音稍微有一些微微調整。這也就是為什麼本節一開始會建議讀者先打好英文的基礎，再來跨其他歐語。

前面我介紹了五個基本的英文字首與字根，這些字首也同樣存在於

法文中。讀看看下面的範例，即使我不標中文，只要你理解英文，也大概猜得出其中許多字的意思吧？

法文字首	釋意	例字
ab, abs	au loan（遠離）	abrupt（陡峭）、absolu（絕對）、abuser（濫用）、absence（缺席）、absorber（吸收）、abstraction（抽象）
béné, bon, bien	bon, bien（良好）	bénéfice（利潤）、bénéficier（受益）、bénédiction（祝福）、bienvenue（歡迎）、bonheur（幸運）
co, com, con	avec（一起）、ensemble（共同）	coexister（共存）、coincidence（巧合）、collaborer（合作）、compagnon（伙伴）、compatible（相容）、constituer（組成）
dé, dés, des	en séparant（分離）	déplacer（搬移）、décider（決定）、décrire（描述）、déranger（弄亂）、découvrir（發現）
é, ec, ex	hors de（外）	échanger（交換）、exposer（陳列）、éliminer（消滅）、extraire（萃取）、exclusif（專有的）

同理，我將前述的英文字根重新套用到法文上，便會發現這兩個語

言有大量接近的用字。這是因爲兩國在歷史上有大量的字互相交流，因此將任何一個歐語熟悉過後，再去學另一個歐語，都會有所助益。

法文字根	釋意	例字
act, ag, ig	faire, agir（做）	agile（靈活的）、acteur（演員）、agent（代理人）、actif（積極的）
bat	batter（打）	abattre（砍倒）、combattre（作戰）、débattre（爭論）
céd, cess, cès	aller（前進），céder（讓出）	concéder（退讓）、décéder（死亡）、succéder（接替）、nécessaire（必要的）、accès（入口）
duc, duct, duire	conduire（引導）	éduquer（教育）、introduire（介紹）、produire（生產）、réduire（減少）、séduire（誘惑）
éq, équ	éqal（均等）	égalité（平等）、équateur（赤道）、équivalent（相等的）、adéquat（合適）

　　字尾部分，由於法語名詞有陰陽性，因此在累積單字量的過程，也要注意法語哪些字尾屬於陽性，哪些屬於陰性。另外要注意法文字 ment 結尾是副詞，而非名詞。

德文構詞法

　　德文的構詞法分爲派生（Ableitung）和複合（Zusammensetzung）。複合詞的構詞法很像中文，把一個個學過的字串接起來，有時候可能會

串接成很可怕的一長串字，但實際切一切就會發現不過就是把字串起來罷了。

例如 Rechtsschutzversicherungsgesellschaften 就是有名的長德文字範例，意思是提供法律保障的保險公司。如果拿枝筆幫這個字切一下，Rechtsschutz（法律保障）+versicherung（保險）+gesellschaft（公司），似乎也沒想像中那麼可怕？

派生詞的概念類似我們前述的字首字根以及詞類變化，這邊要提到德文最可怕的大魔王之一，可分離動詞（trennbare Verben）與不可分離動詞（untrennbare Verben）。可以想像是動詞再加上某些字首，就賦予這個動詞更豐富的意義，偏偏這些字首多到爆炸，排列組合後還需要花上大量時間來記憶。再來是字首分為兩派，可分離的和不可分離的，這兩種字首購成的動詞，在句中的位置和變化會有點不一樣。

這些字首本身的意思並不難，因為大多來自介詞與副詞，只要花上小部分時間即可背完，真正難的是那些字首與字之間的組合。可分離的字首，例如 ab, an, auf, aus, mit, zu……。不可分離的字首，例如：be, emp, ent, er, ge, miss, ver。建議可以用個試算表檔，將你背過的同字首的字記在同一個頁籤裡，【科技實作五】會介紹如何利用試算表來整理單字以及出考題來加強記憶。

3.4 │進階 ♠│
漢字國的子民：日韓越語單字攻略心法

　　語言學校對許多人來說是個奢侈的夢想，我這輩子唯一的短期海外生活經驗，就是利用自己工作存下來的錢，在換工作的期間參加韓國的語學堂短期課程圓自己的夢，那也是我這輩子第一次出國，一切外國的文化衝擊對我來說都無比新奇。

　　當時發現班上的日本人、中國人，記韓文單字的速度，遠比歐美同學快得多。例如看到韓文字국화和전화，漢字文化圈的人，一看就知道它是國花跟電話。但沒有漢字背景的人，卻分不清楚一樣都是 ，一個是「花」，一個是「話」。我們可以快速理解，是因為漢字沒有「國話」和「電花」這種說法。

　　母語使用漢字不但在認字方面有極大的優勢，在字辨方面也有很大的幫助。例如這兩個韓文單字화재（火災）和화제（話題）長得非常像，發音也非常接近，一不小心就會拼成另一個字，若學過재난（災難），也有學過제목（題目），那拼字的時候就會更肯定「災」要拼成재，而「題」要拼成제。

　　我們身為漢字國度的子民，加上臺灣人也有許多人會說臺灣閩南語，這對於學習漢字文化圈的語言有極大的幫助。主要是臺灣閩南語保留了上古漢語的入聲音，而日韓越語自古中國傳入時也都保有入聲字的特色，

這正好可以做為學習這些字時能夠更快速掌握的技巧，這就是我們得天獨厚的優勢。

韓語、越語中的漢字

很多人以為只有日語中含有大量的漢字，其實韓語與越語中的漢字可能比日語還多。雖然韓語與越語目前乍看之下會以為都是一個個拼音符號，但若學習過這兩個語言後，讀到來自於漢字的詞彙時，母語是中文的人可以馬上理解它大略的意思。

韓文範例

일반적으로 고객이 물건을 살 때에는 제각각의 목적이 있다 . 바꾸어 말하면 목적을 달성하기 위하여 물건을 사는 셈이다 . 자신이 바라는 목적을 달성하고 그 과정이 좋으면 좋을수록 구매의 만족감은 배가된다 .

（資料來源：111 年專門職業及技術人員普通考試導遊人員、領隊人員考試試題 – 外國語（韓語））

這段文章，若有漢字相關的知識，便可以迅速找出裡面的漢字語，理解如下：

一般的으로 顧客이 物件을 살 때에는 제各各의 目的이 있다 . 바꾸어 말하면 目的을 達成하기 하여 物件을 사는 셈이다 . 自身이 바라는 目的을 達成하고 그 過程이 좋으면 좋을수록 購買의 滿足感은 倍加된다 .

同理，越南文雖然使用拉丁字母進行拼字，但原本漢字的詞彙並沒有因此消失。

越南文範例

Nhờ chiến lược phòng ngừa và truy vết hiệu quả, tác động của đại dịch tới nền kinh tế nội địa của Đài Loan nhìn chung vẫn trong tầm kiểm soát. Cũng như tất cả các nền kinh tế khác, hàng không và du lịch là hai ngành chịu ảnh hưởng mạnh nhất bởi COVID-19 ở Đài Loan.

（資料來源：111 年專門職業及技術人員普通考試導遊人員、領隊人員考試試題 – 外國語（越南語））

在學過漢越詞的背景知識後，我們也可以理解如下：

Nhờ 戰略 防 ngừa và truy vết 效果， 作動 của 大疫 tới nền 經濟 內地 của 臺灣 nhìn chung vẫn trong tầm 檢 soát. Cũng 如 tất cả các nền 經濟 khác， 航空 và 遊歷 là hai ngành chịu 影響 mạnh nhất bởi COVID-19 ở 臺灣 .

（資料來源：111 年專門職業及技術人員普通考試導遊人員、領隊人員考試試題 – 外國語（越南語））

入聲字與日韓越語間的關係

很多人做國中國文的考題，判斷詩詞的平仄時，會需要判斷漢字是否為入聲字。因入聲在中文已經幾乎消失，當時考試時的判斷技巧華語的一、二聲，用臺灣閩南語讀起來帶有收緊、短促的讀音，也就是以 /-p -t -k/ 結尾，稱為入聲。

判斷入聲字在後來的求學過程中幾乎派不上用場，現在在外語學習上，它有它的功用了。看看下列的例子，p 入聲字在臺灣閩南語和越南語拼音為 p，日語會形成長音，而韓文拼為 ㅂ（b）。

語言別	p 入聲字	拼音
華語	答案	Dá'àn
臺語	答案	tap-àn
日語	答案（トウアン）	Tōan
韓語	답안	dab-an
越語	đáp án	đáp án

t 入聲字在臺灣閩南語和越南語拼音為 t，日語拼為 チ、ツ 或促音化（後方接 力、サ、タ、ハ 行音時），而韓文拼為 ㄹ（l）。

語言別	t 入聲字	拼音
華語	發明	Fāmíng
臺語	發明	huat-bîng
日語	発明（ハツメイ）	Hatsumei
韓語	발명	balmyeong
越語	phát minh	phát minh

k 入聲字在臺灣閩南語拼音爲 k，越南語拼音爲 c，日語拼爲く、キ或促音化（接力行音時），而韓文拼爲ㄱ（g）。

語言別	k 入聲字	拼音
華語	國家	Guójiā
臺語	國家	kok-ka
日語	国家（コッカ）	Kokka
韓語	국가	gugga
越語	quốc gia	quốc gia

鼻音與日韓越語間的關係

臺灣閩南語中有三個鼻音韻尾：/-m、-n、-ng/。對應到華語的鼻音韻尾，其中韻尾 m 在華語已消失，而 n 對應到ㄢ（an）、ㄣ（en），ng 對應到ㄤ（ang）、ㄥ（eng）。這三個鼻音韻尾在韓文及越南文中都仍然保留著。

臺灣閩南語中鼻音韻尾 m，華語多拼音爲 n，越南語拼音爲 m，日語拼爲ㄣ，而韓語大部分拼爲(ㅁ)（m）（少部分例外爲ㄴ（n））。

語言別	m 韻尾	拼音
華語	感覺	Gǎnjué
臺語	感覺	kám-kak
日語	感覚（カンカク）	Kankaku
韓語	감각	Gamgag
越語	cảm giác	cảm giác

　　臺灣閩南語和華語中鼻音韻尾 n，越南語拼音爲 n，日語拼爲ン，而韓語大部分拼爲ㄴ（n）。

語言別	n 韻尾	拼音
華語	天文	Tiānwén
臺語	天文	thian-bûn
日語	天文（テンモン）	Tenmon
韓語	천문	Cheonmun
越語	thiên văn	thiên văn

　　臺灣閩南語和華語中鼻音韻尾 ng，越南語拼音爲 ng，日語爲長音，而韓語大部分拼爲ㅇ（ng）。

語言別	ng 韻尾	拼音
華語	方向	Fāngxiàng
臺語	方向	hong-hiòng
日語	方向（ホウコウ）	Hōkō
韓語	방향	Banghyang
越語	phương hướng	phương hướng

　　這邊要特別注意臺灣閩南語的漢字讀法分爲文讀音和白話音。例如「天」這個漢字，天才（thian-tsâi）是文讀音，天頂（thinn-tíng）是白話音。通常讀古詩詞使用的是文讀音，因此本節介紹的漢字讀音，如果要用臺灣閩南語來進行判斷，也請用文讀音。

　　文讀音韻尾 /-p -t -k/ 在白話音常會弱化成 /-h/，而鼻音韻尾 /-m、-n、-ng/ 在白話音也常會變化成 /-nn/。因此如果你使用臺灣閩南語的發音

判斷不出來的時候，不坊去思考一下那個漢字有沒有別種讀法，鼻音的部分也可以利用華語的韻尾來判斷。

漢字標記法

如果讀者在學習韓語或越南語的過程之中，持續地保持查字典的習慣，逐步累積對漢字的觀念，那麼遇到新單字時，應該能夠依照經驗大略判斷哪些是漢字。初學者則是要開始保持查字典的習慣，大約半年到一年的時間，即可培養出對於漢字詞的敏銳度。

我會使用 Naver 線上越南語詞典 [7] 來查越南語漢字，雖然是全韓文的網站，但即使是不懂韓文的讀者，也可以靠 Google 翻譯工具用它來確認越南語漢字。我也會搭配漢越辭典摘引 [8] 網站來確認漢字的讀音，也可以利用 iOS 裡面的 APP，名為 TD Chữ Hán 來查詢漢越詞。

當我確認查的字源於漢字時，如果它的中文解釋部分剛好有這個字，我會以 [中括號] 來框住這些字來提醒自己。如果它的中文解釋並沒有這幾個漢字，那我就在中文解釋的旁邊用 [中括號] 另外寫上去即可。

在本章介紹單字屬性表時有介紹語源屬性，某些固有詞因為長得很像漢字語，有可能會造成誤判而理解錯誤。此時標記屬性後，我有時會使用 {大括號} 來標記我假借的漢字，意思是「這個漢字讀音並不是這個音，

7.Naver 線上越南語辭典 https://dict.naver.com/vikodict/#/main

8. 漢越辭典摘引 http://nguyendu.com.free.fr/hanviet/

但是可以用這個漢字來聯想會更好背」。

　　舉例來說，越南文的夫妻叫做 vợ chồng，這兩個字都非漢越詞，但是若把 vợ 理解成臺灣閩南語的老婆「某（bóo）」，把 chồng 理解成「丈夫」的話，馬上就背起來了。此使我便會利用 {大括號} 來標記，提醒自己是假借字。

Zack 偽越南語教科書第○課單字

không khí	[氣] 氛 [空]	……若在解釋中沒有寫出來的漢字，另外用中括號標即可
dân tộc	[民族]	……尤其多注意發音和中文差很多的漢字，如「民」發音為 dân
thời tiết	天氣 [時節]	……也要多注意這種意思和漢字原意已經不太一樣的字
mức độ	程 [度]	
thân thiết	[親] 密 [切]	
chịu	忍受	……非漢字語時，保留原字不做註解
thiên tai	[天災]	……若在解釋中漢字都已寫出來，另外用中括號標即可
vợ chồng	夫妻 Ⓥ {某丈}	……標註為純越文後利用 {大括號} 來標記，提醒自己是假借字

　　同樣的道理，我在學習韓文時，也會利用同樣的技巧來標註漢字來加速背誦，一樣使用 Naver 線上韓文字典 [9] 來做查詢來確認漢字詞。同樣

9.Naver 線上韓文字典 https://dict.naver.com/

可以利用假借字的技巧，例如韓文的포근하다指的是棉被包著暖烘烘的感覺，這是韓文的固有語，而非源於漢字。但韓文的포可以對應漢字「包」，근可以對應漢字「根」，那麼使用這兩個漢字就可以聯想把腳根包起來溫暖的感覺，我同樣利用｛大括號｝來標記，提醒自己是假借漢字來背。

Zack 偽韓語教科書第○課單字

양보하다　［讓步］……若在解釋中漢字都已寫出來，直接用中括號標即可

중시하다　［重視］

의사소통　溝通［意思疏通］……若在解釋中沒有寫出來的漢字，另外用中括號標即可

살펴보다　觀察……非漢字語時，保留原字不做註解

포근하다　溫暖㊀｛包根｝……標註為純韓文後利用｛大括號｝來標記，提醒自己是假借字

破音字與一字多音練習

我聽過不少人說，「韓文和越南文廢除了漢字，因此不存在漢字，只有日文才完整保留了漢字」，相信經過前面的介紹，讀者應該可以發現韓文和越南文中的漢字絕對不會比日文少。

提到漢字的讀音，身爲漢字母語使用者，我們一定知道破音字的概念，例如「行」這個字，唸「品行、行爲、行列」的發音都不相同。這種情況在漢字傳到日本、韓國、越南時，當然也會發生。

例如「樂」這個字，音樂的韓文是음악，樂觀的韓文是낙관；音樂

的越南文是 âm nhạc，樂觀的越南文是 lạc quan；最後音樂的日文是「音楽（おんがく）」，樂觀的日文是「楽観（らっかん）」，這些都保留原本中文破音字的習慣。

「樂」發音比較	音樂	樂觀
華語	Yīnyuè	Lèguān
臺語	im-ga"k	lo"k-kuan
日語	音楽（おんがく） Ongaku	楽観（らっかん） Rakkan
韓語	음악（eum-ag）	낙관（naggwan）
越語	âm nhạc	lạc quan

然而比起中文原有的破音字來說，日文的漢字音似乎比起韓文和越南文來得更複雜。因為隨著漢字傳到日本的時期不同，漢字的讀音也分為吳音、漢音，以及唐音三種變化，部分漢字發音已同化而剩下一兩種讀音，但仍然有很多漢字有不只一種讀音。詳細的音韻學比較分析並不在本書的討論範圍內，可參考第七章的參考文獻。

例如「人」就有じん和にん這兩種常見的讀音，這種來自於中文的音稱為音讀。日文還有「訓讀」，意味將某些固有用語冠上漢字的讀音，而且常常不只一種。這種現象導致一個漢字擺在眼前，在不同場合可能高達五六種以上可能的讀音，這也是中級以上的日文最具挑戰性的地方，練習時可將漢字圈起加深印象，或搭配聽寫練習。例如「下」就是日文常見一字多音的例子：

音讀訓讀	「下」例字	讀音	意思
音讀	廊下	ろうか	走廊
	下痢	げり	拉肚子
訓讀	下相談	したそうだん	事先商量
	下半期	しもはんき	下半年
	～の下に	～のもとに	在……之下（抽象）
	下さる	くださる	給（尊敬語）
	下りる	おりる	下（樓梯、山）
	下がる	さがる	下降
特殊	下手	へた	不拿手

漢字文化圈的字首和字尾

就如同前一小節介紹的歐語，在中級階段開始可以利用字首字根來搭配累積單字量，本節介紹的漢字文化圈語言，當然也有這個特性，而且也有大量的字首字尾讓中級以上的學習者能夠快速地統整歸納部分單字，相關的資訊可上網以關鍵字搜尋，或者參考本書最後的參考資料。

以我們熟悉的華語為例，就存在著原本已經在使用的固有詞綴，以及因為翻譯名詞而產生的新興詞綴。華語和臺語的典型詞綴（意思已完全虛化，沒有特別的意思）並不多，例如下表的「老、阿」，但有非常大量的類詞綴（意思半實半虛），新興詞綴都屬於類詞綴。這些全都可以做為我們擴充單字的工具，因此一併舉例如下。

類型	字首	釋意	例子
固有字首	老	無特殊意義	老虎、老鼠、老師
	阿	親密	阿姨、阿婆、阿明
	初	用於日期	初一、初三、初五
新興字首	偽	false, pseudo	偽陽性、偽值、偽雜訊
	類	類似	類神經網路、類固醇、類人猿
	反	anti-	反飛彈、反托拉斯、反戰爭

字尾的部分也是一樣的道理：

類型	字尾	釋意	例子
固有字尾	然	～的樣子	恍然、赫然、突然
	頭	無特殊意義	石頭、苦頭、念頭
	手	人	歌手、助手、投手
新興字尾	化	-ize, -ify, -en	簡化（simplify）、惡化（worsen）、本土化（localize）
	度	-ity,	密度（density）、濕度（humidity）、速度（velocity）
	性	-sive, -al	排他性（exclusivity）、普遍性（universality）、全面性（comprehensive）

臺語的新興詞綴大多和華語相通因此不加綴述，這裡列出部分臺語裡面的固有詞綴，類詞綴也一併列入：

類型	詞綴	釋意	例子
固有字首	頭（thâu）	最前的、開始	頭家 /thâu-ke/（老闆）、頭路 /thâu-lōo/（工作）、頭前 /thâu-tsîng/（前面）
	拍（phah）	打、弄破	拍損 /phah-sńg/（可惜，浪費）、拍殕仔光 /phah-phú-á-kng/（黎明）、拍醒 /phah-tshínn/（弄醒）
	阿（a）	加在稱謂、一般名詞前	阿不倒仔 /a-put-tó-á/（不倒翁）、阿舍 /a-sià/（公子哥兒）、阿妗 /a-kīm/（舅媽）
固有字尾	仔（a）	小稱詞	泔糜仔 /ám-muê-á/（稀飯）、蠓仔 /báng-á/（蚊子）、淡薄仔 /tām-poh-á/（一點點）
	水（tsuí）	無特殊意義	色水 /sik-tsuí/（顏色）、面水 /bīn-tsuí/（姿色、面子）、錢水 /tsînn-tsuí/（金流）
	仙（sian）	人（多貶意）	懵仙 /bòng-sian/（漫不經心的人）、筊仙 /kiáu-sian/（愛賭博的人）、半仙 /puàn-sian/（算命師）

經過前面對於華語和臺語的字首字尾（前綴後綴）的介紹，其他漢字文化圈的構詞，同樣可以分為該語言的固有詞，以及源自於漢字的詞綴。源於漢字的部分，我們可以非常快速地理解，而且時常在中級以上閱讀測驗中出現，因此也會是中級階段過後的學習重點。

越南語因無屈折變化，構詞法很接近中文（但形容詞位置和中文相反，下一章會討論），大量詞綴都來自中文，相較之下反而固有詞綴並不多。[中括號] 部分表示源於漢字，使用 > 符號表示該詞彙的實際意思。

類型	詞綴	釋意	例子
固有字首	xây	建	xây dựng（建築）、xây lắp（施工）、xây cất（建造）
	nhà	家	nhà xưởng（工[廠]）、nhà hàng（餐廳）、nhà nước（國家）、nhà văn（[文]> 作家）
	đường	路	đường sá（道路）、đường sắt（鐵路）、đường mòn（山路）
漢字字首	giải	[解]	giải quyết[解決]、giải pháp[解法]、giải thích[解釋]
	đối	[對]	đối xử（[對]待）、đối kháng[對抗]、đối diện（[對面]>面對面）、đối với[對]於
	thực	[實]	thực ra（事[實]上）、thực nghiệm[實驗]、thực tế[實際]
固有字尾	phép	允許	cho phép（允許）、trái phép（非法）、giấy phép（執照）
	qua	過	hôm qua（昨天）、bỏ qua（略過）、vượt qua（克服）
	sống	活	đời sống（生活）、lối sống（生死）、sức sống（活力）
漢字字尾	hiện	[現]	thể hiện（[體現]> 呈現）、phát hiện[發現]、thực hiện[實現]、xuất hiện[出現]
	xuất	[出]	sản xuất[產出]、diễn xuất[演出]、kiệt xuất[傑出]
	sĩ	[士]	ca sĩ（[歌士]>歌手）、nghệ sĩ（[藝士]>藝術家）、tiến sĩ（[進士]>博士）、bác sĩ（[博士]>醫生）

拉下來來看日文的詞綴，雖然日文大量地使用漢字來書寫，但許多意思與我們理解的中文已經有些微的變化，因此實際的意思註明於括號中。而固有詞彙也是中級以上檢定愛出題的項目。

類型	詞綴	釋意	例子
固有字首	片（かた）	單一邊	**片手**（單手）、**片思い**（單戀）、**片道**（單程）、**片言**（不完整的話）
	真（ま）	整個	**真っ白**（全白）、**真ん中**（正中央）、**真新しい**（全新）
	素（す）	純粹	**素顔**、**素肌**（沒擦東西的皮膚）、**素足**（裸足）
漢字字首	不（ふ）	－	**不確か**（不確定的）、**不景気**、**不都合**（不方便，不妥）
	被（ひ）	－	**被害**、**被疑者**（嫌犯）、**被告**
	諸（しょ）	－	**諸国**、**諸多**、**諸島**
固有字尾	かけ	到一半	**読みかけ**（讀到一半）、**死にかけ**（快要死亡）、**潰れかけ**（快要倒閉）
	だらけ	滿滿	**間違いだらけ**（滿滿的錯誤）、**嘘だらけ**（滿滿的謊話）、**ごみだらけ**（到處是垃圾）
	っぽい	傾向	**安っぽい**（看起來廉價）、**男っぽい**（男孩子氣的）、**飽きっぽい**（容易厭倦）
漢字字尾	主義（しゅぎ）	－	**菜食主義**（素食主義）、**ロマン主義**（浪漫主義）、**資本主義**
	風（ふう）	風味	**アニメ風**（動漫風）、**職人風**、**西洋風**
	禍（か）	災禍	**交通禍**、**失業禍**、**コロナ禍**（新冠災禍）

　　韓文的整理可以用和越南文相同的符號，〔中括號〕部分表示源於漢字，使用 > 符號表示該詞彙的實際意思。

類型	詞綴	釋意	例子
固有字首	되	再、反	되돌아보다（回顧）、되묻다（反問）、되찾다（找回）
	첫	初	첫인상（第一 [印象]）、첫눈（初雪、第一眼）、첫날（第一天）、첫사랑（初戀）
	잔	小的	잔소리（碎念）、잔일（瑣事）、잔돈（零錢）
漢字字首	최	[最]	최고 [最高]、최근 [最近]、최첨단 [最尖端]
	총	[總]	총액 [總額]、총인구 [總人口]、총공격 [總攻擊]
	다	[多]	다방면 [多方面]、다용도 [多用途]、다목적 [多目的]、
固有字尾	거리다	反覆	두근거리다（心怦怦跳）、중얼거리다（喃喃自語）、반짝거리다（一閃一閃）
	님	尊稱	선생님（[先生]> 老師）、사장님 [社長]、 아버님（父親）
	껏	盡	마음껏（盡情）、힘껏（盡力）、정성껏（[精誠]> 誠摯地）
漢字字尾	관	[觀]	가치관 [價值觀]、역사관 [歷史觀]、인생관 [人生觀]
	단	[團]	소년단 [少年團]、 방문단 [訪問團]、선수단 [選手團]
	제	[制、製、劑]	내각제 [內閣制]、금속제 [金屬製]、강심제 [強心劑]

　　源自於漢字的詞綴，因爲很多是外來語，在漢字文化圈翻譯時常會共用相同的漢字，這意味著你只要熟悉其中一個語言，跨到另一個語言時也會更省力，不妨在中級以上的路上好好利用漢字來培養這幾個語言的實力吧！

3.5 以心智圖概念擴增單字

在第一章，談到大腦記憶語言的方式，會在腦中搜尋字與字之間的「連結」。這個概念其實很像是心智圖，透過中央關鍵詞，以輻射狀來連接所有關聯詞。關聯詞如名詞，包括同領域的相關詞彙；而相關的形容詞、動詞、副詞這些詞性，還可以補充近義詞（synonyms）、反義詞（antonym）與搭配詞（Collocation）。

經過這章介紹的各種技巧，相信讀者對於「整理單字表」已經有一些心得。我綜結一下本章提及記憶單字的技巧：依程度選擇該背的字＞視情況標註屬性＞同語源整理（字首字根、漢字）＞補充近義、反義與搭配詞。而以上這些都可以靠心智圖來達成，這也就是為什麼目前坊間書店有非常多「用心智圖背單字」系列的書籍。

雖然名稱叫做心智圖，但不同作者的心智圖繪製方式可能也會有所不同，有的作者以領域來分類，有的作者以字源來分類，讀者在挑選心智圖的單字書籍時，不妨注意書中對於選字的邏輯，以及補充資料是否符合本章的一些建議。

而同理，有些單字書雖然並不是以心智圖的方式來呈現，但它字與字之間的邏輯關係很清楚。例如：體育用字、個性、外貌、商務、政治，用不同的章節來整理各個領域的字，這樣的單字書，廣義上也可以算是

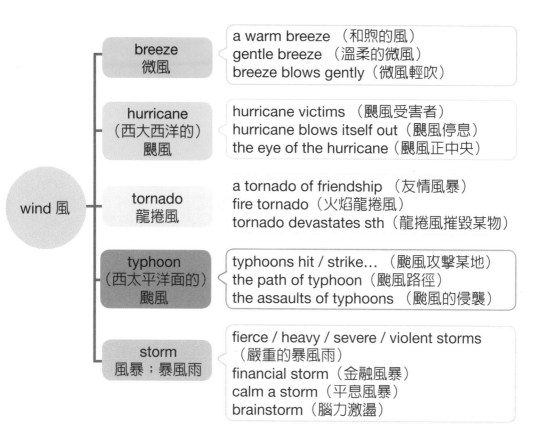

心智圖，因為它同樣也善用了我們記憶的特性，對於相關的字記憶會更長久，來列舉各種不同的單字。

除了在坊間可以選擇主題式的單字書來擴增單字量，在本章的最後【科技實作六】中，我會介紹一系列與字典有關的知識，並且讓你知道如何透過語料庫搜尋搭配詞與相關字詞，只要透過這些方法將需要背的字整理出來以後，這就是就是屬於你自己的心智圖筆記。

為何用心智圖概念來記憶單字效果更好？

日本知名的記憶術達人宇都出雅巳 [10] 出版了許多記憶術與速讀術相關的書籍，他提出增強記憶的訣竅：減少單次記憶量、粗略記憶、忘記前立刻復習、記憶細節、圖像化、轉化爲經驗。

這個流程可以用心智圖來實作，先從心智圖抓出要背的大方向，然後慢慢擴散開來記憶細節。心智圖著重的是「聯想」，例如我看到 wind，於是我聯想到 tornado、聯想到 breeze 或者是 typhoon。這個聯想的過程很自然，不需要刻意去想辦法記。

接下來開始記憶細節，學到了 storm，學習它的搭配詞，聯想到 financial storm、brainstorm。這些聯想的過程腦中也會開始產生畫面，便會感受到這個字越來越清楚的輪廓。最後轉化爲經驗，自然地運用在生活中。

其中一個需要注意的步驟「忘記前立刻復習」，我們很難一直坐在書桌前抱著一本書不斷復習，但是心智圖讓我們能夠透過「聯想」，不需要打開書本或讀筆記，就能從腦中取用那些「快要忘記」的單字，只要多重覆幾次這個動作，便能將這些字放入長期記憶。

當讀者利用這種「心智圖聯想」的技巧來背單字時，每背完一個段落，不妨闔上書本，回想一下十分鐘前自己讀過些什麼。學了什麼主題？

---

10. 《日本全能記憶大師的高績效大腦工作術》，商周出版。《一分鐘快速記憶法》，天下文化出版。

有哪些相關字？這些相關字有哪些延伸用法？當學習的內容八成都進入你的腦海，便可以放心地繼續前進。

相對不適合的單字書

經過了本章節介紹的各種單字相關的背景知識，以及利用心智圖聯想的技巧來記憶單字，讀者可能會很想知道坊間這麼多的單字書該如何挑選，這裡提供一些「不適合」的參考。

1. 超過一半以上的生詞沒有看過：如果這本單字書任意翻其中幾頁，它列出來的生字有一半以上沒看過，或者沒辦法從你認識的字做任何聯想，那代表難度太高，讀起來可能會感到挫折，容易半途而廢。

2. 只有外文單字搭配中文翻譯：坊間很多單字書用這種方式列出一大片單字，只給中文而沒有任何補充用法也沒有例句，這種單字書不但枯燥，而且更容易在背完之後誤用，造成以中文思考外文的壞習慣，不推薦使用。

3. 必考單字從 A 排到 Z：這種單字書，除非它在近義、反義與搭配詞或者語塊的補充非常詳盡，否則不推薦。讀者很有可能背到最後，永遠最熟的都是 A 開頭的單字，而到中期就忍不住想放棄。其他語言也是同樣的道理。

4. ○語單字圖解字典：因為名詞永遠背不完，圖解字典系列的單字書有一半以上的字其實不必背，除了考試不常考之外，平時與母語人士

交流也用不太到。但有例外情況：若要在當地生活，例如交換學生、留學、工作、移民，此時就有背的必要。

5. 主打諧音記憶的單字書：諧音記憶法確實在背某些單字時有奇效，例如：dinasour（恐龍）記「呆腦獸」，October（十月）記「阿土伯」。我自己背日文時也曾經用過，例如星期三是「水曜日」，於是我背「three曜日」，背日文的いつも（總是），諧音背「一直摸」。但是跨語言諧音記憶是雙面刃，它讓你更快地背起單字來應付考試，同時也讓你在實際使用時因爲跨語言的干擾而降低理解速度。部分書每個字都提供中文諧音記憶，我會建議不如把時間用在聽音檔跟著讀例句可能會更快提升語感。

6. 會中文就會○語：中文漢字本身已經不是拼音文字，能表達的音原本就已經很有限，它還在每個外語下面用中文標它的發音，「Good Morning」硬要標「骨摸您」，「How are you」硬要標「好啊有」，除了造成讓當地人聽不懂的可怕口音，這些語言本身也都有自己的發音規則，只要肯用心學習，很快就能掌握。讀這類的書卻用中文剝奪了學習者原本可以輕鬆掌握那些發音規則的機會，非常可惜。可能有些人因時間有限想要速成，即使是速成，也建議搭配音檔模仿進行發音練習。

好的單字書還有哪些選擇？

本節介紹以心智圖的概念，藉由主題聯想方式來擴增單字量的方式來進行學習，也介紹了不適合的單字書類型。然而坊間還有各種不同主題的單字書，這裡介紹一些我認爲要擴增單字還可以參考的單字書類型：

1. 主題小短文或對話：有些單字書會設計一段對話或文章，例如讓兩個人討論自己喜歡的對象是類型，介紹一系列跟外貌或個性有關的字。要介紹歷史文化，就用一段小故事帶單字，廣意上來說它也算是心智圖，能夠幫助你提升語感。

2. 沒有跨語言的諧音或聯想記憶：雖然前面我不推薦跨語言的諧音記憶，但如果使用同一個語言去聯想記憶則影響較小。例如要記 candidate（候選人），可以背 can, did, ate。要記 assassin（刺客），可以背 ass, ass, in。要背日文單字カエル（青蛙），記「カエルが帰る」（青蛙回家），因為剛好カエル跟帰る這兩個字同發音，只是音調不同。

3. 字串尾排序單字：前面我雖然不推薦依字首字母順序排序的單字書，但是「由字串尾開始排序」整理的單字書反而效果還不錯。原因是因為歐語的字尾通常與詞性有關，例如英文 -city, -tion, -ful,-ize 這些字尾都可以看得出詞性，同字尾整理在一起的背誦效果常會有特別的效果。同理，如日文韓文的動詞變化，都從字尾開始變化，因此無論是日文的自他動詞，或是韓文的使動型與被動型，同字尾的字一起背也能加強語感。

4. 近義詞比較：在中高級階段後，隨著認識的單字越來越多，會開始接觸到大量的近義詞。例如描述人生氣，可以說憤怒、火大、氣惱、悻悻然，每個字之間語感有些微的不同。英文也是，angry, annoyed, furious, irritated, piss off，這些字都是生氣，中高級後要特別加強這些字的搭配詞，才能在口說與寫作用字精準。

5. 多義詞比較：每個語言都有許多字具有多重意義，例如中文的「打」，可以打人、打電動、打果汁、打字、打結、打洞、打招呼。中

高級後同樣要特別加強多義詞的搭配詞，這也是為何在中級階段後，建議儘量少用中文去記單字的原因，因為跨語言學習多義詞時，中文往往會造成大量的混淆。

6. 易混淆字比較：就如同學中文時，要花時間去做「錯別字」的練習，許多字在形、音、義上都會有類似的字，例如英文的 princlpal（主要的）和 principle（原則），若有整理好的教材，也會非常適合中高級程度的學習者。

以上的教材，都可以善用本章介紹的技巧來擴增單字，如果整本書超過一半的字不認識則不建議閱讀，並且不必從第一頁到最後一頁所有字全背起來，基本原則是看過三次以上的字再考慮是否要背，重點還是要讓自己增加接觸這些字的頻率，來習慣每個字的用法。

科技實作 5　試算表製作單字剋星與測驗考題生成

　　國高中時期的英文課，文意字彙是臺灣英文考試非常特有的考題類型。一個句子其中一個單字挖空，只給頭尾，考拼字也考搭配詞的語感，我看過不少同學為了準備英文段考，在這大題背單字背得叫苦連天，有的人在紙上每個字抄十遍仍然背不起來。但我高中的段考，靠著本章介紹的技巧，自己製作一張 A4 的「單字剋星」，文意字彙這一大題幾乎每次都拿到滿分。

　　同樣的方法，後來在我指導高中生的高中英文段考，我同樣會幫我的學生製作「單字剋星」，他們只要平時小考有準備，考前拿著一張 A4 紙背即可，這次科技實作來練習我製作單字列表的技巧。

	A	B
1	sufficient	足夠的(=enough)
2	genius	天才;創造力
3	manager	經理
4	average	(adj.)一般的 (n.)平均數 (above/under ~) (on ~)
5	absorbed	(adj.)專注的<+in>
6	pure	純的
7	indoor	(adj.) 室內的
8	worldly	世俗的
9	definite	確定的(=certain)
10	relative	(adj.)相對的; 與…有關係的
11	pillow	枕頭
12	continent	洲
13	wealth	財富
14	beat	(n.)(v.)跳動;拍子
15	shade	涼蔭
16	landscape	山水風景.景觀.風景畫
17	intention	(n.)打算;意圖
18	enchanted	(adj.)感到陶醉的;被下魔法的<+with>
19	alive	(adj.)有生氣的;活著的
20	metal	金屬

　　首先將考試範圍內的字以試算表依照課本順序下打來，如果有需要記憶詞性，或者有搭配的介系詞或文法，我也會一併一起打進去，每次考試範圍假設有 100 至 200 個生詞，製作起來約耗時一至兩小時。接下來將第一欄所有的單字進行排序，便會得到如下圖的檔案。

　　由於文意字彙考試只給頭字母，因此只要利用字母排序功能，就能很迅速回想起本次考試的範圍內，A 開頭的單字有什麼。接下來我會將排序好的內容貼至 Word，調整爲三欄後稍微排版再調整行距，便可以濃縮成一張紙。

Words for Production		
absorb 吸收	damage (n.)(v.)傷害	interior (n.)內部(⇔exterior)
absorbed (adj.)專注的 <+in>	dangle 搖晃	landscape 山水風景;景觀;風景畫
adjust (v.)調整;適應 <+to>	definite 確定的(=certain)	layer 層(多層中的一層)
adjustable (adj.)可調整的	definitely 確定地	legend 傳說
adjustment (n.)調整 <+to>	desert 沙漠	(~ has it that...傳說中...　)
adventure (n.)探險	detail 細節	locate (v.)座落於 <=situate>
air conditioner (n.)冷氣機	detailed 詳細的	location 地點
air-conditioning (n.)空氣調節	dip 沾浸	magnificent 華麗的;壯麗的
alive (adj.)有生氣的;活著的	discourage (v.)使沮喪	manage (v.)管理
alongside 在...之旁	discouraged (adj.)沮喪的	manager 經理
atmosphere 氣氛,大氣層	discouragement (n.)沮喪;氣餒	mattress 床墊
attain (v.)獲得, 達成	dread 害怕	metal 金屬
average (adj.)一般的(n.)平均數	eager (adj.)渴望的	mischief (n.)頑皮;淘氣
(above/under~) (on ~)	<+to V> <+for N>	mischievous (adj.)頑皮的;淘氣的
bankrupt (v.)使破產(n.)破產的	eagerness (n.)渴望	model 模特兒.模範
beat (n.)(v.)跳動;拍子	electricity 電力	(v.)做模特兒.做榜樣
blur (n.)模糊的事物	elegant 雅緻的;優美的	nibble 細咬
(v.)使不清楚;變得不清楚	emperor 皇帝	odd 奇特的
	enchant (v.)使...著迷;施魔法	(=unusual, strange)

同時為了測驗自己能不能看到字馬上做出反應，用同樣的方法可以再貼一頁只有排序過後的英文，沒有中文解釋的版本，這份就可以做為自己測驗自己的小考卷。有關拼字的技巧，在第二章打字一節已經有完整介紹，利用整理好要背的單字表搭配發音與鍵盤記憶，如此便可以快速累積單字。

Words for Production		
absorb	definite	locate
absorbed	definitely	location
adjust	desert	magnificent
adjustable	detail	manage
adjustment	detailed	manager
adventure	dip	mattress
air conditioner	discourage	metal
air-conditioning	discouraged	mischief
alive	discouragement	mischievous
alongside	dread	model
atmosphere	eager	nibble
attain	eagerness	odd
average	electricity	outer
	elegant	pajamas

電腦自動產生單字挖空測驗考題

將單字排序的功能，不只可以使用在英文，每個語言都可以依它的字母順序進行排序，例如日文便是以五十音順序，中文也可以依照筆畫或注音順序來排序。

用試算表有一個好處，因為欄位可以自行定義，我們可以視情況需要，增加每個單字想要的欄位，例如近義詞、補充說明等等，我有時候會加上頁碼或者第幾課這兩欄，未來在方便自己背單字時可以回去查原文。

編號	課	頁	中文	泰文	泰文2	發音	發音2
1	1	1	貿易	การค้า	การค้า	กาน-ค้า	gaan^M khaa^H
2	1	1	外國	ต่างประเทศ	ต่างประเทศ	ต่าง-ประ-เทด	dtaang^L bpra^L thaeht^F
3	1	1	外語	ภาษาต่างประเทศ	กาษาต่างประเทศ	พา-สา-ต่าง-ประ-เทด	phaa^M saa^R dtaang^L bpra^L thaeht^F
4	1	2	省	มณฑล	มณฑล	มน-ทน	mohn^M thohn^M
5	1	6	代詞	สรรพนาม	สรรพนาม	สับ-พะ-นาม	sap^L pha^H naam^M
6	1	6	動詞	กริยา	กริยา	กะ-ริ-ยา	ga^L ri^H yaa^M
7	1	6	副詞,形容詞	วิเศษณ์	วิเศษณ์	วิ-เสด	wi^H saeht^L
8	1	6	介詞	บุพบท	บุพบท	บุบ-พะ-บด	boop^L pha^H boht^L
9	1	6	連接詞	สันธาน	สันธาน	สัน-ทาน	san^R thaan^M
10	1	6	普通名詞	สามานยนาม	สามานยนาม	สา-มาน-ยะ-นาม	saa^R maan^M ya^H naam^M
11	1	6	大學生	นักศึกษา	นักศึกษา	นัก-ศึก-สา	nak^H seuk^L saa^R
12	1	6	老師	อาจารย์	อาจารย์	อา-จาน	aa^M jaan^M
13	1	6	動物	สัตว์	สัตว์	สัด	sat^L
14	1	6	大學	มหาวิทยาลัย	มหาวิทยาลัย	มะ-หา-วิด-ทะ-ยา-ลัย	ma^H haa^R wit^H tha^H yaa^M lai^M
15	1	6	專有名詞	วิสามานยนาม	วิสามานยนาม	วิ-สา-มาน-ยะ-นาม	wi^H saa^R maan^M ya^H naam^M
16	1	6	集合名詞	สมุหนาม	สมุหนาม	สะ-มุ-หะ-นาม	sa^L moo^H ha^L naam^M
17	1	6	團群	คณะ	คณะ	คะ-นะ	ha^H na^H
18	1	7	抽象名詞	อาการนาม	อาการนาม	อา-กา-ระ-นาม	aa^M gaa^M ra^H naam^M
19	1	7	幸福	ความสุข	ความสุข	สุก	khwaam^M sook^L
20	1	7	努力	ความพยายาม	ความพยายาม	พะ-ยา-ยาม	khwaam^M pha^H yaa^M yaam^M

例如上圖是我整理的泰文單字表，因為當時還在學習的初期，還在練習認字與拼字，所以我泰文除了原始的泰文之外，還多加了一欄泰文2表示藝術字體的泰文，閱讀不同字體的泰文也會是一大挑戰。而發音一欄為先前介紹過的 Phonetic Thai，另外加上一欄發音以提醒自己音調，這些都是從字典複製上去的，欄位都可以依自己需要做調整。需要多花時間練習的拼字，我以紅色標註。很熟悉的拼字，例如表中最下方的 ความ 字首，如果讀者確定不會拼錯，那發音那欄也可以省略 ความ 不寫。

要產生測驗考題的方法也很簡單，例如我參考了一套教材，整理了一份韓文慣用語列表要背 [11]，我只要在單字旁再多加一個欄位叫做考題，輸入以下語法：

=LEFT (B2，1) &"＿＿＿"&RIGHT (B2，2)

---

11. 資料來源：活用韓文慣用語，韓國語教育研究所著，EZ 叢書館出版 (2021)

其中 & 表示字串連接，函數 LEFT（儲存格，字元數）用來截取左邊的字元，同理函數 RIGHT 可以截取右邊的字元。將函數複製到下方每個儲存格，便形成了填空題。例如上方函數的意思是，針對 B2 儲存格取最左方一個字元和最右方兩個字元。

A	B	C	D	E
編號	慣用語	考題	意思	
1	가닥을 잡다	가____잡다	掌握氣氛.狀況.脈絡	
2	가물에 콩 나듯 하다	가____하다	難得的	
3	가슴을 쓸어내리다	가____리다	安心,鬆一口氣	
4	가슴이 치다	가____치다	衝擊,痛心	
5	가슴이 뜨끔하다	가____하다	驚嚇.良心衝擊	
6	가슴이 벅차다	가____차다	激動	
7	가슴이 찢어지다	가____지다	心痛	
8	각광을 받다	각____받다	受關注	
9	갈피를 못 잡다	갈____잡다	不知所措	
10	고개가 수그러지다	고____지다	低頭	
11	고개를 갸웃거리다	고____리다	歪頭(懷疑,不信)	
12	그개를 끄덕이다	그____이다	點頭	

函數有一個參數是字元數，這個數字依照自己熟練的程度做修改即可，最熟練的時候只需要填 1 讓函數取頭尾一個字來測驗。還不夠熟練時可以適度增加這個數字，讓頭尾多取幾個字元，轉存爲 PDF 檔，放在手機與平板閱讀都很方便。常忘記的字我會用黃色標底色，表示要多練習幾次的題目。

非常多人使用 Anki[12] 或者「憶術家 MEMRiSE」[13] 這類利用手機隨時復習單字的 APP 來復習單字，有興趣的讀者也可以嘗試網路上搜尋相關的資訊。我自己仍然是偏好直接做成一頁，若解答的字體調成紅色，

---

12. Anki https://apps.ankiweb.net/
13. 憶術家 MEMRiSE https://www.memrise.com/zh-hant/

也可以利用紅色的色片放在解答上來考自己。

隨著時代的改變，現今越來越多人偏好極簡與無紙化，這些整理好的檔案轉為 PDF 檔，我都會存到自己的雲端硬碟，然後利用自己的平板來閱讀復習。在【科技實作七】裡我會介紹雲端硬碟的檔案管理法，從此以後你的單字筆記、電子書、音檔，全都可以透過行動設備進行存取。

｜進階♠｜ 進階技巧：字串尾反向排序單字表

本節介紹的技巧難度稍微較高一點，但有興趣的讀者可以嘗試學習看看。如果讀者曾經接觸過程式設計相關的課程，資料的排序（Sorting）絕對是熟悉資料結構（Data Structure）與演算法（Algorithm）的重點學習項目之一，排序可以將大量龐雜的資料整理成一套適合記憶的順序，這一小節要再利用更進階排序功能來製作單字表。

在本章中曾經介紹過「由字串尾開始排序」整理的單字書有時候背單字的效果反而很不錯，這邊來教大家如何利用試算表來將字串尾進行反向排序。前面有介紹到兩個函數 LEFT 和 RIGHT，分別可以截取最左邊和最右邊的字元，這次使用函數 MID 來截取中間的字元。

函數名稱（參數）	傳回結果
MID（儲存格，開始位置，截取字元數）	從中間截取的字元
LEN（儲存格）	字串的長度
IFERROR(回傳值，發生錯誤時回傳值)	如果發生錯誤時（如字串太短）可避免跳出錯誤訊息

現在如果要輸出最後五個字元的反序字串，單字長度少於五個字元可能會出現錯誤訊息，利用 IFERROR 函數便可以在傳回錯誤訊息時，改傳為空值。然後使用 & 符號連接每個輸出的字元。

函數名稱（參數）	傳回結果
IFERROR (MID(A1,LEN(A1), 1), "")	傳回 A1 儲存格最後一個字元
IFERROR (MID(A1, LEN(A1)-1, 1),"")	傳回 A1 儲存格倒數第二個字元

因此可以用下列的語法，輸出最後五個字元的反序字串，並且在少於五個字元時也不會跳出錯誤訊息。

=IFERROR(MID(A1,LEN(A1),1),"") &IFERROR(MID(A1, LEN(A1)-1,1),
"")&IFERROR(MID(A1, LEN(A1)-2, 1),"") &IFERROR(MID(A1,LEN(A1)-3,1),"")&IFERROR(MID(A1,LEN(A1)-4,1) "")

接下來我以本節一開始製作的「單字剋星」表為範例，原先我是以字首字母進行排序，現在再多增加一個欄位，貼上上面的語法，便可以輸出最後五個字元的反序字串。

如圖，C 欄位已經是所有單字的最後五個字元的反序字串，針對 C 欄位進行排序。

　　我針對原先 150 個單字進行字串尾反向排序，做出來的新單字表，可以觀察到相同字根與字尾的字都被放在一起了。例如 -tend, -ance, -age, -able，相同的詞尾放在一起更能加深印象。

C18	× ✓ fx	=IFERROR(MID(A18,LEN(A18),1),"")&IFERROR(MID(A18,LEN(A18)-1,1),"")

	A	B	C
18	legend	傳說(~ has it that…傳說中…)	dnege
19	pretend	假裝(=let on)	dnete
20	intend	(v.)打算;想要	dnetn
21	wood	木材	doow
22	resemblance	(n.)相似(=likeness; similarity)	ecnal
23	reluctance	(n.)不情願(=unwillingness)	ecnat
24	shade	涼蔭	edahs
25	trade	(v.)交易	edart
26	alongside	在…之旁	edisg
27	damage	(n.)(v.)傷害	egama
28	manage	(v.)管理	egana
29	average	(adj.)一般的 (n.)平均數 (above/under ~) (on ~)	egare
30	discourage	(v.)使沮喪	egaru
31	exchange	(n.)(v.)交換	egnah
32	breathe	(v.)呼吸	ehtae
33	recyclable	(adj.)可回收利用的	elbal
34	adjustable	(adj.)可調整的	elbat
35	stable	(adj.) 穩定的	elbat

　　相同詞尾背誦的技巧，不只可以在英語或歐語上發揮很好的效果，在其他語言同樣能夠用來歸納出單字之間的關係，例如我可以針對日檢 N1 範圍內難背的字做出一張單字表，利用本章的技巧產生反向排序再自動生成考題，匯出 PDF。

A	B	C	D	E	F
編號	單字	釋意	測驗題		反向排序
45	見計らう	見繕う（みつくろう）	見＿＿う		うら計見
77	立ち会う	居合わせる	立＿＿う		う会ち立
79	付き添う	立ち会う	付＿＿う		う添き付
6	押し出す	訴求する	押＿＿す		す出し押
67	切り出す	始める	切＿＿す		す出り切
13	言いつける	チクる、告発する、命令する	言＿＿る		るけつい言
54	見せつける	見せびらかす	見＿＿る		るけつせ見
68	切り上げる	終了する	切＿＿る		るげ上り切
7	押し付ける	強いる	押＿＿る		るけ付し押
24	切り抜ける	突破する	切＿＿る		るけ抜り切
1	打ち明ける	暴露する	打＿＿る		るけ明ち打
5	押し切る	押し通す	押＿＿る		る切し押
2	打ち切る	締め切る	打＿＿る		る切ち打
61	仕切る	切り盛り（きりもり）	仕＿＿る		る切仕
14	言い張る	主張する	言＿＿る		る張い言
46	見張る	監視する	見＿＿る		る張見
21	嵩張る	かさが増す	嵩＿＿る		る張嵩

　　反向排序後，便可以看到出す、つける、切る、張る這些相關聯的字可以一起背。記得將「反向排序」一欄刪掉，就可以用這張單字表來隨時復習做個小測驗。

　　實作練習內容：

　　1. 嘗試用本節介紹的技巧，做出你正在背的單字表，用電腦自動產生單字挖空測驗考題，將它依字母順序排序，匯出成 PDF 檔，在你的平板或手機開啟它。

　　2. 嘗試將上百個要背的單字建立字串尾反向排序單字表，並且用顏色標出相同字尾的字，看看哪些字之間有關聯。

　　3. 在【科技實作三】練習過如何製作人工智慧語音生成朗讀單字表的 MP3 檔案，利用這個功能將上方的單字表製作出屬於你個人的單字朗讀 MP3。搭配音檔來背單字，看看是不是記得又快又牢。

科技實作 6　線上翻譯、字典與語料庫使用祕訣

　　本章介紹了各種在背單字時應該有的背景知識，然而在學習過程中，外語想要學得好，查字典絕對是最重要的環節。我們無法隨時隨地有一個老師或朋友在旁邊讓我們詢問，但是字典和網路資源卻是唾手可得，因此建議從初級開始便培養查字典的能力。

　　初級階段時，因為認識的單字和句型還不夠多，可以查英漢、日漢、法漢……等的雙解字典，除了看中文解釋之外，記得要看一下原文解釋以及例句、搭配詞、近義反義詞等等，如果有必要，請確認一下發音，因為初級階段是養成良好發音的關鍵期，好的發音能節省在中高級階段的學習時間。另外也建議避免查沒有範例，只有給中文意思的字典，正如本書許多章節提到的觀念，只有中文有時候會造成理解的混淆。

　　在中級階段過後，建議使用英英詞典、日日字典、法法字典……等以原文直接解釋單字的字典，除非查完以後仍然不太確定意思，再轉去查雙解字典。雖然一開始可能會查得很辛苦，但大約練習個幾個月就會習慣。

　　查原文字典的練習，最重要的原因在於可以培養「用原文去解釋原文」的能力，除了未來在練習口說與寫作上能夠提升反應速度；在腦中建立的搭配詞與同反義詞的網路也會更穩固。

電腦與手機中的字典

記得我在求學階段，每個學生人手一台電子辭典算是學好英文的基本條件。在這個每人都有一支智慧型手機的年代，電子辭典已經走入歷史，但查字典永遠是學語言的重點技能，目前的我依照我自己目前手上使用的裝置是電腦或者是手機平板，我可能會使用不同的字典，但基本原理都差不多。

使用電腦時，我愛用的字典列表如下：

類型	語言	電腦網頁
無屈折變化	華語	教育部國語辭典簡編本 https://dict.concised.moe.edu.tw/
	臺語	臺灣閩南語常用詞辭典 https://twblg.dict.edu.tw/
	泰語	http://www.thai-language.com/
	越南語	NAVER Từ điển Hàn-Việt（Naver 韓越字典）https://dict.naver.com/vikodict/#/main Tratu 越南語字典 https://tratu.soha.vn/
日韓語	日語	goo 辞書 https://dictionary.goo.ne.jp/ Weblio 辞書国語辞典 https://www.weblio.jp/
	韓語	네이버 사전（NAVER dictionary）https://dict.naver.com/ 다음 어학사전 - Daum（Daum dictionary）https://dic.daum.net/index.do

印歐語系	英語	Oxford Learner's Dictionaries https://www.oxfordlearnersdictionaries.com/Collins Online Dictionary https://www.collinsdictionary.com/dictionary/ english/ 劍橋英漢雙解字典 https://dictionary.cambridge.org/zht/ The Free Dictionary（含多國語言字典） https://www.thefreedictionary.com/
	法語	法語助手在線詞典 https://www.frdic.com/ Dico en ligne Le Robert https://dictionnaire.lerobert.com/
	德語	德語助手在線詞典 https://www.godic.net/ PONS Online-Wörterbuch https://de.pons.com/

　　我本身使用的手機和平板都是蘋果產品，除了用瀏覽器打開上列的網址之外，我也會使用裡面的 APP，各語言我常用的字典 APP 如下：

類型	語言	手機 App
無屈折變化	華語	萌典　國語辭典
	臺語	萌典
	泰語	Thai-English Dictionary
	越南語	Dict Box -Vietnamese
日韓語	日語	**大辞林**（DAIJIRIN）
	韓語	다음사전（Daum dictionary） YBM 올인올 중한중 사전（YBM 中韓中字典）
印歐語系	英語	歐路詞典 Merriam-Webster dictionary
	法語	法語助手 Le Robert mobile
	德語	德語助手 Langenscheidt DaF Wörterbuch Deutsch-Deutsch

蘋果生態系內建的字典

如果讀者本身是蘋果產品的愛用者，那麼 Mac 生態系內建的字典絕對是語言學習的一大利器。蘋果手機和平板透過〔設定〕>〔一般〕>〔辭典〕可以免費下載大量好用的字典。

安裝好字典後，在瀏覽網頁時，只要遇到需要查詢的字，選字後會出現〔查詢〕按鈕，按下便會顯示解釋，曾經安裝過的字典中所有的解釋都會一併呈現。

裡面很多字典都是非常權威的字典，例如日文的スーパー大辞林就是我最愛用的日文字典。

所有在蘋果手機與平板中內建的字典，在 MAC 電腦中也可以下載，並且字典的內容都可以複製貼上到自己的單字表中，我上課筆記中，許多老師補充的生字，我自己會再額外到字典去貼上一些字典裡的搭配詞範例來參考。

在 MAC 電腦中，直接開啟〔辭典〕程式，選擇〔偏好設定〕，即可選擇自己想要安裝的語言字典，而下方可以設定自己目前有在學的語言，便能直接搜尋各國語言的維基百科。

利用語料庫學習搭配詞與相關字

要熟悉一個語言，必定要大量閱讀它的文本。為了掌握字的用法，在語料庫（corpus）中搜集了大量的語料供研究分析，做為語言學習者，自然也可以利用語料庫來學習相關的搭配詞以及正確的用法。

其中最簡單的語料來源就是直接將關鍵字丟入 Google 新聞中，因為新聞中的用字通常都會比較謹慎，這便可以做為未來寫作的素材。例如我想要學 inflation（通膨）這個字的用法，便可以找到大量相關的新聞。

但想必有許多人會認為 Google 新聞太過於陽春，好用的語料庫其實

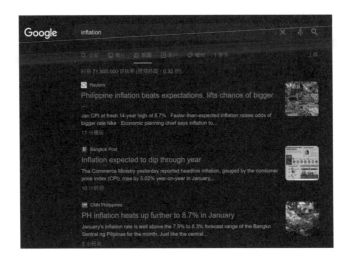

還有很多，例如 Ozdic[14] 就是一個能夠學到大量搭配詞的語料庫，關鍵字打入後按下搜尋，它會提供大量的搭配詞，例如可以搭配的動詞與形容詞，以及語塊。很多老師在編寫教材時也會直接用這些材料放入教材中，下一節章會利用這些知識來幫助你學習語言。

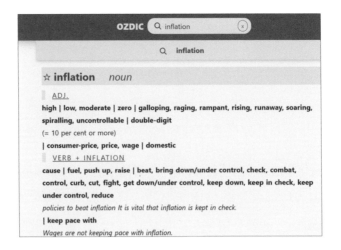

14.https://ozdic.com/collocation/

　　不同的語料庫會有不同的搜尋格式，不妨試著在網路上搜尋看看各種不同的語料庫。例如 Netspeak [15] 這個語料庫，利用「？」符號做為前後替代字，便可以查詢這個字前後可能接的字，也可以學習到 inflation 這個字和 rate（比率）、currency（貨幣）、unemployment（失業率）這幾個字有關係。

　　另一個語料庫叫做 Linggle [16]，則是利用「_」符號做為前後替代字，例如下面的搜尋結果。

　　此外，這個語料庫還可以在字的前方加上「~」符號，便可以檢索相關的字。本章裡面提到的「心智圖擴增單字法」，利用這個語料庫就可以快速地找出許多相關的字來一起記憶。例如我想要學和 apology（道歉）有關的字，輸入「~apology」，便能找出與道歉有關的字，例如後悔、同情、解釋、原諒。

15.Netspeak　https://netspeak.org/
16.Linggle　https://linggle.com/

L/nggle　inflation　　　✕　?　Q　　　✱　Sign in

Phrases	%	Count
rate of inflation	19.3%	210,000
adjusted for inflation	11.2%	120,000
of the inflation	3.7%	41,000
effects of inflation	3.4%	37,000
pace with inflation	2.3%	25,000
adjusting for inflation	2.3%	25,000
rates of inflation	2.2%	24,000

L/nggle　~apology　　　✕　?　Q　　　✱　Sign in

Phrases	%	Count
statement	46.8%	47,000,000
sorry	16.2%	16,000,000
explanation	11.8%	12,000,000
regret	3.3%	3,400,000
sympathy	3%	3,000,000
clarification	2.8%	2,800,000
apologize	2.5%	2,500,000

　　而不只是英語，其他語言也都各自有許多好用的語料庫，例如日語的筑波網路語料庫 [17] 就很適合用來檢索日文的搭配詞。

　　而韓文在本節中推薦的韓文字典 Naver 或 Daum 字典便有提供許多的語料，Naver 字典甚至會直接把關聯字畫成關係圖出來，如果還不夠，那麼 연세 말뭉치 용례 검색 시스템（延世語料庫檢索系統）[18] 可以找到大量的文章，這些資源就已經非常足夠學習了。

---

17 筑波網路語料庫 (NINJAL-LWP for TWC) https://tsukubawebcorpus.jp/zh-tw/
18. 연세 말뭉치 용례 검색 시스템 (延世語料庫檢索系統) https://ilis.yonsei.ac.kr/corpus/#/

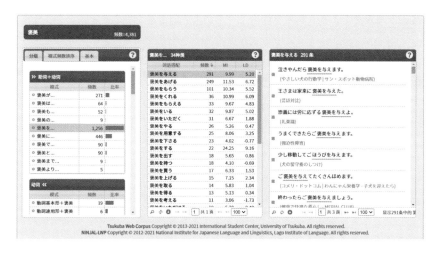

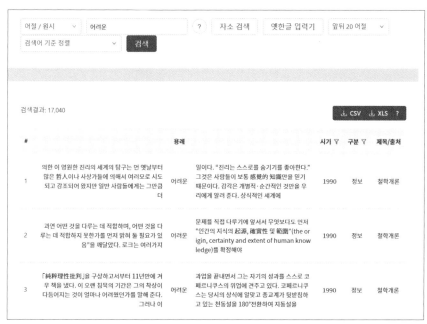

Google 翻譯輔助學習技巧

使用 Chrome 瀏覽器，可以搭配使用 Google 翻譯擴充功能。只要到 Chrome 瀏覽器中，選擇〔設定〕>〔擴充功能〕便可以搜尋元件來安裝。安裝過後，我通常會打開設定選項中的「立即顯示出彈出式翻譯」。如此一來，我在閱讀文章時，只要將要查詢的段落框起便可以隨時進行查詢。

然而這個功能要注意的是，儘量避免逐字看中文翻譯，因為就單一字的解釋來說，它的翻譯常常會有錯誤，如果太過依賴可能對學習不一定是好事。它最大的好處是可以直接框起一段文字，按下解釋旁的喇叭符號，便可以直接朗讀給你聽。

在先前【科技實作】中，我們曾經做過機器人朗讀單字的練習，這個朗讀的功能也是一樣，雖然發音並不是百分之百自然，但是機器人讀出來的音，已經比很多坊間部分不重視發音的老師來得好，規律的練習也能讓發音進步，而這個發音老師永遠不會跟你說累。若是覺得它發音不

夠清楚或可能有誤的字，也可以再丟到 Forvo[19] 這個網站進行發音確認。

我會建議讀者可以培養閱讀網路新聞或文章的習慣，素材將在下一章中介紹，下一章會介紹長文閱讀時要如何分析一篇文章它的句法結構來加深理解。

（圖片來源：Taipei Times 網站）

19.Forvo https://forvo.com/

實作練習內容：

1. 選擇一篇大致可以理解八成左右的文章來練習閱讀。遇到沒看過的字就用上下文來猜字的意思，不要急著看翻譯，整段看完後自己簡單總結整段的意思，再框起整段看看 Google 翻譯的結果（注意：機器翻譯的內容僅供參考，不是標準答案）。

2. 將剛剛文章中不確定發音的字框起聽看看機器人的發音，不確定意思的專有名詞可以用圖片搜尋，或者搜尋時加上 wiki 看看維基百科的解釋。

3. 整篇文章讀完後，用本章介紹的選字原則，選出幾個你認為值得背的字，在試算表中整理單字表。在字典和語料庫中幫這幾個字各找出三個搭配詞，一起存到單字表中。

正在為您的大腦安裝外掛中，請稍候

1. 記憶單字的技巧：依程度選擇該背的字＞視情況標註屬性＞同語源整理（字首字根、漢字）＞補充近義、反義與搭配詞。可以利用發音，以及鍵盤位置來補助記憶。

2. 名詞永遠都不可能背完，要先培養篩選名詞的敏銳度。用來搭配的動詞和形容詞，會有最基本的用字，和它衍生出來的近義詞，初級先把基本定義搞定，再來慢慢擴充近義詞和正式用語即可。

3. 初級階段：名詞背這半年來有用過或可能會用到的，顏色只要背黑白灰紅黃藍綠。動詞和形容詞背生活常用的。頻率副詞、連接詞、疑問詞、感嘆詞、虛詞和語法有關的字大多要全背。

4. 比起狂背單字，初級應把重點放在練習動詞變化、發音和語法代換練習。

5. 中級階段應背的單字：拆解字後包含一兩個背過的成分、含有學過的漢字成分、含有學過的字首字根成分、常見文化相關用字、文章或對話中印象已出現三次以上的字、搭配詞與語塊。

6. 高級階段可以不必背的單字：專有名詞、文學用字、古文用字、擬聲擬態語。只考慮是否背印象中出現三次以上的字。

7. 背單字時部分的字可以標註感情色彩屬性或語源屬性來加強記憶。

8. 中級階段開始，善加利用字首字根（詞綴）的知識可以快速擴增單字。英文基礎有助於學習其他歐語。

9. 善加利用我們母語使用漢字的天賦，包括入聲字和鼻音，有助於記憶日語、韓語、越語中的漢字語。

10. 學習韓語和越南語時，善用 [中括號] 標註漢字，或使用 ｛大括號｝
來假借漢字。日文則有大量的一字多音練習，練習時可將漢字圈起加
深印象，或搭配聽寫練習。

11. 漢字文化圈的日語、韓語、越語都可以在中級以後利用詞綴來加速學
習，詞綴包含了固有詞綴以及源於漢字的詞綴。

12. 不推薦的單字書：超過一半以上的生詞沒有看過、只有外文單字搭配
中文翻譯的書、必考單字從 A 排到 Z（除非補充很詳盡）、○語單字
圖解字典（除非要到當地生活）、主打諧音記憶的單字書、會中文就
會○語。

13. 推薦的單字書：主題分類單字、主題分類小短文或對話、沒有跨語言
的諧音或聯想記憶、字串尾排序單字、近義詞比較、多義詞比較、易
混淆字比較。

14. 用試算表整理單字時，有時候可以視情況增加近義詞、補充說明，或
者頁碼、第幾課等欄位方便未來查閱。

15. 初級階段時可以查雙解字典，記得要看一下原文解釋以及例句、搭配
詞、近義反義詞，並確認發音。在中級階段過後，建議使用以原文直
接解釋單字的字典。

16. 為了掌握字的用法，善用語料庫來學習相關的搭配詞以及正確的用
法。

17. 善用 Chrome 瀏覽器，搭配使用 Google 翻譯擴充功能，可以直接朗
讀給你聽。專有名詞可以用圖片搜尋，或者搜尋時加上 wiki 看看維基
百科的解釋。

2

實戰演練

語言　언어　ภาษา
ランゲージ
Language

文法篇
從零開始學好外語

　　經過了第一部分的「基本心法」，第一章理論篇、第二章的基礎篇，以及第三章的單字篇，讀者與自己一直以來使用的學習方法進行比對後，相信讀者對於「語言學習」應該有更進一步的瞭解。

　　第一章提到語言學習（Language Learning）與語言習得（Language Acquisition）的差別，本章的重點會放在「語言學習」上，學習者透過許多整理歸納好的規則來累積相關知識，相較於語言習得讓你敢講，能夠流利的表達，語言學習則是讓你能夠自我察覺目前使用的語言是否有不自然的地方，當然就免不了需要學習如何透過文法來分析句型。

　　有一派人士會說，我們從小到大學會講中文，哪有學過什麼中文文法，因此文法不重要，敢講能溝通才是重點。對於這派觀點，我認為可以用「唱歌」來比喻，每個人都不需要學習樂理就能夠唱歌，但是如果你想要唱得好，就勢必要對樂理有概念，例如節奏、旋律、調性、合聲。你確實不需要文法就有辦法滔滔不絕，但文法的學習可以幫助你更快瞭解語言的特性，讓你不但可以「自學」還能「學得好」，並且讓你流利

中更有自信。

　　文法學習一直以來爲人詬病過於艱澀，讓不少學習者望之卻步。即使難度很高，本章仍嘗試整理出各個文法點所應注意的學習重點，依不同語系的特性來做比較，讀者不必每個語言所有範例都讀，只要著重於自己有興趣的語言即可。

　　語言的特色隨著不同語系可能會有很大的差異，但是學習每個語言的過程中，文法學習的軌跡卻大同小異。本章便是整理這套軌跡，依照前面有的背景知識，來看看語言從入門開始以後，要如何建立起正確的文法學習框架。再依照這個框架，一步步地透過語言學習來養成使用這個語言的習慣，最後一節的長文分析技巧，即可活用本章所有文法知識，用你學習的目標語迎戰各種不同類型的文章。

4.1 認清語序，嘗試造句

我們說中文的時候，應該會注意到其實有習慣的說話順序，例如：我吃飯，你喝水，他看書。加上時間地點後，似乎也有習慣的順序，例如：我早上在客廳吃飯，他昨天到學校看書。

學習到一個新語言時，不妨去看看它前面幾課，就挑最簡單的前五課就可以大致上知道這個語言的基礎句型順序，例如中文、英文、越南文的基本順序都是：主詞（Subject）＋動詞（Verb）＋受詞（Object），常會簡寫成 S+V+O。

因為我們已經很熟悉 S+V+O 的中文句型，可以畫主詞→動詞，或動詞→受詞的箭頭來加強記憶，尤其是初級後期的日文的自他動詞或韓文的使動被動，都可以用這個技巧來判別。

當你對於發音規則差不多掌握八成左右，便可以嘗試聽看看它教材前幾課的音檔，便可以簡單地歸納出它的基本句型順序，通常主詞與受詞會是名詞，只要能認清語序，就能造出最簡單的句子，初學先習慣現在式即可。

S	V	O
我（我們）	看	電視
你（你們）	聽	音樂
他（他們）	寫	字

可能會有讀者說，中文也不完全是 S+V+O 的語言，例如我可以說：「飯，我吃了。」英文裡面也有倒裝句，德文原本是 S+V+O，但是助動詞出現時會變成 S+ 助動詞 +O+V，這麼多例外情況讓我搞得好糊塗啊！

中文之所以可以將受詞往前放，是因為中文屬於主題顯著語言（Topic-Prominent Language），可以將主題往前提，其他像越南語、泰語、日韓語都可以將主題往前提。每個語言或多或少都會有少部分的特別的例外情況，這些只要學到時再慢慢記憶即可，因此建議不妨還是用教材的前五課，確認一下目標語言的基本語序，接下來每當學到新的句子，就可以練習換掉其中一兩個字，造出三個類似的句子看看。

表格在我深深的腦海裡

透過教材前幾課的課文和文法，可以知道語言大致上的順序，例如日文和韓文屬於 S+O+V 的語言，而且主詞有時候可以省略，這些都可以透過聽音檔進行跟讀模仿練習，把這些句型像表格一樣地印在腦海中，接著就是慢慢擴充基本單字，先習慣造出最基本的句子來熟悉這個語言。

S（主詞）	O（受詞）	V（動詞）
私が（我） 彼が（他）	テレビを（電視）	見ます（看）
	音楽を（音樂）	聴きます（聽）
	字を（字）	書きます（寫）

可能讀者會發現有些語言的語序不是那麼穩定，例如德文就是個常常會倒裝又會動詞分離的語言，一下子動詞在前面，一下子動詞在後面，如此一來確實大大地增加了記憶上的難度，這意味著你腦中的句型表格要記不只一組，並且需要視情況選擇要用哪一個句型，這需要花上更多時間。

S（主詞）	助動詞	O（受詞）	V（動詞）
Ich（我）	möchte gern（想要）	einen Kaffee（咖啡）	trinken.（喝）
		eine Kaffeemaschine（咖啡機）	haben.（有）
		tanzen（跳舞）	gehen（去）
		－	bestellen（點餐）

例如我們說德文的助動詞出現時，後方的語序會變成 S+ 助動詞 +O+V，多讀一些課本裡面的例句，便會發現 O（受詞）的位置除了名詞之外，還可以放動詞原型 + gehen（去），這些就是在學習時要多留心的地方。

許多教材會把各種變化的句型製作成代換練習，建議初學者要多搭配音檔一起練習，確保每一課的句型表格都已經進入你的腦海。

確定語序後也別忘了屈折變化

在口說與拼字一節提到了學外語最麻煩的屈折變化（Inflection）。根據名詞的性、數量、格位進行變化，對於不需要變化的中文母語者來說，歐語那些大量變化的語言簡直是一場惡夢。我會建議初學者先建立好格位的觀念，因此最一開始的練習，時態都先以現在式為主，先熟悉名詞的屈折變化。

前面句型中提到的主詞（Subject）+ 動詞（Verb）+ 受詞（Object），主詞使用主格，受詞使用受格，另外英文還有所有格，因此不少人在國中時應該都背過：I, my, me、You, your, you、He, his, him……，這個過程在學其他歐語時也要重來一遍，不但如此，西語法語的名詞包括陰陽性，而德文還多了一個中性，並且德文的格位還多了屬格（Genitive）和與格（Dativ）。

由於這些格位變化非常複雜，初學者往往背得叫苦連天，建議的練習法是將學過的格位變化整理成一張 A4 大小的紙，方便自己在做代換練習時，如果不確定自己的變化是否正確，也能夠馬上進行確認。

德文格位	陽性	中性	陰性	複數
主格 Nominativ	der Tag	das Jahr	die Woche	die Tage
受格 Akkusativ	den Tag	das Jahr	die Woche	die Tage
與格 Dativ	dem Tag	dem Jahr	der Woche	den Tagen
屬格 Gentiv	des Tages	des Jahres	der Woche	der Tage

同樣的道理，例如法文在有兩個代名詞時的語序非常複雜，那麼你一樣可以把書中介紹的代名詞順序表整理到你的 A4 紙上面方便查閱。

me te se nous vous	le la les	lui leur	y	en

如此一來，在讀到一些新的例句時，就算看到大量的代名詞時也不會慌亂，只要在學習新的文法規則時，認清目前使用的語序是否正確，剩下的就是定期練習讓它成為習慣即可。

法文代名詞例句						
Tu	vas		le	leur		dire.
Je	dois		les		y	emmener.
Il		me	l'			a donné
Paul		nous			en	parle.
主詞	助動詞	雙受詞（代名詞）				動詞

各國語言的人稱代名詞

在嘗試造句的這個階段，除了要掌握好語序並且練習判斷主詞和受詞，學習歐語的學習者也要整理代名詞在不同格位的變化表，然後嘗試換成其他人稱。在更換人稱時，有時候動詞也會跟著變化，有關動詞變化的練習技巧因為牽涉到時態，會在下一節討論，一開始先掌握好現在式即可。

　　相較於歐語的人稱代名詞就是固定那幾個字，亞洲語言的人稱代名詞雖然不會因為格位而有變化，卻會因為關係的親疏與文化而有不同的叫法。

　　日語初學者一開始學到「你」的日文是あなた，就以為要用這個字稱呼對方，然而日本人幾乎不會用到あなた這個字做第二人稱，而大多是叫對方姓名再加上稱謂。同樣的，第一人稱包括「私、僕、俺」等等非常多，說出來的語境也不太一樣，建議初學者挑選最簡單而禮貌的「私」來練習即可。其他人稱也是一樣的道理。

　　韓語第一人稱禮貌對話用저，寫文章或半語用나，對話也常用兄（형／오빠）、姊（누나／언니）、弟妹（동생）來稱對方，這些都要練習，尤其是兄姊的稱呼會依照自己的性別而有變化，初學者練習時要多小心。也正因為會是用兄、姊、弟妹來稱呼對方和自己，所以在韓國對剛認識的人問年齡，一點都不會不禮貌，反而是會依照年齡來決定是否要使用敬語。

　　越南語的情況和韓文很像，同樣有可能會詢問對方的年齡。越南語除了最基本的tôi（我），bạn（你）之外，也很常用 chị（姊）、anh（哥），em（弟妹）來稱呼對方和自稱。除了這些代名詞，越南語還有好朋友用的代名詞，以及蔑稱的代名詞，這些人稱代名詞，到初期後期再學即可。

　　而越南語的第一人稱複數和臺語一樣，有兩種說法。臺語的「我們」用「咱（lán）」表示包含聽話者，用「阮（gún）」表示不包含聽話者。越語的「我們」用「chúng ta」表示包含聽話者，用「chúng tôi」表示不包含聽話者，這裡需要多留心。

泰語第一人稱依性別而有不同，例如：**ผม** 我（男性）、**ดิฉัน** 或 **ฉัน** 我（女性較常用）、**คุณ** 你、**เรา** 我們……等等。初級階段背的原則，請選對陌生人說不會失禮的用語即可。只要先將最基本的人稱背起來即可，其他更親密的人稱到初期後期再來背。

當前幾課的基本人稱與句型的概念，都已經像表格一樣清楚地烙在你腦海中以後，應該就可以試著練習提問題，再簡短地回答看看，也就是大家熟知的 5W1H，何時（When）、哪裡（Where）、誰（Who）、什麼（What）、為什麼（Why）與如何（How）。

其中何時（When）和為什麼（Why）的句子，在有屈折變化的語言常會牽涉到時態，這是接下來的重點。

4.2 動詞變化練習技巧

　　當熟悉目標語言的基本句型和主詞受詞的變化以後，就來到每個語言的重頭戲——動詞變化。很多語言的動詞都會依照時態或者主動被動而產生變化，藉由這些變化我們知道動作發生的時間點可能在過去或未來，也有可能讓我們知道它是假設語氣，每個語言因為有了動詞，原本靜止的意象也因此變得更加鮮明。

　　練習動詞變化前，先務必讓自己掌握好現在式的基本變化，再加入過去式和未來式的練習。在練習這三種不同的時態時，讓自己一邊練習時，一邊「幻想」自己已經做過，或者之後將會去做的感覺，練習換別的時態時，也要確認自己的動詞變化是否正確。

　　本書的最後一章「參考文獻與網站」中列出了許多各國語言的語法書，這些語法書之所以重要，是因為有些時態並沒有想像中的那麼單純，例如英文中的現在、過去、未來，裡面又再包括了進行體（Continuous and progressive aspects）和完成體（perfect aspect）。相較之下，法文的過去式，又可以區分為未完成過去式（Imparfait）和複合過去式（Passé Composé）。而德文的完成式（Perfekt）和過去式（Präteritum / Imperfekt）使用的場合和英文其實也不太一樣。

　　甚至是我們認為語法非常接近的日文和韓文，在時態的解讀上也不

盡相同。例如問說：「你結婚了嗎？」中文看到「了」，有些人會認為應該是過去式。但是日文說「結婚していますか？」使用表示進行的「ている」，表示目前還是結婚狀態。而韓文則是「결혼했어요?」使用表達過去式的았 / 었表示已經結婚了。

正是因為這些細節並不是可以簡單幾句話就能說明清楚，而是要從大量的例句中去學習並揣摩，從語法書或網路上找到清楚的說明來學習，也就變成必要的過程。

製作動詞變化表

求學時代學習英文時，學到完成式以後就要開始背動詞三態表，相信學過英文的各位絕對不陌生。這邊要告訴你，學習其他語言時也要背，而且大多比英文還要更複雜，你逃不掉的。

製作動詞變化表時，為了讓表看起來更乾淨，與原型相同拼字及發音的部分可以用「–」符號表示省略，或者用不同顏色標註需要注意拼字的地方，例如英文不規則動詞三態變化：

原型 （infinitive）	過去式 （past simple）	過去分詞 （past participle）
be	was / were	been
beat	–	-en
become	became	–
begin	began	begun

　　同理，德文的不規則動詞也可以用同樣的方式來整理。因爲德文還有強變化動詞（starken Verben），現在式的變化詞幹拼字也要多注意，因此同樣可以列入自己整理的表中。規則變化的部分詞幹相同可用「－」符號來省略。

原型 （Infinitiv）	現在式 （Präsens）	過去式 （Präteritum）	完成式 （Perfekt）
haben（有）	hat	hatte	hat gehabt
sein（是）	ist	war	ist gewesen
essen（吃）	isst	aß	hat gegessen
gehen（去）	-t	ging	ist gegangen
kommen（來）	-t	kam	ist ge-

　　接下來談到製作現在式的動詞變化表，歐語以三種人稱單複數來背誦，這邊以法文爲範例。由於法文有連音的習慣，主詞跟動詞間需要連音的字，我會在動詞前加上～符號提醒自己要記得連音，然後在不規則變化或是自己常背錯的地方標上底色。

字意	動詞	je	tu	il/elle/on	nous	vous	ils/elles
是，在	être	suis	es	~est	sommes	~êtes	sont
有	avoir	~ai	as	~a	~av-ons	~av-ez	~ont
去	aller	vais	vas	va	~all-ons	~all-ez	vont
來	venir	vien-s	vien-s	vien-t	ven-ons	ven-ez	vienn-ent
做	faire	fai-s	fai-s	fai-t	fais-ons	fai-tes	font
能夠	pouvoir	peu-x	peu-x	peu-t	pouv-ons	pouv-ez	peuv-ent

叫做	appeler	~appell-e	appell-es	~appell-e	~appel-ons	~appel-ez	~appell-ent
睡	dormir	dor-s	dor-s	dor-t	dorm-ons	dorm-ez	dorm-ent
拿.吃.乘	prendre	prend-s	prend-s	prend	pren-ons	pren-ez	prenn-ent
看	voir	voi-s	voi-s	voi-t	voy-ons	voy-ez	voi-ent

等到現在式熟練了以後，學到其他時態，這張表就可以往右邊延伸，再加上未完成過去式（l'imparfait）、複合過去式（Passé Composé）、未來（futur）和虛擬式（subjunctive）的變化。如此一來這張筆記就可以伴隨著你度過整個初級階段的動詞變化。有規則可循可以類推的部分可用省略符號 - 來標註，難背的部分同樣標底色，讓這張紙越簡潔越好。

字意	動詞	l'imparfait	p.c.	futur	subj.	subj.2
是，在	être	~ét-	été	ser-	soi-	soy-
有	avoir	~av-	eu	~aur-	~ai-	~ay-
去	aller	~all-	–	~ir-	~aill-	~all-
來	venir	ven-	venu	viendr-	vienn-	–
做	faire	fais-	fait	fer-	fass-	–
能夠	pouvoir	pouv-	pu	pourr-	puiss-	–
叫做	appeler	–	–	~appeller-	~appell-	~appel-
睡	dormir	–	dormi	–	–	–
拿、吃、乘	prendre	pren-	pris	–	prenn-	pren-
看	voir	voy-	vu	verr-	voi-	voy-

　　我指導學生練習日文動詞變化時，在剛開始學習日文的原型和ます型時，我就會直接教動詞的五段變化，並且在接下來的半年到一年的時間，只要遇到新的動詞，都會請學生依照順序背給我聽這個動詞的變化。這些變化要練到變成反射動作，看到任何一個字都要能判斷它的其他型態。

　　日文只要能區分動詞屬於一類還是二類，接下來看動詞詞尾即可，幾乎都是規則變化，因此動詞變化表製作起來也相對簡單。原型旁的帶圈數字是字的原型音調，若寫 II 為二類動詞。在做動詞變化練習時，也要注意音調。

原型	て形	ます形	ない形	可能形	意向形
歌う⓪	－って	－います	－わない	－える	－おう
歩く②	－いて	－きます	－かない	－ける	－こう
話す②	－して	－します	－さない	－せる	－そう
つ、ぬ、む、る、ぐ、ぶ……結尾的動詞依此類推					
食べる II ②	－て	vます	－ない	－られる	－よう
する⓪	して	します	しない	できる	しよう
来る①	来て	来ます	来ない	来られる	来よう

　　日文的動詞變化並不難，相較之下韓文的動詞變化除了有各種不規則變化之外，發音也會需要注意，因此建議用尾音來歸納，相同尾音放一起背。另外因為韓文的形容詞和動詞在原型的外觀上是無法判斷的，但是兩者的冠形詞規則不太相同，建議可以用星號＊標註為形容詞的變化來提醒自己。

原型	아 / 어요	는 / ㄴ冠形	ㄹ未來	(으) 면	說明
＊덥다（熱）	더워요	＊더운	더울	더우면	ㅂ不規則
입다（穿）	입어요	입는	입을	입으면	ㅂ規則
듣다（聽）	들어요	듣는	들을	들으면	ㄷ不規則
받다（收）	받아요	받는	받을	받으면	ㄷ規則
살다（住）	살아요	사는	살	살면	ㄹ不規則
＊낫다（好）	나아요	＊나은	나을	나으면	ㅅ不規則
其餘不規則變化依同樣方式整理					

正在為您的大腦安裝外掛中，請稍候

簡單歸納一下前兩節的練習重點與技巧：

1. 初學者在學習新語言時，每當學到新的句子，要觀察這個句字的主詞、動詞、受詞的順序，就像有個表格在你腦中幫字排順序一樣。判斷誰是主詞，而誰是受詞？如果對於主詞受詞的判斷不熟練，可以練習以箭頭→來標明。因為我們已經很熟悉 S+V+O 的中文句型，可以畫主詞→動詞，或動詞→受詞的箭頭來加強記憶，尤其是日文的自他動詞或韓文的使動被動，都可以用這個技巧來判別。

2. 學到人稱代名詞與格位的觀念後，記得整理一下各種人稱在不同格位時的變化表放在旁邊，學到新句子時，可以練習換看看人稱造疑問句和練習回答。例如學到「我喜歡你。」就要練習「你喜歡他們嗎？」「他們喜歡我。」練習時可以想像前面有個人在說話。

3. 學到不同時態時，就要開始整理不規則動詞變化表，當看到新的不規則動詞時，要隨時抽問自己：「它的原型是什麼？」然後將動詞變化背出來，如果有背錯或不確定的地方，馬上回去查表格，直到每次背出來的動詞變化都是正確的為止。

4. 學過不同的時態後，讀到新句子時，可以嘗試變看看其他時態，例如讀到「我每天都喝牛奶。」就可以練習說「他們昨天喝牛奶嗎？」、「你們明天想喝什麼？」可以用自問自答來練習，直到在各種人稱與時態都可以正確變化為止。

5. 雖然會拿著兩張筆記來練習，一張是人稱變化表，一張是動詞變化表，初級階段的終極目標，就是把這兩張紙丟掉也能夠正確地說出。聰明的讀者應該會發現，無屈折變化的語言，像是泰語和越南語，可以輕鬆度過這個階段（因為他們的惡夢是拼字和音調）。

4.3 名詞修飾初階班

　　當我們學習完基本的句型以及大部分的動詞變化後，還記得先前提到的句型，主詞和受詞大多的詞性都是名詞。為了讓句子中的名詞聽起來更生動，我們會用形容詞去修飾這些名詞。第一章談到在擴充字彙時，每當學到新的字建立了節點，會跟其他已經存在的節點建立字與字之間的連結，因此接下來要學習如何用形容詞修飾名詞。

　　當學習到形容詞時，可以去思考，有哪些名詞可以跟他搭配呢？這些跟形容詞搭配登場的名詞，文法上稱為中心語（head）。有些語言的中心語前置，例如越南文；有些語言的中心語後置，例如中文和英文；有些語言的中心語可能前置也可能後置，有些字則是可以前置也可以後置，但意思會改變，如法文 [20]。要確定這個語言的中心語該前置還是後置，最簡單的方式就是查字典看其中三個範例一起背，搭配自己曾經背過的字效果更佳。

　　查完範例後，儘量多背原文範例，而不是背「中文翻譯」。例如背到了「acute」這個字，與其背「敏銳的、劇烈的」，你應該要背的是「acute intelligence（機敏的聰穎）」和「acute pain（劇烈的疼痛）」，去感覺一下這兩個詞組的語感，再去推敲中文意思。之所以要這樣背的原因，就是因

---

20. 法文形容詞的位置整理
https://francais.lingolia.com/fr/grammaire/les-adjectifs/la-place-de-ladjectif

為「沒有一個語言是為了另一個語言存在」，你如果背「劇烈的」，你不能用這個字去描述「劇烈的搖晃」，中文因此造成了干擾，中文僅供參考。

另外，前兩節背到那些有大量屈折變化的德語、法語、西語，很遺憾的，他們的形容詞可能也會因為修飾的中心語格位、陰陽性及單複數而產生變化，這代表你也必須花時間練習形容詞的變化。

各國語言的形容詞修飾名詞

依照前述的原則，每背到一個新的形容詞，不妨去查詢一下它的搭配詞和近義、反義詞。無法搭配的詞則儘量不要去想以免腦中的印象出錯，或者標註（×）符號提醒自己是錯誤用法。

類型	語言	範例	中文解釋	學習技巧說明
無屈折變化	華語	髒亂的**桌面** 髒亂的**教室** 髒亂的**臉**（×）	-	中心語後置 形容詞做謂語常需要加上「很」
	臺語	清氣的**房間** （tshing-khì ê pâng-king） 清氣的**塗跤** （tshing-khì ê thôo-kha	乾淨的房間 乾淨的地板	中心語後置 有大量的疊字形容詞 可以補充反義詞「垃圾（lah-sap）」：髒
	泰語	เมืองใหญ่ เตียงใหญ่ ถนนใหญ่	大城市 大的床 大馬路	中心語前置 可以補充反義詞 เล็ก（小）
	越語	truyện ngắn phỏng vấn ngắn thời gian ngắn	短篇故事 簡短訪問 短的時間	中心語前置 可以補充反義詞 dài（長）

日韓語	日語	面白い人 面白い**映** （**映画**が**面白かった**）	有趣的人 有趣的電影 電影有趣 （過去時態）	中心語後置 形容詞分為い形容詞 和な形容詞 有過去時態
	韓語	작은 그릇 작은 사건 （키가 작았다）	小碗 小事件 個子矮 （過去時態）	中心語後置 根據尾音不同會有變化，有過去時態
印歐語系	英語	boring job bored expression	無聊的工作 感到無聊的表情	中心語後置，無屈折變化，可用分詞做形容詞用
	法語	un grand homme un homme grand une grande femme une femme grande	偉大的男人 高大的男人 偉大的女人 高大的女人	大多中心語前置，但部分字中心語後置 有的字可前置可後置但意思會變化 隨中心語陰陽性及單複數有屈折變化
	德語	guter Freund gutes Wetter gute Nacht	好朋友 好天氣 晚安 （好的夜晚）	中心語後置 隨中心語陰陽性、單複數、格位、有無冠詞有大量屈折變化

所有的形容詞變化以德文的最為複雜，因為還要把格位一起考慮進去，因此建議德文的形容詞記憶，要將本章第一節整理出來的格位變化表下方，再多整理形容詞的變化表，背到每一個形容詞時，不妨貼到字典看看，背三個範例。

德文學習者在第一課一定會學到打招呼用語「guten Tag（你好，日安）」，為何它的 Gut（好）後方加 en，正是因為原文是「Ich wünsche Ihnen einen guten Tag（我希望你有好的一天）」，Tag 為陽性名詞做受格，所以形容詞變化加 -en。這些屈折變化是印歐語系最為挑戰的階段。

等到背完一部分的基本形容詞後，接下來要學習各語言的比較級（Comparative）與最高級（Superlative）語法，練習造一些句子，像是「A比 B 更○○」，「在所有○○之中，A 最○○」這類句子。也要注意部分形容詞的比較級與最高級是不規則變化，例如 Good（好）、better（更好）、best（最好）。

另外注意歐語可以使用現在分詞（Present Participle）和過去分詞（Past Participle）做形容詞用，分詞是從動詞變化後產生的詞，而且含有進行或者被動的語境在裡面，例如英文的 sleeping baby （熟睡的嬰兒）和 broken heart（破碎的心）就分別使用了現在分詞和過去分詞。因此要等到初級階段已大致上完成，動詞變化和被動語態都已經熟練，進入中級前，將分詞的基礎打好。

與形容詞相通的副詞

在對形容詞有了基本的認識之後，接下來可以用已經學過的形容詞轉換為副詞，來嘗試修飾動詞。大部分的轉換是有規則的，因此先掌握有規則的部分，並記住它的語序。

類型	語言	與形容詞相通的副詞範例	中文解釋	學習技巧說明
無屈折變化	華語	跑得快 開心地跑 安靜地坐著	-	動詞＋得＋形容詞 形容詞＋（地）＋動詞 形容詞做副詞用
	臺語	講甲偌好 （kóng kah guā-hó） 慢慢仔講 （bān-bān-á kóng.）	說得多好 慢慢地講	動詞＋甲（kah）＋形容詞 形容詞＋（仔）＋動詞 形容詞做副詞用
	泰語	มาสาย เดินช้า พูดเก่ง	來得晚 慢慢走 說得很棒	動詞＋副詞 形容詞做副詞用
	越語	đến muộn chạy nhanh nói chậm	來得晚 跑得快 慢慢說	動詞＋副詞 形容詞做副詞用

日韓語	日語	早く**寝る** 遅く**起きる** 静かに**座る**	早睡 晚起 安靜地坐	〔い形容詞詞幹＋く、 な形容詞＋に〕＋動詞
	韓語	늦게 오다 재미있게 배우다 멋있게 입다	來得晚 有趣地學習 穿得帥	形容詞詞幹게＋動詞 有許多副詞不規則變化 要另外背
印歐語系	英語	run fast drive carefully eat slowly	跑得快 小心駕駛 慢慢吃	動詞＋副詞 （形容詞＋ly 轉副詞） 少部分不規則需背
	法語	courir vite conduire prudemment manger doucement	跑得快 小心駕駛 慢慢吃	動詞＋副詞 （形容詞＋ment 轉副詞） 少部分不規則需背
	德語	Er läuft schnell Er fährt vorsichtig er isst langsam	他跑得快 他小心駕駛 他慢慢吃	動詞＋副詞（與形容詞 同型），助動詞出現時 則改動詞後置

　　上述的內容為大部分適用的規則，且這類副詞在句中的位置大致上沒有太多變化，先掌握清楚修飾動詞的規則後，也可以嘗試用副詞去修飾形容詞或句子，再針對不規則的副詞形態各別加強記憶。需要注意的學習重點，大致上分為下列幾種可能：

　　1. 副詞不規則變化：英文 Good（好）的副詞形態是 well；法文的 bon（好）的副詞形態是 bien；韓文部分形容詞的副詞型以이、리、히、로結尾。有些字的形容詞與副詞之間無差異，例如英文的 fast（快）和法

文的 vite（快）。

2. 副詞意義轉變：例如 Hard（難），副詞 work hard（努力工作）、hardly know（幾乎不知道），語序也有稍微不同。日文的いい（好）的副詞型態よく，除了當「好好地」之外，還有「常常」的意思。

3. 容易誤認的詞性：英文的 friendly, timely, costly，雖然是 ly 結尾，卻是形容詞。韓文形容詞필요하다（必要的），因為和動詞하다（做）的結尾相同而誤以為是動詞，請小心判別詞性。

與形容詞不相通的副詞

與形容詞不相通的副詞，意味著無法直接從形容詞變化而得到這類副詞，這類副詞可能指的是時間、頻率，可能是指地點。這類副詞因為數量很多，且位置依類型不同，有時候還可以加在句首或句尾，學習每個語言時都需要各別記憶，建議依照下列分類來背誦：

1. 頻率副詞：從不、偶爾、有時候、經常、總是、一再。

2. 時間副詞：剛剛、已經、突然、才、首先、然後、最後、終於。

3. 程度副詞：很、非常、相當、太、尤其。

4. 判斷副詞：可能、也許、一定、未必、恐怕、看來、果然、意外地、絕對。

5. 地方副詞：到處、這裡、那裡、外面、樓上。

6. 範圍副詞：全部、都、只有、僅僅、總共。

7. 否定副詞：不、沒、別、不太、完全不、沒什麼。

8. 語氣副詞：難道、到底、簡直、究竟、難怪。

這類副詞相對重要，也是進入流暢溝通的基本門檻，只要看過三次以上的字，建議都可以嘗試查字典或網路找到三個搭配的例子把它記下來。另外要注意，上述副詞在其他語言表達時，有時候當地人的習慣不一定是「一個字」，而有可能是一段詞組（參閱本章的「語塊」小節），或者翻過去的意思和中文有一點點語感上的不同，因為「沒有一個語言是為了另一個語言存在」，這都是很正常的。

亞洲語言的副詞還有個困難點，無論是日語韓語或者華語臺語，都有大量的擬聲擬態語和疊字副詞，以中文為例：香噴噴、胖嘟嘟、苦哈哈等。日文也有大量り、と結尾的副詞，幾乎不可能背完，依照第三章的選字原則，一樣先背看過三次以上的字即可。

4.4 名詞修飾進階班

當我們熟悉如何使用形容詞去修飾名詞，以及用副詞去修飾其他詞性後，接著就要嘗試用「句子」來修飾名詞了。這部分是本章最後做句構分析的大重點，很多學習者看到長篇文章就感到害怕，但若能清楚確認句子中的主詞以及主要動詞，很快就能抓到概念。

舉例來說：「那位（看起來不高不矮，臉上有著胎記，穿著藍色大衣）的男子，把那些（放在架上好幾個月也沒有任何人想要看）的書，全都丟進了（早已破爛不堪且不斷發出惡臭）的垃圾筒。」整句話誰是主詞？誰是主要動詞？誰是受詞？

若能夠學會如何使用「句子」去修飾名詞，就會發現剛剛那段文字，簡短來說就是「男子把書丟進垃圾筒」，其他部分都是修飾。中文習慣用一句話加上「的」來進行修飾；在英文，就是求學階段都學過的關係子句（Relative clauses），同樣的觀念在其他印歐語系的語言都一樣。

利用句子修飾名詞

利用句子修飾名詞時，善用（括號）將修飾的部分框起，然後拉一根箭頭→指向被修飾語（中心語），通常中心語才會是重點，而括號的內容是補充說明。無屈折變化的語言在修飾時只要注意語序即可，但其

他語言用句子修飾時，也要注意子句動詞要配合子句的時態做變化，例如「（昨天我買回來的）蛋糕現在放在桌上」如果你知道蛋糕是主角，那麼子句裡面的「買」這個動詞，因為發生在昨天，所以要使用過去式。

類型	語言	句子修飾名詞	中文解釋	學習技巧說明
無屈折變化	華語	（沒人愛）的你 （刻在我心底）的名字 （沒有煙抽）的日子		子句＋的＋中心語
	臺語	（你想會著）的代誌 （Lí siūnn ē tio'h--ê tāi-tsì） （框金閣包銀）的性命 （khong-kim koh pau gîn ê ann）	你想得到的事 穿金戴銀的命	子句＋的＋中心語
	泰語	งานที่（จะทำ） คนที่（รู้จักเล่นเกม）	要做的事情 擅長玩遊戲的人	中心語＋ที่＋子句（關代包括：ที่、ซึ่ง、อัน）
	越語	người mà（tôi vừa gặp） bộ phim mà （bạn yêu thích nhất）	我剛見的人 你最愛的電影	中心語＋mà＋子句
日韓語	日語	**（知恵を持つ）名探偵** **（日本語が話せる）方**	有智慧的名偵探 會說日文的人	子句＋中心語
	韓語	（별에서 온）그대 （돈이 없는）사람	來自星星的你 沒有錢的人	子句（冠形型）＋中心語

				中心語 + 關係代名詞 + 句子
印歐語系	英語	The guy（who I met） The key（which I lost） the place （where I worked）	我見的人 我弄丟的鑰匙 我之前工作的地方	中心語 + 關係代名詞 + 句子
	法語	un homme （qui écoute CD） un CD （que j'écoute）	聽 CD 的男人 （qui 取代主詞） 我聽的 CD （que 取代受詞）	中心語 + 關係代名詞 + 句子（需格位變化）
	德語	der Mann, （der zu mir kam） der Mann, （den ich getroffen habe）	來找我的男人 （der 取代主詞） 我遇到的男人 （den 取代受詞）	中心語 + 關係代名詞 + 句子（需格位變化）

　　表格中日語常體，是相對於敬體的表達方式。在日語依說話對象不同，需要禮貌時使用敬體，而對平輩、家人朋友、晚輩使用常體。日語學習在初級中期便會進行大量的敬體常體轉換練習。

　　而韓語冠形型，簡單來說就是用來修飾名詞的型態，根據有無尾音，以及現在、過去、未來有不同的變化，也是初級中期韓語學習的大重點。

　　英文文法的熟練有助於其他語言關係代名詞的理解，初級後期務必讓自己熟練關係代名詞的使用。將各個語言對照下來，可以注意到印歐語系在關係代名詞的使用和表現非常豐富，甚至有許多語感上的變化很難以本書的篇幅一一說明，需要學習的讀者請閱讀本書最後的參考文獻來加強。這裡以簡單幾句話歸納這幾個語言的重點：

1. 英語：關係代名詞 who 取代人、which 取代物、that 都可以，還有表達所有格的 whose 以及表達受格的 whom（用於文章），where 則為解釋為「在那裡」；而 what 則指「the thing(s) which（所…的東西）」。

2. 法語：取代主詞的 qui 和取代受詞的 que（qu'）之外，還有搭配介詞 de 而產生的 dont，搭配其他介詞產生的 lequel/ laquelle / lesquels/ lesquelles，以及關係副詞 où（在那裡）。而加上 ce 成為 ce qui, ce que 可指「所……的」。

3. 德語：關係代名詞除了屬格（Genitiv）和與格（Dativ）的複數之外其他和定冠詞變化表一樣，依照性數與格位做變化。除了基本的 wo（在那裡）、was（所……的），還會因為與介詞搭配產生大量的變化，如：wohin, woher, woran, womit……等等。

4.5 比單字更重要的「語塊」概念

在單字一章，有談到背單字的重點是記憶搭配詞（Collocation）；學習英語時，我們也一定學過片語（Phrases），比如英文課的時候台上老師說：「把have nothing to do with 畫起來，然後把介系詞 with 圈起來，意思是跟什麼不相干。」 也學過一些慣用句型，例如「Would you mind if I…？（你介不介意我……？）」

這些觀念在學語言時都曾經有學過，但是卻仍然有很多人沒有聽過語塊（chunck）這個概念。簡單來說，我們說話並不是以「字」為單位，也不是以「詞」為單位做停頓，而是以「語塊」為單位。所以上面提到的搭配詞、片語、慣用句型，都可以叫做語塊。

語塊之所以重要，是因為在口說與寫作的時候，人類不是一個字一個字慢慢產出，你沒有時間去想每一個字的翻譯，所以一定是一整塊一整塊地把你的句子說出來。

「語塊／之所以重要／是因為／在口說與寫作的時候／人類／不是一個字一個字／慢慢產出」前一段的話，若以說話的邏輯來看，就可以這樣切割。在第二章口說一小節提到斷句與語調標記法，一樣會需要做語塊的練習，因為在朗讀或口說時，在語塊的中間是很少停頓的。

若讀者曾經學過日文或韓文，相信在初級階段的後期就會開始背各

種句型，若準備日文檢定或韓文檢定，更是需要買句型總整理。現在應該可以明白，這些全都可以叫做語塊。在平常學習的過程中，看過三次以上的語塊，如果有背的價值，我就會畫底線，讓自己稍微有一點印象。

在文法已大致上熟練的中級，以語塊爲單位來練習外語可以有效提升流利度，不妨練習到能自然地脫口而出，讓舌頭不打結吧！

語塊的類型

談到語塊對學習外語的幫助，可以從美國認知心理學家喬治・米勒（George A. Miller）的論文《神奇的數字：7±2：我們訊息加工能力的侷限》（The Magical Number Seven, Plus or Minus Two: Some Limits on Our Capacity for Processing Information）談起。[21]

它的大意是說，人類一次能處理訊息的極限落在 7±2 個單位，所以如果一次要背超過這個範圍的訊息，大腦就會不堪負荷。但是我們有破解的方法，就是將所有訊息切割後使得字數在這個範圍內，賦予它意象，人腦就可以處理。

舉例來說，如果要背般若波羅密多心經：「觀自在菩薩行深般若波羅蜜多時照見五蘊皆空度一切苦厄。」沒有停頓是背不起來的，但若切割之後：「觀自在菩薩 / 行深般若波羅蜜多時 / 照見五蘊皆空 / 度一切苦厄」，人腦就有辦法處理。

21.The Magical Number Seven, Plus or Minus Two: Some Limits on Our Capacity for Processing Information.http://psychclassics.yorku.ca/Miller/

　　同樣的道理，相信有人聽說過天才背出圓周率3.14159265358979323846……後面的100個數字，技巧也是一樣，切割之後編口訣，3.14159/26535/89793/23846。「一世一壺酒（14159），餓了我傷我（26535）……」那並不是天才，切割資訊成一塊塊的內容，是我們人腦本來就有辦法做到的事。

　　因此在口說或寫作中使用的語塊，切割之後字數都會落在這個範圍內，大致上分為下列五種類型：

　　1. 搭配詞（Collocations）：本章介紹了各種詞性的搭配，可以利用第三章介紹的字典和語料庫，找到可以搭配的三個範例。例如學到 deep（深），查字典後順便學 deep breath（深呼吸）、deep discussion（深入討論）、deep sleep（熟睡）。

　　2. 動詞片語（Phrasal verbs）：歐語系有非常大量的動詞片語，時常用在口語，例如學到 carry out（執行），就查字典讓自己背三個例子：carry out a promise（履行承諾）、carry out an investigation（進行調查）、carry out a plan（執行計畫）。注意中文「履行、進行、執行」會造成干擾，不如原文多唸幾遍就好。

　　3. 慣用語（Idioms）：每個文化都有自己的慣用語，通常需要直接整句背起來，看過三次以上的慣用語可能要稍微記憶，有時候人還會使用「雙關語」或「諧音」來展現自己的幽默，例如中文的慣用語「大可不必」，有人會開玩笑寫「duck 不必」。其他語言的慣用語，例如英文的「get up on the wrong side of the bed（床的另一邊起床→吃錯藥）」、日文的「猫の手も借りたいほど忙しい（忙到想借貓的手→忙到翻天）」，你問為什麼是貓？這就像中文「拍馬屁」一樣，也沒有人知道為什麼是馬。

4. 文法句型（Grammatical Collocations）：一部分的動詞片語搭配介系詞時，後方有需要背的文法。例如學到「be looking forward to N/Ving（期待）」，與其背文法規則「後方要接名詞或 Ving」，不妨直接舉三個例子「I'm looking forward to seeing you again.（期待再次見到你）」、「I'm looking forward to the party.（期待這場派對）」、「I'm looking forward to him arriving tomorrow.（期待他明天到來）」。日韓文大量的句型也是用同樣的方式來記憶。

5. 慣用句型（Formulaic expressions）：有關句型的介紹在下一小節會詳細說明。概念類似上方所有概念的集大成，也就是我們常說的「寫作／口說模板」，例如本節開頭的「Would you mind if I…？（你介不介意我……？）」慣用句型可能在句首、句中或句尾，需要大量的聽讀、做記號記憶以及長時間的練習。

虛詞：助詞、介系詞、語氣詞、連接詞

在記憶語塊時，因為是以一組一組的字來進行記憶，適合用來輔助學習非常需要語感的虛詞（Function word）。虛詞沒有完整的意義，不能單獨成句，要依附在實詞上，文法書也會用非常大篇幅來解釋這些詞，若用語塊來記憶，每學到新的概念，就舉三個例子加速理解。

虛詞底下還有許多分類，在不同語言的語法書也可能有不同的名稱，稍微有印象即可，重點是如何使用它們。例如日韓語的重頭戲「助詞（Particle）」，在歐語系的大魔王「介系詞（Preposition）」、無

屈折變化語言常見的語氣詞（語助詞），以及每個語言都有的連接詞（Conjunction）。其中連接詞（日韓語稱接續助詞）與句型有關，於下一小節進行介紹。

學到這類虛詞，如果需要記憶時，我會將它框起，例如學習臺語時學到一些慣用句，我會這樣做筆記：

學到「甲 /kah/」表示程度：沃 甲 澹糊糊 /ak kah tâm-kôo-kôo/（淋得全身溼）、戇 甲 袂曉扒癢 /gōng kah bē-hiáu pê-tsiūnn/（笨到不會抓癢）。學習到「咧 /teh, leh/」有大量的用法，例如：表示進行「伊 咧 食飯。I teh tsiah-png.（他在吃飯。）」、表示簡單做一做。「共房間摒摒 咧。/Kā pâng-king piànn-piànn leh./（把房間整理一下。）」

類型	語言	虛詞和語塊學習重點
無屈折變化	華語	句末語助詞：呢、吧、啊、嘛、嗎、而已，需造句來理解。 時貌標記（aspect marker）：了（完成）、過（經驗）、著（持續）、在（進行）、起來（起始）。 介系詞：如方位（從、到、往）、主題（關於、按照）、關係（為了、比）。
	臺語	大致上和華語相同，和華語不同的地方常有許多慣用語塊需要特別記憶。
	泰語	句末語助詞：จ๊ะ（疑問或祈使，長輩或女性用）、ถอะ（吧）、นะ（啊）、สิ（加強語氣），需造句來理解。 時貌標記：แล้ว（完成）、เคย（經驗）、กำลังจะ（正要）、กำลัง...อยู่（進行）。 介系詞：จาก（從）、ถึง（到）、เกี่ยวกับ（關於）、ตาม（按照）……。
	越語	句末語助詞：chứ（當然啊）、mà（嘛）、đấy（加強語氣）、nhé（叮嚀），需造句來理解。 時貌標記：rồi, chưa（完成）、(đã) từng（經驗）、đang（進行）、sắp（即將）。 介系詞：từ（從）、đến（到）、về（關於）、theo（按照）……。

	日語	非常大量的助詞，從初級到高級。
日韓語		格助詞：が（主格）、を（受格）、に（對象、時間）、から（從）、より（比）……
		副助詞：は（主題、對比）、も（也、否定）、さえ（連...也）、しか…ない（只有）、なんて（之類的）……
		終助詞：か（疑問）、な（禁止）、もの（撒嬌口吻）、って（引用）……
	韓語	非常大量的助詞，從初級到高級。
		格助詞：이 / 가（主格）、을 / 를（目的格）、에 / 에게 / 한테（副詞格 / 對象）、에서（副詞格 / 從）……
		副助詞（補助詞）：은 / 는（主題、對比）、도（也、否定）、조차（連...也）、밖에（없다）（只有）、（이）나（之類的）……
		韓文不以助詞做句尾，而是稱為「終結語尾」，例如：거든（요）（告知訊息）、기는（요）（謙虛 / 輕微反駁）、ㄴ / 는다면서（요）（確認）……

印歐語系	英語	非常大量的動詞片語，從初級到高級。 介系詞原意：in／on／at（時間、地點）、to／into（方向）、by（工具）、for（為了）、between（之間）、from（從）每個介系詞都可能與名詞、形容詞或動詞再結合成新的語塊，都要一起背。 介系詞片語：on purpose（故意）、be keen on（熱衷於）、depend on（依賴） 動詞片語：動詞與介系詞之外，還可能與 over, out, off, up, down, back, away, through, along, forward... 等字進行各種組合。
	法語	非常大量的動詞片語，從初級到高級。 介系詞原意：à／en（時間、地點）、sur／sous（上／下）dans（裡面）、entre（之間）、chez（在⋯⋯家）、de（從）、sans（沒有）、par（透過）⋯⋯ 介系詞片語：en face de（在⋯⋯對面）、de temps en temps（有時候）、avoir besoin de（需要）⋯⋯ 動詞片語：動詞與 à 和 de 組合而成的片語非常多，另外要注意片語搭配的是直接受詞（COD）還是間接受詞（COI）
	德語	非常大量的動詞片語，從初級到高級。 介系詞原意：in／an／auf（時間、地點）、über／unter（上／下）、gegen（反對）、für（為了）⋯⋯ 介系詞片語：sich interessieren für（有興趣）、warten auf（等待）、Angst haben vor（害怕）⋯⋯德語介系詞的學習要除了前述的注意事項之外，還要背介系詞後方搭配的是屬格還是與格。

　　今後若看到想要記憶的語塊，不妨就把想要記憶的部分畫一條底線，然後將這類虛詞圈起來，先背看過三次以上的語塊，再各舉三個例子背下來，就能夠越來越熟練。

4.6 |進階 ♠|
句型屬性表與複雜句型

　　在我們已經可以掌握各種詞性的變化以及有了語塊的概念後，來到最後一個階段，要試著讓句子變成一段文章，如此便完成文法階段的學習。在第三章談過了單字的屬性表，提到單字有所謂的感情色彩（褒貶義）這個方法在句型方面一樣可以使用，尤其像日韓語的學習幾乎都以句型為主，遇到可以標註的句型，我便會標註。

　　我本身學習句型時，最常用的符號就是表示好事情的⊕、表示壞事情的⊖、只出現在文章的⊗、正式句型的㊣、以及口語專用句型的▣。

語言別	句型範例	中文意思	我的標註
日文	N... のおかげで	多虧了（感謝）	⊕
英文	S should have Vp.p	原本該……（後悔）	⊖
英文	Not until ...did S realize...	直到……才明白	⊗
日文	V させていただきます	就讓我來為您……	㊣
英文	You'd better...	你最好……	▣

連接詞（接續助詞）

　　我們使用連接詞，或者日韓語使用接續助詞，讓原本簡短的句子，能夠有邏輯地和其他句子連接。在語塊的小節提到，連接詞和連結語法其實也是語塊學習的一部分。尤其是日韓語的中級過後，所有的學習都會圍繞著各種句型的比較。這類語意關係的連接，也是閱讀測驗必考的重點。

　　礙於篇幅，本書無法一一列舉各語言的各種句型，讀者們在進入中級之前，可以盤點看看下列的語意關係，許多和之前介紹的副詞有重覆，你是不是都已經知道要如何使用目標語來說看看呢？

關聯	範例
因果（順接）	因為（所以）、由於、既然（那麼）
轉折（逆接）	雖然、儘管、不過、然而
目的	才可以、以免
承接	然後、接著、於是、結果、最後
遞進	而且、此外、更何況、甚至
讓步	即使、就算
條件	只要、除非、否則、不然、無論
假設	如果、假如

相對時態和假設語氣

　　各種句型裡，以歐語系的相對時態和假設語氣最為困難。日韓語次之，而無屈折變化的語言最簡單。要理解相對時態，需要畫時間軸會較好理解，如英文的過去完成式（Past Perfect），代表「過去的過去」發生一件事 B，影響到「過去」的 A。同理，法文的愈過去時（plus-que-parfait），也是指「過去的過去」，先將來時（futur antérieur）指的是「未來完成」。

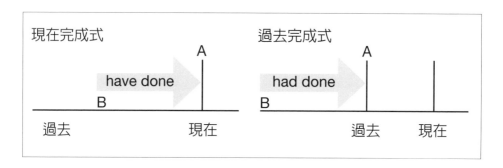

　　而假設語氣也是在歐語學習會需要花最多時間，尤其是牽涉到文法「虛擬式」的語感，如果先理解英文的假設語氣，能幫助其他假設語氣的學習。日韓語也有各種假設的表現，因此整理成下表。

類型	語言	假設語氣重點
無屈折變化	華語	如果、假如
	臺語	如果（jû-kó）、若是（nā-sī）、若準（nā-tsún）
	泰語	ถ้าหาก、ถ้า、หากว่า、หาก
	越南語	nếu、giả sử〔假使〕

日韓語	日語	と（的話……自然而然／發現）、たら（發生了的話……）、なら（建議／勸告如果……那麼會……）、Ｖば（的話……期望）
	韓語	（으）면（如果）、았／었으면（要是……）、기만 하면（只要……就） 、다 보면（只要一直……就） 다가는（如果一直……就會發生壞事）
印歐語系	英語	（一般條件）If S+V（現在式），S will V... （現在事實不符） If+S+V（過去式），S would V... （過去事實不符）If+S+had V（過去分詞）， S would have V（過去分詞）
	法語	（一般條件）Si 現在時／過去時，現在時／簡單將來時／命令式 （現在事實不符）Si 未完成過去時 + 條件式現在時 （過去事實不符）Si 愈過去時 + 條件式過去時
	德語	（一般條件）Wenn 現在時 + 現在時／將來時／命令式 （現在事實不符）Wenn 虛擬二式過去時 + 虛擬二式過去時 （過去事實不符）Wenn 虛擬二式過去完成時 + 虛擬二式過去完成時

間接引用和被動語態

　　進入中級階段前最後要熟悉間接引用（indirect quotations）和被動語態（Passive voice），如此便算是將所有的語法全部學習完成。如同先前學習過「句子修飾名詞」標註的方式，間接引用同樣可以善用（括號）將修飾的部分框起，然後從動詞拉一根箭頭→指向引用的內容。

　　練習的時候可以想像你眼前有一個人，然後把一些從別的地方聽來的情報講給他聽。另外要記得人稱、動詞形態還有時間點要依照說話者而跟著變化。例如某人上禮拜一跟你說：「昨天這邊好吵，我今天完全沒精神。」變成間接引用時就會說：「他上禮拜一跟我說，前一晚那裡好吵，他那天完全沒精神。」

類型	語言	間接引用重點
無屈折變化	華語	可以直接引用。例如：「你說（你愛了不該愛的人），你的心中滿是傷痕」
	臺語	
	泰語	動詞 +ว่า+（子句）
	越南語	動詞 +rằng／là+（子句）
日韓語	日語	（子句）+と／って+動詞 （子句）そうだ。（傳聞）
	韓語	（子句）+고+動詞 依子句類型分다고／냐고／ㄹ거라고／라고 等各種引用較為複雜，需要多花時間練習

	英語	動詞 +that+（子句）
印歐語系	法語	動詞 +que+（子句） 子句的動詞要依照相對時間再變化
	德語	動詞 +dass+（子句） 使用一般時態，專業報導可能會使用虛擬一式表示專業或正式。

　　最後一關是要瞭解目標語言被動語態的句子寫出來的邏輯為何，不同語言的被動句，語感可能也會不太相同。

類型	語言	主動句	被動句	被動句說明
無屈折變化	華語	我聽到他的話	他的話被我聽到	語感和英文不同帶有負面的意味（偶爾正面意思也可用）
	臺語	老師罵我 （lāu-su mē Guá.）	我予老師罵 （Guá hōo lāu-su mē.）	
	泰語	รถชนหมาตัวนั้น （車撞那隻狗）	หมาตัวนั้นถูกรถชน （那隻狗被車撞）	ถูก／โดน（被） 語序和中文一樣
	越南語	Cô giáo khen tôi. （老師誇獎我）	Tôi được cô giáo khen. （我被老師誇獎）	được 被（好事情）
		Cô giáo phê bình tôi. （老師批評我）	Tôi bị cô giáo phê bình. （我被老師批評）	bị 被（壞事情）

日韓語	日語	警察が犯人を捕まえた （警察逮捕犯人）	犯人が捕まった （犯人被捕了） 犯人が警察に捕まえられた （犯人被警察逮捕了）	使用自動詞，表示誰做的不重要　使用動詞受身型，強調有人做動作
	韓語	길을 막다 （擋路）	길이 막히다 （路很塞） 길이 막아지다 （路被擋住）	使用自動詞，表示誰做的不重要 아 / 어지다 強調有人做動作或強調狀態變化
印歐語系	英語	He closes the door. （他關門）	The door is closed (by him). （門被他關，門關著）	被動表示誰做的不重要
	法語	Il ferme la porte. （他關門）	La porte est fermée (par lui). （門被他關，門關著）	被動表示誰做的不重要
	德語	Er öffnet die Tür （他開門）	Die Tür wird (von ihm) geöffnet. （門被他打開） Die Tür ist geöffnet. （門開著）	強調過程的被動 強調狀態的被動

4.7 進階 ♠
長文閱讀及分析句構

在講解「閱讀」時，提到了「精讀」，閱讀的過程確認是否明白作者每一句所要傳達的意思。本章從各個詞性的學習、語塊的認識，到最後的複雜句型，這些涵蓋了每個語言學習時的文法重點項目，有了這些基本觀念後，這一小節就要利用這些知識來實戰，進入長文閱讀時，即使是自學也能夠自己分析理解，再逐步擴增單字量。

選擇自己略讀時大約也可以懂八成的文章，搭配自己的教材、音檔與文法書慢慢累積實力，剩下的就是安排好自己的學習進度，讓自己每週穩定一點一滴地前進。學習的時候把握外語三八法則，看過三次以上的字需要做記號，查字典時稍微記三個例子。

有了本章節的基礎知識，就可以活用到平時自學，是我在精讀自學時，會使用到的符號。只需要針對自己不熟的部分做記號即可，畫面會較為整潔。最後針對想要背的字用螢光筆畫起，再另外製作單字表。

我做筆記會使用兩種顏色的螢光筆，銘黃色用來標示單字，橙色用來標示文法句型或虛詞。讀者可以依自己的喜好自由選擇兩種顏色的螢光筆。 用螢光筆標示可以縮短複習的時間，每次復習時只要看不熟的地方即可；另一方面，曾經有做過筆記且畫上螢光筆的頁面，代表我已經讀過，之後不需要再精讀。如果有持續學習，未來三個月到半年後，回來看自己畫過螢光筆的地方，便會發現很多當時不熟悉的部分，現在讀來一點

也不困難。去感受到自己的進步，這就是你接下來繼續前進的動力。

分析句構符號表

符號	意義
✔	非常陌生，印象不超過三次
☆	看過三次以上，大概知道意思但不熟
☆☆	看過三次以上，但想不太起來意思
☆☆☆	絕對看過三次以上也背了很多次，還是忘記意思
底線	需要記憶的語塊
框起	虛詞、介系詞、助詞
（括號）	同位語、關係子句或引用
→	注意箭頭方向：主詞→動詞、動詞→受詞 形容詞→被修飾名詞、副詞→被修飾的其他詞性 動詞→（引用內容）、（關係子句）→被修飾語
螢光筆	選擇兩種喜歡顏色的螢光筆，一種代表單字，另一種代表文法句型或虛詞
屬性標註	參閱 3.2 小節，若查單字時可標示感情色彩屬性或語源屬性，可將它標上。
漢字標註	參閱 3.4 小節，當目標語含有漢字成份時，可以使用 [中括號] 來進行標註。

英文長文文章閱讀練習範例：

間接引用

Recent studies show that (humans and zebrafish have the same major

organs and share 70 percent of the genes.) Moreover, 84 percent of human

句子修飾名詞

genes (associated with disease) find a counterpart in zebrafish. Scientists thus

hope that (understanding the self-healing mystery of the fish may one day

allow humans to regenerate such organs as eyes, hearts, and spines.)

文法語塊

Researchers at Vanderbilt University are particularly interested in

間接引用

zebrafish retina regeneration. They have learned that (damage of retina can

cause blindness in zebrafish) yet it only takes about three to four weeks before

搭配詞語塊

vision is restored. The structure and cell types of zebrafish retinas are almost

想要背的字用螢光筆畫起來

identical to those of humans. If the process can be **replicated** in humans, it

句子修飾名詞

may give rise to new treatments for blindness (caused by retinal damage.)

In order to know exactly how zebrafish retina is regenerated, the team

✓ 印象不到三次的單字

looked at the neurotransmitter gamma-aminobutyric acid (GABA), a

看過三次但一直忘
記意思 給三顆星

chemical messenger in the brain that reduces the activity of neurons. They

found that (lowering GABA levels in zebrafish can trigger retina regeneration,)

搭配詞語塊：動詞+名詞

while a high level of GABA concentration will suppress the regeneration

看過三次但不熟的語塊給一顆星

process. This suggested that (GABA plays an important role in the fish's

ability to regain their sight.)

搭配詞語塊

（資料來源：111 學年度學科能力測驗－英文科）

日文長文文章閱讀練習範例：

台湾では、地方自治体主催によるグルメコンテストや、ネットの検索サイトで
文法句型

行われる人気投票など、おいしいものを選ぶイベントが近年ブームになっている。
句子修飾名詞　　　　　　　　　　　　　　　　搭配詞慣用語

このような投票で、往々にして有名レストランを押しのけてコンテストを制するのは、
慣用語　　　　　　　　　　　　印象不超過三次的字

B 級グルメの小さい屋台である。見かけはぱっとしない屋台だが、外国人観光客
看過三次以上但
想不起來意思

の間でも話題をさらっている例が多くある。
搭配詞：動詞+受詞

長い行列ができると、客に番号札を配る定員以上になって札のもらえなかっ
句子修飾名詞　　　　　　　　句子修飾名詞
たお客さんには、またのお越しをお願いするしかない屋台もある。台湾の庶民の味

は、なぜこれほどまでに好まれるのだろう。それは、台湾のコストパフォーマンスへ
助詞

のとことんとした追求に答えがあるかもしれない。台湾の庶民の味は、景気や流行

には左右されず、その人気が衰えることのない裏側には、ブラックな労働環境の問
搭配詞：主詞+動詞　　　　　　　　搭配詞：形容詞+名詞

題やコストのために軽視されがちな食品安全の問題が隠れていることも少なくな
文法句型搭配詞：形容詞+名詞

い。

（資料來源：111 年專門職業及技術人員普通考試導遊人員、領隊人員考試
日語考科）

科技實作 7 利用雲端硬碟打造雲端影音圖書資料庫

你曾經使用平板電腦或者電子閱讀器看過書嗎？我本身非常喜歡書拿在手中的感覺，每當我在書店或圖書館看到一整排的書時，總會感覺莫名的放鬆，像是看到了一群好久不見的老友。然而自從電子書問世之後，我有一部分的書便改買電子版本。

近年許多人倡導極簡主義（Minimalism），購買電子書便成為空間極簡上的好選擇。電子書的優點除了環保愛地球之外，也不用擔心受潮或弄髒，只要攜帶平板就可以閱讀海量的資料。而我最喜歡的一點，是它不必再擔心國界的問題，我在臺灣可以直接購買國外的電子書，無論是Google Play 圖書或是 Amazon Kindle，或是國內許多電子書的閱讀平台，都是購書的好選擇。

利用電子書可以讓我們大量而且快速閱讀到國外的書籍來練習閱讀，但有些讀者可能會想要閱讀自己的 PDF 檔，例如本書第三章介紹的單字表。或是把網路上許多喜歡的報導或文章，都轉檔爲 PDF，再用資料夾分類管理。

網路上的有許多免費的 PDF 檔，例如觀光資訊、簡易新聞逐字稿。部分外國的僑委會，可能也會提供給海外僑胞學習該國語言的教材。我有時候也很喜歡去找其他國家的國小國中教科書，因爲國小用書的字會相對簡單，無論喜歡國文、自然、社會、體育，都有機會找得到電子資源。

類型	語言	免費自學資源 PDF 下載範例
無屈折變化	華語	中華民國外交部網站中可以下載到「國情小冊」（Taiwan at a Glance），用各國語言介紹臺灣的詳細資訊。 https://www.mofa.gov.tw/ 全球華文網 https://www.huayuworld.org/
	臺語	閩南語認證考試自學資源 https://blgjts.moe.edu.tw/
	泰語	上網搜尋泰語國小課本〈瑪尼和她的朋友們〉（มานะ มานี ปิติ ชูใจ）可以找到檔案。
	越南語	chân trời sáng tạo 越南語國小國中教科書 https://chantroisangtao.vn/
日韓語	日語	NHK 高校講座 高中課程 https://www.nhk.or.jp/kokokoza/
	韓語	韓文有非常大量的教科書資源，例如：加拿大韓國教育院 https://www.cakec.com/teachingnlearning
印歐語系	英語	英文資源最完整，用感興趣的關鍵字的英文搜尋。
	法語	法國國際廣播電台 - 簡易法語新聞 https://francaisfacile.rfi.fr/
	德語	德國之聲 - 學德語 https://www.dw.com/de/deutsch-lernen/

　　隨著自己搜集的閱讀素材越來越多，再加上自己整理的電子筆記資料，有系統地將這些資料都同步到雲端，便可以讓你隨時隨地利用你的手機或平板去存取這些資料。電子書和筆記的部分我喜歡同步到 Dropbox[22] 或 Google Drive[23] 的雲端硬碟，這兩套的同步效率好，而且檔案分享功能也非常好用。

　　我在我的平板最愛用的閱讀工具是 PDF Expert[24]，它和這兩個雲端硬碟都可以完美地合作，我先在雲端硬碟中開啟一個「雲端閱讀區」資料夾，然後依照不同的語言用資料夾去整理分類，就可以輕鬆讀取那些 PDF 檔來做筆記。更棒的是，我在任一台裝置修改過的筆記，都會自動同步到雲端，不必擔心。

22. Dropbox https://www.dropbox.com/
23. Google Drive https://drive.google.com/
24. PDF Expert https://pdfexpert.com/

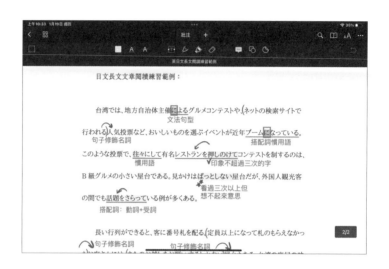

　　所有 PDF 檔都可以用我在前一節「長文閱讀」的筆記方式來做筆記，甚至我們在第三章科技實作介紹的「試算表自動產生考題」，也都可以轉檔成 PDF 丟進雲端硬碟，未來在搭大眾運輸、等朋友或者有空閒時間時，都可以善用這些工具來打造隨時可以閱讀的環境。

　　筆記工具中，底線、螢光筆以及文字註解的功能都能完全支援，我會用黃色螢光筆標示要背的單字，用橙色螢光筆標示文法。讀者可以依自己喜好的兩種顏色，自行設計自己的重點筆記風格。

　　另外容我說個題外話提醒讀者，目前已有非常多研究顯示，睡前使用 3C 產品確實會影響到睡眠品質，因此我自己也會儘量在接近睡眠時間後，改閱讀紙本的書籍，避免閱讀平板或電腦上的內容。讀者也不妨在睡前放下 3C 產品，給你書架上的書本一點表現的機會吧！

雲端音檔資料庫

許多人不愛用手機聽語言學習音檔的原因，是覺得用傳輸線將音檔傳入手機或平板的過程相當麻煩。尤其當語言學習音檔和原先自己愛聽的音樂混在一起，或者存入手機的音檔超過上千個，想聽一本書的朗讀內容還要找個老半天，如果這些音檔都能輕鬆建檔分類就好了。

現在這個問題，同樣可以靠雲端硬碟來解決，除了閱讀的素材可以利用雲端硬碟來自動同步，雲端硬碟同樣可以存放教材音檔，便可以隨時隨地利用音檔來練習聽力和口說發音。

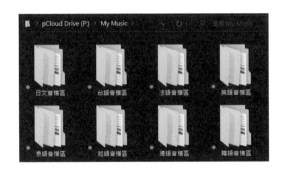

若要整理音檔，我最喜歡用的雲端硬碟是 pCloud[25]，因此我以這個雲端硬碟為例，免費版本即有 10GB 的空間，它雖然不能和前面提到的 PDF Expert 搭配使用，但它提供終身使用的一次性付費方案，加上有內建的雲端播放器，很適合用來整理語言音檔。

安裝完之後電腦會多出一個 P 槽，建立一個資料夾叫「My Music」，

---

25. pCloud https://www.pcloud.com/

然後依照你的語言、書名來建立資料夾，再將音檔複製到資料夾下。

點選資料夾下的音檔，會直接產生那個資料夾的播放清單。因此你只要好好命名資料夾的名稱，便可以輕鬆找到你要聽的音檔。可以善加利用我們在【科技實作三】轉檔技巧，製作出可以練習的音檔。

實作練習內容：

1. 安裝 Dropbox 或 Google Drive，然後依照自己目前正在學習的目標語言，建立一個閱讀專屬的資料夾，放進去一些網路上找得到的目標語 PDF 檔（可以搜尋「Taiwan at a Glance」找你想讀的語言版本）。嘗試利用你的手機或平板，安裝閱讀器，如果你的裝置有手寫筆，不妨試看看加上註解來做筆記。

2. 電腦安裝 pCloud 後，在裡面上傳自己的語言音檔建檔管理，然後手機同步安裝 pCloud APP，用手機播放音檔後跟著複誦。

正在為您的大腦安裝外掛中，請稍候

1. 學習到形容詞時，可以去思考，有哪些名詞可以跟它搭配，並且要確定這個語言的中心語該前置還是後置。部分語言的形容詞可能也會因為修飾的中心語格位、陰陽性及單複數而產生變化。

2. 學完基本形容詞後，接下來要學習各語言的比較級（Comparative）與最高級（Superlative）語法。歐語要加強現在分詞（Present Participle）和過去分詞（Past Participle）的觀念。

3. 與形容詞相通的副詞，要注意：副詞不規則變化、副詞意義轉變、容易誤認的詞性。而與形容詞不相通的副詞，包括：頻率、時間、程度、判斷、地方、範圍、否定、語氣，句中的位置不一定，需要個別記憶。

4. 「句子」修飾名詞是做句構分析的大重點，善用（括號）將修飾的部分框起，然後拉一根箭頭→指向被修飾語（中心語）。歐語的關係代名詞用法需要額外整理。

5. 我們說話以「語塊」為單位，看過三次以上的語塊，如果有背的價值，可以畫底線記憶。語塊大致上分為：搭配詞（Collocations）、動詞片語（Phrasal verbs）、慣用語（Idioms）、文法句型（Grammatical Collocations）、慣用句型（Formulaic expressions）。

6. 虛詞（Function word）需要搭配語塊來記憶，如無屈折變化語言的句末語助詞、時貌標記（aspect marker）、介系詞。日韓語的助詞，歐語的介系詞片語。

7. 閱讀測驗中需要注意連接詞（接續助詞），包括：因果（順接）、轉折（逆接）、目的、承接、遞進、讓步、條件、假設。

8. 進入中級前，最後要加強相對時態、假設語氣、間接引用和被動語態。

9. 長文閱讀及分析句構的練習，選擇略讀可以懂八成的文章，把握外語三八法則，看過三次以上的字需要做記號，查字典時稍微記三個例子。針對想要背的字用螢光筆畫起，再另外製作單字表。

Part
5

實戰篇
外語腦升級全面啟動

　　前一章我們談到了從沒有任何基礎，到能夠使用外語進行溝通以及閱讀文章分析，所要學習的文法知識重點。但文法畢竟只是用來輔導學習的工具，真正重要的是如何將學習的語言應用到生活，這一章我們就要實戰開始來學好這個語言讓它可以應用到生活。

　　本書用來舉例的語言包括了：中臺泰越日韓英法德，但世界上的語言不只這一些，你的目標語可能還包括其他語言，而且你可能還會想要學不只一種。這時候我想請你閉上雙眼：

　　「想像你未來有一天，講這個語言講得非常流利的樣子……然後，再想像那個國家的人，誇獎你怎麼說得那麼好的樣子……最後，想像你學有所成的時候，你用這個語言去旅行、交朋友，或者用來增加收入的樣子。」

　　想像完以後，便可以問問自己：「我是真心想要學好這個語言嗎？」如果那個未來的你會讓你悸動，你是真心想要學好這個語言，那就要跟

自己說「我願意每週至少花一至三天跟這個語言培養感情，然後我期許半年後，能夠看到一個開口說○語的自己。」依照歐洲共同語言參考標準的預估時間和目標，跟自己說，沒有達到那個程度，我不輕易放棄。

學這些語言的路上，看過太多抱持著「反正沒事做不如來教室殺時間來學看看」或者「我只是來賺營養學分」的學習者，上課不認真聽之外，回家隨便復習，三不五時請假，然後在幾個月後陣亡。很多有熱情的老師，也常常會被迫要配合這些同學的進度而不得不放慢。

我念研究所時遇到過一位韓文老師，我很認同她說過的話：「今天我們一起來到這間教室是我們的緣分，第一天要先說比較不好聽的話，上課時間很短暫，但是這是很珍貴的資源，你如果是抱著來混的心情修這門課的話，我希望你能夠馬上退掉，把資源留給真心想要學的人。」

能夠有這樣的氛圍，班上都是想要學好的同學，老師教起來有成就感，同學之間也能互相鼓勵。我現在有在聯絡的朋友很多都是當年在語言教室中認識的，如果你有幸能夠遇到這樣的好老師和好同學，真的要好好珍惜。

言歸正傳，如果你剛剛的問題，你最後心裡面的答案是：「確實沒有真的很想要好好學，只是想學個語言換個心情，說不定以後會喜歡。」那我會建議你多列出一些想要學好的理由，同樣每週一天去上課或者認真自學，一至三天跟這個語言培養感情，時間不必太長，練習時間十五分鐘也可以，每當想放棄時，就要想想自己的初衷，然後半年後看看還願不願意繼續維持下去。

這邊說的練習，不只限於坐在書桌前認眞苦讀，你同樣可以播放目前學習程度的音檔，邊聽邊刷牙洗臉或是整理房間，只要你記得你和這個語言之間有個約定，你會額外花時間陪陪它，不會忘記它。

若你的答案是不願意再額外投入時間，只是抱著殺時間的心情進教室，反正在兩年後的今天你做的這一切都會成爲夢一場，那我會建議你把時間花在眞正能讓你感到放鬆或心動的活動上，畢竟生命就該浪費在美好的事物——而對我來說就是學語言，它讓我放鬆又快樂。

5.1) 我和語言間有一首定情曲

當我們願意每週固定投入一定的時間以後，還必須跟語言之間有一個約定，我把它稱為「定情曲」。在【科技實作一】請你在你使用的音樂串流平台或者 YouTube，幫你正在學習的語言建立一份播放清單，叫做「○語精選集」，裡面的每首曲子都是要你聽起來覺得很心動的曲子，最好是放個十幾遍也不會膩的，可以試著查詢各國音樂的人氣榜，放著聽看看。

然後從這些歌裡面，挑一到三首最喜歡的，選為目前的「定情曲」。中間如果膩了就換別首歌也可以，總之完全自由。例如我國中的時候學英文喜歡聽 Mariah Carey 的〈Make It Happen〉，高中的時候剛開始背五十音，喜歡聽宇多田光的〈Movin' on Without You〉。你也可以挑自己很喜歡的劇或者電影的主題曲，選曲時請儘量避免嘻哈饒舌這種咬字不清的歌曲。

選好定情曲後，畢竟是你和語言之間的約定，因此你可能接下來學習的每個月選一天，要回去聽一下定情曲，這時候定情曲扮演著驗收你是否有進步的角色。

程度	定情曲驗收學習效果
初級 A	剛學習發音時，利用歌詞確認發音，練習看著歌詞對嘴，最終目標是能夠看著歌詞唱對整首歌。
中級 B	練習不看歌詞能夠跟著音樂唱出整首歌。
高級 C	練習不看歌詞也沒有背景音樂的情況下，也能完整唱出整首歌，並且帶有感情，包括喜怒哀樂。

這樣的練習最大的好處是，有時候朋友會起鬨要你唱外文歌，你馬上就能夠有一兩首能表演的曲目。如果你唱歌真的很不好聽，也可以關起房門，自己跟著哼唱也好，總之不必想得太複雜。

如果你真的極度討厭唱歌，定情曲的學習法非常不合你的胃口，那你可以改為選擇「你覺得說話非常好聽的 YouTuber 或當地人」、「你可以為他天天花痴的偶像」或者是「非常好看到你可以看很多遍的劇、電影或動漫」，然後選擇幾個你非常喜歡的影片橋段，可能會需要有原文的字幕或逐字稿，才能讓初級學習者跟著唸。

接下來每個月選一天進行驗收時，驗收方式改為播放影片對嘴，終極目標是不看字幕也能夠演出影片裡面的那段台詞，時間大約一分鐘。

同時想學兩種以上的語言

另外可能會有許多讀者覺得能夠自由切換多語言是件很酷的事，想要同時開始學兩種語言。我本人有切身之痛，我目前有學習成果的語言中並沒有西班牙文，但事實上我曾經學過。我當初在初級階段同時學習德文和西班牙文，結果產生非常嚴重的混淆問題，兩個語言彼此拖慢另一個語言的學習進度。

同樣的道理，我在剛考過日檢最高等級的檢定時，因為日檢不考口說，當時日文口說還說得亂七八糟，就開始學習韓文，於是講日文時會一直想到韓文，講韓文的時候也會一直想到日文。我是後來先加強日文的口說到中高級的程度後，再回頭加強韓文。

這兩個例子，就如同我在第一章強調千萬不要同時學兩個初級階段的語言。建議其中一個語言至少要先達到中級以上的程度，才有辦法同時進行另一個初級語言的學習。另一種可能是兩種語言相似度極低，例如英文和日文的句法結構完全不同，說話的邏輯也不一樣，干擾情形也會比較低，那有機會同時學習。

如果讀者的目標是成為「多語言達人」，我建議的練習策略是「幫你想學的語言排出優先權」，因為每個人在意的點並不同，你可以自行設定評分項目和權重，例如：職涯發展的幫助、有無當地朋友、影視與音樂作品的喜愛程度、是否憧憬文化、想去當地旅行的意願……。

依照你最後的評分結果，可以排出名次，那麼就可以採取這樣的策略：前一個語言沒有到達中級以上的程度，先不投入時間到下一個語言。

甚至如果你是比較有自我要求型的學習者，我會更建議你先達到高級的程度再投入下一個語言的學習，干擾的問題會更少。當然，如果你的時間非常多，或者天資聰穎，那就另當別論了。

參考本書預計的學習時間，認眞學習的學習者，到中級程度約一兩年，而到高級約兩三年，在本章的【科技實作八】會介紹利用試算表進行時間管理的技巧，搭配規畫長期、中期、短期目標，那麼在有生之年能夠通曉多國語言，也絕對不是難事。

5.2　戰勝遺忘曲線

　　你健忘嗎？相較於「記憶」，人們似乎更擅長「遺忘」。常常上禮拜才學的東西，這禮拜便忘記一大半，而且年紀越大似乎記憶力越不好，究竟該如何克服？其實「遺忘」是上天給人們的禮物，「人生不如意事十之八九」，正因為我們能夠遺忘，所以才能學會去記得最美好的「一二」。

　　學習語言，如何讓需要長期記憶的內容留在腦海中絕對也是學習的關鍵之一。不少人不喜歡學習語言一個很大的原因，在於怎麼學都是「背了又忘」，像是一個永無止境的輪迴，究竟要如何戰勝遺忘，最有名的理論是艾賓浩斯（Hermann Ebbinghaus）的遺忘曲線（Forgetting curve）理論。

　　簡單來說，我們的記憶呈現指數函數的趨勢，在第一次接收到訊息時，便以驚人的速度開始遺忘，隔天記憶剩下不到一半，一週後剩下不到四分之一。若想要把這份訊息轉換為長期記憶，唯一的方法就是復習。每一次的復習都能讓記憶再次回到高點，然後再以一個較慢的速度繼續遺忘。

學習新資訊時的典型遺忘曲線

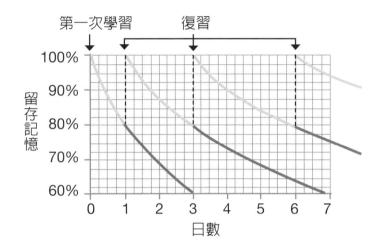

間隔復習模式

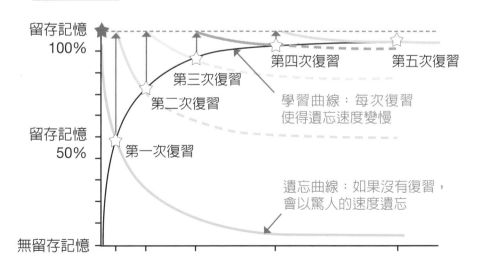

專家學者針對人類記憶這個特質，提出了一個間隔復習模式（spaced learning pattern）[26]，意味著你不必一直高頻率地復習，而是讓你每次復習的間隔時間越來越長，每次的復習都會讓你的印象更深，約五六次左右便會進入長期記憶。

雖然要採取「間隔時間越來越長」，該如何有系統地「越來越長」呢？假設我們學到新資訊的日子稱爲「第一天」，在接下來哪幾天需要復習呢？目前常見的有下列兩種參考模型：

等比數列（Geometric sequence）：第 1、2、4、8、16、32 天

費氏數列（Fibonacci sequence）：第 1、2、3、5、8、13、21、
33 天

我在日曆上畫上這些需要做復習的日子，可以得到下面兩種復習進度表。

等比數列復習進度表						
1	2	3	4	5	6	7
8	9	10	11	12	13	14
15	16	17	18	19	20	21
22	23	24	25	26	27	28
29	30	31	32	33	34	35

費氏數列復習進度表						
1	2	3	4	5	6	7
8	9	10	11	12	13	14
15	16	17	18	19	20	21
22	23	24	25	26	27	28
29	30	31	32	33	34	35

26. 參考資料：Kelley, P. and Whatson, T. (2013) 'Making long-term memories in minutes: A spaced learning pattern from memory research in education',Frontiers in Human Neuroscience, 7.
http://journal.frontiersin.org/article/10.3389/fnhum.2013.00589/full

我們不可能一天到晚看日曆計算哪一天要不要復習，加上有時候會有其他外務的干擾。爲了更容易執行，可以觀察這兩張表的復習進度，將其中安排復習的日子往前或往後挪一兩天，便可以將「需要復習的日子」再進一步簡化成更容易執行的版本。

簡化後復習進度表						
1	2	3	4	5	6	7
8	9	10	11	12	13	14
15	16	17	18	19	20	21
22	23	24	25	26	27	28
29	30	31	32	33	34	35

1. 第一天學到新資訊後，隔天一定要復習。
2. 再一兩天後要另外再選一天復習。
3. 每個禮拜同一天進行復習，復習持續大約三到四週。

克服惰性與習慣的養成

簡化過後的復習進度表，即使當你排定要復習的那天臨時有重要的事而無法進行復習，也可以彈性地在前一天或後一天進行復習。聚集在每週同一天復習雖然使得最後一兩次間隔沒有「越來越長」，但最關鍵的前五次學習是完全符合學習曲線，如此一來可以確保學習的內容都進入長期記憶，安排在每週同一天更有助於習慣的養成。

在 James Clear 的《原子習慣》（Atomic Habits）[27] 這本書提到養成習慣的原則：「讓提示顯而易見、讓習慣有吸引力、讓行動輕而易舉、讓獎賞令人滿足」。因此我們可以發現，每週固定安排某一天去上課、參加讀書會能夠讓學習者規律進步有它的道理在，因為只要週間花一兩天寫作業復習，然後課堂中再復習到前幾週教過的內容，持續一個月就會進入長期記憶。

而依實際多年教學的觀察，一部分的成人尤其會因為惰性而無法持之以恆，每隔幾週就會以身體不舒服、聚餐、工作累、沒時間讀書這些理由來臨時請假。對老師而言增加排課上的困擾，而對學生而言，除了學習效果大打折扣外，更容易半途而廢，最後花了錢、花了時間，效果還不明顯。

因此會建議讀者，儘可能地讓自己維持每週至少一天投入一部分時間的習慣，並且至少一兩天進行快速復習，請假的時候儘可能找一天補課。如果是找老師上課，教學技巧好的老師，可以用短短十分鐘幫學生復習前幾次教過的內容；而懂得記憶技巧的學生，在課前趕快掃描一下前兩三週教過的東西，如此都能幫助學習的內容進入長期記憶。

---

27. 原子習慣：細微改變帶來巨大成就的實證法則，詹姆斯 · 克利爾著，方智出版。

5.3 初級學習地圖

　　選定好了目標語言以後，便要開始規劃自己的學習進度，也要選擇自己的學習方式，無論是買書自學、購買線上課程或者選擇老師指導，請讀者依本書前幾章的觀念，選擇一個適合自己的學習方法。每個語言的學習過程有許多很相似的觀念，這一小節整理這些必經之路需要注意的地方。也請搭配本書提供的 QR Code 參考各國語言的學習地圖。

字母與發音

　　當我們學這個語言的第一堂課，通常會介紹這個語言的字母，以及這個字母在該語言中拼字時使用的發音，同樣的字母在不同的語言可能有不同的名字：

	英文	德文	西文	法文	越文
V	vee	Vau	uve	vé	vê
W	double-u	We	uve doble	double vé	–
X	ex	iX	equis	ixe	ích-xì
Y	wye	Ypsilon	i griega	i grec	i-cờ-rét
Z	zee	Zet	zeta	zède	–

如上表中所示，不同語言對同一個字母會有不同的叫法，其他像韓文字母和泰文字母也都有自己的名字，例如ㄱ叫做「기역」，ก叫做 ก ไก่。

初學者往往花很多時間背字母的唸法，而且很容易忘記。其實這些字母的名稱只有在初級的其中一課會用到，就是「你叫什麼名字？怎麼拼？」除了這課之外沒有其他地方會用到，因此我認為初學者只要大概有印象，能拼出自己的名字就好，其他和英文一樣的用英文唸，英文沒有的字母會需要背，若真想背這些字母的名稱，到初級後段甚至中級時再背也不遲。

有部分大學的第二外語日文課，用了一整年的時間教五十音，每堂課都在看那些零碎的單字怎麼唸，整年學完也說不出一句日文，我認為這種是最沒有效率的學習方式。

比起字母的名稱，更重要的是字母在句中拼字的發音。發音規則建議在學習的前兩週密集重覆地跟讀越快上手越好，每天都要花一點時間練這些例子，大約一週有三成左右的印象時，就可以翻到前三課，跟著音檔一起對嘴唸看看，唸錯就算了，你的目標是去感覺這個語言的咬字習慣。

如果每天都有練習，大約兩週時對於發音規則大概可以八成唸得讓母語人士聽得懂，雖然咬字和語調還是有點亂七八糟，此時就可以直接進入第一課的學習，不必等到發音完全標準，因為發音的練習，是在每一課跟著音檔的跟讀，並且利用本書介紹的符號標記來慢慢改善，在中級階段前讓自己做到口音八成像當地人。接下來每讀完幾課時，要再回去復習一下發音部分，感受一下自己的發音是否有再更像當地人一些。

教材音檔聽起來好不自然

有部分學習者拒聽音檔的原因，是因爲「有誰平常講話的時候跟朗讀比賽的時候一樣？」教材的音檔往往請配音員協助錄製，必須字正腔圓，但我們平常說話時卻常常糊成一團，有誰會這樣一個字一個字把它說出來呢？

關於這點我的觀點是，跟著音檔練習所謂的「標準發音」，最大的好處是避免拼字錯誤，因爲標準發音有規則可循，試想一個發音很不標準的外國人，在分辨「身神審愼生繩省剩森僧孫損吮順」這幾個字的拼音，要崩潰多久？

其次是初級階段不重視發音造成的僵化問題，部分臺灣人韓文學到高級階段，但韓文的ㄱ、ㄲ、ㅋ發音還是傻傻分不清楚，這絕對是因爲在初級階段沒有矯正，而導致後期難以改善的問題。

另外在正式場合使用標準發音也能夠帶給客戶或上司專業感，新聞朗讀、演講稿這些都是一樣的道理；即便你的程度並沒有很好，但是因爲發音標準，對方會因此增加對你的信賴度。你可以觀察看看，就算平常說話不太捲舌的人，在唱華語歌時，其實很多捲舌音還是會捲舌的，絕對不是平時使用的懶音。

也有會人說：「自己的口音亂七八糟的，可是外國朋友都覺得好可愛，他們好像因爲這樣更喜歡我。」我認爲這是因爲你們可能原本個性就契合，他們喜歡你的口音，是因爲喜歡你的人。但如果換做是有人不喜歡你，那你的口音同樣也可以成爲他討厭你的理由。這也就是爲何在第一

章談到被模仿口音，有人認爲自己沒有被歧視，而有人卻認爲有，就是這個道理。

因此我仍然是推薦初級階段跟著音檔練習這種「做作的」標準發音，到中級或者中高級階段時，再模仿當地人說話習慣。這時你的拼字基礎已經打穩，而且能夠依照場合不同，自由地切換標準音或者懶音，想要切換成「可愛的外國人口音」也不成問題。

這時讓我們回到本章一開頭問你的問題：「想像那個國家的人，誇獎你怎麼說得那麼好的樣子。」你的想像中，對方有沒有誇獎你：「天啊！聽你口音我以爲你是本地人。」

如果你有一絲絲地希望聽到這種稱讚，那麼除了平常要模仿音檔或者影片中的人說話的習慣之外，你還可以每個禮拜錄下自己模仿的發音，給老師或者母語人士聽，請他們告訴你哪幾個音可以改進。我見過許多認眞的老師這樣帶出來的學生，大約練習半年左右就能發出非常漂亮的發音。

若對口音沒有這麼講究的學習者，爲了中級階段拼字順利，還是一樣要稍微揣摩一下當地人說話的習慣，試著在中級階段前讓自己做到口音八成像當地人，中級過後的學習會更輕鬆一些，這是先苦後甘的學習方式。

數字、日期與時間

　　所有語言在前幾課就一定會遇到數字、日期、時間的唸法，而這部分最麻煩的是，同樣是使用阿拉伯數字，換一個語言，它的唸法就會完全不同，所以也會造成跨語言間某種程度的干擾。再來像是月份的唸法、星期的唸法等等，都是必學卻又難背的過程，這部分需要花時間練習，而且務必讓它成為長期記憶。

　　第一個需要練習的是數字，而學習數字時勢必會需要練習說百、千、萬、億這些說法，這時我們可以請一位私人家教來教你數字的唸法──Google 翻譯。先選擇好語言，然後把要考自己的數字輸入後，先自己練習唸看看，再按下發音後確認自己有沒有說錯。

數字	依序考自己它的唸法
9	nine
98	ninety-eight
987	nine hundred eighty-seven
9,876	nine thousand eight hundred seventy-six
……	
9,876,543,210	nine billion eight hundred seventy-six million five hundred forty-three thousand two hundred ten

　　一開始的練習可以照規律，等到大致上已經熟練時，可以嘗試隨便輸入數字，考自己怎麼唸，再確認自己有沒有唸對。

　　另外日韓文還會遇到「固有數詞」的問題，例如韓文會使用하나（1）， 둘（2）， 셋（3）， 넷（4）跟部分的量詞搭配，日文在計算個數的時候也會用ひとつ（一個）、ふたつ（兩個）、みっつ（三個），這部分非常難背，和其他語言的星期、月份一樣，建議整理成一張 A4 紙的表格，然後在初級階段每週拿出來復習。

　　我發明了一個可以加速熟練度的練法，我稱為「紅綠燈練習法」，我們每天出門都會經過紅綠燈，秒數動輒數十秒，甚至上百秒，等紅綠燈時與其發呆，不如用來復習這些難背的數字吧！

　　依照目前秒數的個位數，你可以設定你今天想要練習的是固有數詞、月份、星期，只要你要練習的數字有連續性即可。假設我要練習的是英文月份的唸法，目前等紅綠燈時秒數顯示 69 秒，那麼我就是看著

秒數的個位數字，腦中反射說出正確的月份，69 秒→ September、68 秒→ August、67 秒→ July、……61 秒→ January、60 秒→ October，另外兩個月份沒有背到的就別管它。

如果我設定要練習星期的唸法，同樣看個位數，那麼 70 秒～68 秒可以休息，然後 67 秒→ Sunday、66 秒→ Saturday、65 秒→ Friday、……61 秒→ Monday。紅綠燈練習法最大的優點是，它強迫你必須要在一秒之內做出反應，這些數字的唸法全都需要練到成爲反射動作，只要你無法在一秒之內答出來，你就知道自己還不夠熟練。

等到你想要練的內容都能確實在一秒之內正確反應，那麼還可以加入「車牌號碼練習法」，改成路上看前方車牌號碼的數字進行一樣的練習。平常也可以不時問自己，今天幾月幾號？星期幾？現在幾點幾分？這個多少錢？這些惱人的練習，不必坐在書桌前苦背，而是靠生活中去回想，會記得更快更牢。

波浪式前進法

在第四章盤點了學習文法點的流程，讀者務必留心每個語言的特性。而接下來的學習，依照第二章的的建議，練習的原則是：先熟練聽說，再加強讀寫。除了文法之外，也要做足夠的代換練習。

類型	初級聽說讀寫練習內容
初級聽力	初級教材音檔、旅遊會話、生活會話、基本句型代換練習
初級口說	場景：打招呼、自我介紹、有什麼、多少錢、日期、家人、問路、天氣、搭交通工具、點菜、打電話、買東西
	句型：提議、拒絕、邀約、禁止、聽說、猜測、勸告、比較、擔心、鼓勵、經驗、原因
初級閱讀	初級教材文章、簡易版日記短文
初級寫作	單字句型造句練習、初級對話聽寫、日記

依照教材的不同，順序可能會不太一樣，但大致上整本學習完以後會學到上述的內容。接下來自學的過程，我建議可以使用波浪式前進法——不必學到百分之百熟練，就可以前進到下一課，依照本章介紹的遺忘曲線原理，用四週為週期來記這些要學習的內容，上面的百分比指的是對該課的熟練度。它的概念如下圖：

	第一週	第二週	第三週	第四週	第五週
發音規則	50%	80%	（90%+）		
第一課	30%	50%	80%	（90%+）	
第二課	10%	30%	50%	80%	（90%+）
第三課		10%	30%	50%	80%
第四課			10%	30%	50%
第五課				10%	30%

這個方法重視的是「前進」，而且分四週前進，這樣的好處是避免不斷練習相同的內容而感到枯燥，進度的部分要快要慢，都可以隨讀者自己喜好安排，但它可以確保一個月後都可以讓想學的部分達到八成熟練，剩下的兩成，你可以設定大概一兩個月後回頭過來看，如果有穩定向前，就會發現那兩成突然變得非常簡單。

5.4 中級學習地圖

　　當基本文法都已經駕輕就熟，也能夠自由使用目標語進行基本的溝通，就算是進入了中級階段。中級階務必讓自己確認各種複雜句構的句型練習，除了在第四章列出的「連接詞（接續助詞）」要完整掌握之外，中級階段需要練習複雜情境對話，也要開始廣泛地接觸各種不同的聽力素材和閱讀文章來累積單字量，所以這個階段如果能有練習的對象，或者有老師的指導，會更能確保口說與寫作的品質。

類型	中級聽說讀寫練習內容
中級聽力	中級教材音檔、YouTube 教學頻道或慢速 Podcast（以目標語來講解目標語）、簡易版新聞、外國兒童節目
中級口說	場景：機構辦事（銀行、郵局、警局……等）、描述症狀、規畫旅行、描述外貌性格、請求協助、諮詢、生涯規畫、採訪、失物招領、送修或退貨、短文發表、安慰朋友、做菜、更改約會、探病、描述改變、描述風景、分析優缺點
	句型：辯解、後悔、說服、幻想、轉達情報、責難、抱怨、強調、感嘆、回憶、糾正、炫耀、誇獎
中級閱讀	中級教材文章、兒童雜誌或童書、各國小學教科書或網站、簡易版新聞、各國旅遊書
中級寫作	進階單字句型造句練習、短文寫作（300 字）、遊記、電影、讀書心得

聽說讀寫的練習素材整理如上表，可以搭配坊間的教材，或者和你的老師、語言交換的朋友依照上列各種情境進行訓練。

招牌擴充單字法

在初級階段如果有使用前一節介紹的「紅綠燈練習法」來練習各種數字相關的唸法，那麼在中級階段因為要開始累積大量的單字，可以利用進階版的「招牌擴充單字法」來加強單字。

招牌擴充單字法的練法同樣是利用在馬路上移動時，依照路上看到的招牌，隨機抽問自己他的英文是什麼，然後舉三個相關字，再想它的搭配詞。舉例來說，正在加強英文的我，在路上偶然看到了「廣上醫院」的招牌，於是我第一個想到「醫院（hospital）」，於是聯想到「ambulance」、「patient」、「disease」，然後針對 hospital，我想到 local hospital（地區醫院）、stay in hospital（住院）、hospital staff（醫院人員）。針對 disease，我聯想到 chronic disease（慢性病）、suffer from disease（受疾病之苦）、disease spreads（疾病散播）。

這個方法的關鍵是，不要想中文，然後隨機抽你路上看到的招牌裡面的字，想想它的目標語怎麼說，然後有哪些搭配詞。當然剛剛的「廣上醫院」的招牌，如果你曾經練習過「醫院」，你可以把這目標換成「廣」，於是會想到 broad，也就可能再聯想到 wide, extensive, vast，每想到一個字，就去想想它有什麼搭配詞。

使用這個方法的關鍵，就是平常要常利用本書介紹的方法以字典記

搭配詞。利用你到達目的地的零碎時間，去記錄你剛剛一直想不起來的搭配詞，回去查好後加入你的單字表。

招牌擴充漢字法

前面介紹的方法，在學習使用漢字的日、韓、越語時，可以再進一步延伸成爲「招牌擴充漢字法」，所有路上看到的招牌，都可以成爲隨機測驗的考題。但注意，因爲中文漢字繁多，並不是所有的漢字都能直接對應過去，因此建議只測驗自己學過的漢字即可。

接續剛剛的「廣上醫院」的招牌，日文的學習者，可以看到「廣」可以聯想日文：「広告（こうこく）、広い（ひろい）、広がる（ひろがる）」。看到「上」，可以聯想日文：「上（うえ）、上手（じょうず）上着（うわぎ）、上がる（あがる）」，看到醫院想到「病院（びょういん）」，然後去思考搭配詞。

如果是韓文的學習者，「廣上醫院」可以馬上翻譯成「광상병원」，快速聯想「광」可能是「廣、光、狂、鑛」這幾個字，「상」可能是「上、相、像、賞、商」這幾個字，「병」可能是「病、兵、瓶」，「원」可能是「院、圓、願、怨、原、遠」，針對聯想到的字，思考它的搭配詞。

如果是越南文的學習者，「廣上醫院」可以馬上翻譯成「quảng thượng bệnh viện」，快速聯想「thượng」可能是「上、尚」這幾個字，然後同樣去思考搭配詞，上海（thượng hải）、上流（thượng lưu）、高尚（cao thượng）。

　　中級階段想要有效使用招牌擴增單字以及漢字法，有賴平時勤查字典，並且要依本書介紹的「漢字標註法」在單字表上註明漢字，累積對漢字的敏感度，如此一來，每次出門移動的零碎時間，都可以進一步鍛鍊自己的外語腦。

5.5 進階 ♠
高級學習地圖

　　何時開始可以算是高級程度的學習者呢？只要你聽當地人聽的新聞能夠大致上八成理解內容，任意閱讀當地人的報章雜誌也能有八成的掌握度，能夠完全不靠中文來理解目標語，與當地人溝通也不會有抗拒感，就算是進入了高級學習階段。

　　這個階段也會建議聽和讀的內容可以多方涉獵，讓自己的單字不只侷限在某些領域，任何領域的文章或影片都要稍微接觸過，尤其是高級階段的檢定題目，時常會出現時事相關的內容，新聞和網路媒體都會是平時加強練習的好朋友，甚至需要透過字幕和逐字稿來做筆記，練習當地人會使用的慣用語塊。

　　在高級階段的口說與寫作，因爲也會需要練習討論許多較深入的議題，加上比中級階段更要求正確性，最好能有語言交換的語伴、當地人朋友，或是老師的指導，較能確保學習的品質。但若學習者能到達這個階段，相信在語言學習上已經有一定程度的耐心和毅力，不妨更積極地創造練習的機會吧！本章的【科技實作九】也會介紹語言交換 APP 的使用方式。

類型	高級聽說讀寫練習內容
高級聽力	高級教材音檔、YouTuber 節目或新聞頻道、TED 演講、原文電影影集和劇評、綜藝節目、感興趣主題的原文 Podcast
高級口說	社會議題正反意見辯論（安樂死、核能、難民收容、同性婚姻、代理孕母、統獨問題） 近代社會現象探討（少子高齡化、男女平等、霸凌、人生勝利組、文化差異、資本主義） 感興趣之主題發表（真實犯罪、影劇賞析、科學新知、旅遊景點、好書分享） 特定場景之對話（商用對話、敬語、接待貴賓、電視廣告推銷、演戲、新聞報導）
高級閱讀	高級教材文章、維基百科、各國的國高中教科書或網站、各國雜誌、各國新聞網站、中央廣播電臺逐字稿
高級寫作	長文寫作（600 字以上）、社會議題正反面探討

自言自語練習法

　　建議到高級階段才能夠使用自言自語練習法的原因，便是我們一直強調的僵化問題。你是否有聽過一些外語程度很好的人，講外語時卻不斷地在同一個地方講錯的狀況？或者他在說外語時會不斷使用相同的口頭禪。很多時候是因為在初中級階段沒有修正，如果這時候不斷地在腦海中自言自語說出這些錯誤的句子，大腦會誤以為「大家都是這麼說的」，而進入長期記憶。

　　因此自言自語練習法非常要求一定程度的正確性，而正確性的訓練

又非常仰賴長時間的練習以及錯誤修正，因此較適合高級程度的學習者使用。

我們同樣是在利用馬路上移動的時間，改成開始使用目標語來說故事，並且自問自答。在初中級階段使用的「紅綠燈練習法」和「招牌擴充單字法」，在高級階段可能就會變成外語版如下的故事：

今天的天氣非常炎熱，在紅綠燈旁有位看起來像是祕書的女孩子，不斷地擦著額頭上的汗。看她愁眉苦臉的樣子，也許她工作壓力非常大吧？還是她跟我一樣，在思考著要不要辭掉工作的問題呢？她等一下過馬路以後，應該是要去對面的廣上醫院吧！我猜她昨天晚上一定沒有睡好，不然她怎麼會看起來那麼累呢？但仔細看看她還蠻漂亮的，如果我沒有趕時間，我會想要過去跟她要個聯絡方式。

使用自言自語練習法能夠有效提升口說和寫作的流暢度，也更能掌握各種句型間的連接關係，這感覺很像在做外語的夢。對於不確定如何表達的用法，就另外找時間上網找答案，或向語伴和老師請教，已經達到高級程度的學習者，不妨試看看吧！

5.6 將語言學習融入生活

語言和在學校學習的科目，像是「數學、社會科、自然科」這些完全不一樣。語言是一種工具，更像是一種生活態度，它就藏在你生活的周遭，並且隨著你一天一天地熟悉這個語言的點點滴滴，它也會出奇不意地讓你的生活更加精彩。

今天是個平凡的假日，你和朋友沒有特別的約，今早你只是放鬆地喝著咖啡，一邊看著串流平台的美劇。裡面好幾個笑點，你在字幕出來之前就先聽懂而笑了出來，閉著眼睛休息一下也無妨，反正都聽得懂。

突然有點想念日本旅行，也許該找個一天去泡個溫泉。於是你上網搜尋找到了一間日本人經營的日式拉麵店，當你在門口排隊時，排隊的人裡，你注意到有兩個日本人，聽他們用日文聊天的內容，原來他們也是因為懷念日本的味道而特地前來。當你享用完這碗拉麵以後，老闆問你日式口味會不會太鹹？你用日文對老闆說了一聲「美味しかったですよ。ごちそうさまでした（很好吃，謝謝款待）」。

路上逛著，想到自己的保養品好像快用完了，這附近有不少間韓系品牌的保養品，不如進去補個貨。店裡面正放著最流行的 K-POP，你聽了開頭的旋律，便發現這首歌也在你的音樂串流「韓語精選」播放清單裡，你一邊聽一邊跟著哼唱。

　　此時你最近語言交換認識的法國朋友傳了訊息給你，今天晚上在台電大樓旁邊那間上次一起去的酒吧裡，有法文派對。只要點一杯飲料，裡面的法國人，和學法文的各國人，都能夠自由地用法文交朋友，你答應了他，晚上見囉。

　　距離派對開始還有一點時間，不如去泰式按摩放鬆一下吧！那間店裡面放著泰國音樂，師傅全是泰國人。你一邊享受著師傅的手勁，一邊聽著師傅們此起彼落的聊天聲，他們用泰語抱怨最近的生意不太好。

　　晚餐時間快到，今晚不如吃點清爽的越南河粉。這間越南河粉店不只老闆和店員都是越南人，甚至電視牆的音樂也放著越南歌曲和字幕，店裡好幾桌客人也都是越南人，你差點以爲自己出了國。

　　然後你到了法語派對的現場，見到了你的法國朋友，也發現在場也有美國人、墨西哥人、日本人、德國人，大家都是因爲學了法語而齊聚一堂，你也在那裡說了一兩個小時的法語，帶著滿足的心情回家。

　　如果我們願意主動去接觸，在平凡的一天裡也可以經歷各種不同的文化，上面看到的故事，都是我居住在臺灣曾經經歷過的日常，就更不用說在自助旅行時，各國的語言在我的旅程中曾經帶給我多少特別的回憶。

　　語言能力沒有速成，靠的是經年累月的練習，當你已經準備好要讓一個新語言走進你的生命時，你要明白這段旅程會有磨合，會有挑戰，會佔用你好一部分的時間做一些枯燥的練習，甚至在到達高級程度之前，你還要面對自己內心的小聲音，跟你說：「學這些有什麼用，不如放棄吧！」

　　但希望你能明白，即使是再枯燥的過程，你都有辦法在裡面找到一些有趣的地方，讓那塊讓你覺得有趣的部分，帶著你跨越那些挑戰，當你到達高級的階段以後，這個語言也會相對地用各種型式，去豐富你的生命。

科技實作 8　利用試算表成為時間管理大師

　　我們在本章介紹的學習方式，最後都會需要每週固定播出一定的時間來練習。不少人會說，自己白天工作，下班健身再和朋友吃個飯，有的人還會需要帶小孩，根本沒有時間學習語言。究竟「沒有時間」的學習者，該如何再擠出更多的時間呢？

　　本書介紹善用零碎時間的方式，例如使用通勤時間看新聞，或利用整理房間的時間練聽力，但學習者可能更需要好好坐在桌前，整理這個禮拜想要背的語塊或句型。那麼空出至少半個小時能夠靜下來學習的時間，便非常的重要。

　　使用試算表管理時間的方式，我本身已經使用超過十年了，到目前為止，仍然幾乎每天都在記錄著，它也確實為我的生活帶來很多的幫助，在本次實作介紹我的記錄方式。

　　首先最左方會是日期從 1 到 31，而上方欄位分別從 09：00、10：00、⋯⋯一直到 24：00，每個小時一個欄位，它的右邊我還會再留一個 01：00，右方可以再自由擴增欄位，例如當日額外收入、當日較大金額的支出、當日看的電影或影片心得等，每頁試算表最上方的標題會是「2000 年○月份生活日誌」，製作一頁空白頁做為範本，接下來每年一個檔案，每個月份一頁。

　　然後你要針對你的填寫內容屬性，自行安排顏色，用顏色來區分這件事情的類型，例如工作相關的我會給深灰色，一般的行程用淺灰色，運動我用深綠色，學習我使用淺綠色，玩遊戲用紫色，或者依照語言別來給

予不同的顏色，只要你看起來舒服都可以。固定頻率去做的事，我會額外幫它加上粗框，例如每個月會去剪頭髮，每幾個月會去醫院回診一次，加上框方便未來查詢。

2024 年一月份生活日誌

	08:00	09:00	10:00	11:00	12:00	13:00	14:00
1	早餐時間	整理房間	往健身房	板橋練胸	和 Paul 吃○○火鍋		西門買衣
2	前往公司	主管報告	廠商系統會議		會議便當	網站修改	聯絡廠商
3	前往公司	郵件回覆	做投影片	練習報告	自帶便當	同事聊天	訂下午茶
4	前往公司	郵件回覆	信件整理	檔案準備	自帶便當	同事聊天	前往客戶

	15:00	16:00	17:00	18:00	19:00	20:00	21:00
1	電影〈○○○〉		前往餐廳	大學同學於○○聚餐		往健身房	瑜珈課
2	同事討論	報告整理	課前預習	○○麵店	韓文課 15（2-7）		
3	本月進度會議報告		會議記錄	板橋練背	低脂便當	返家	○○按摩
4	和主管向客戶報告		提早下班	返家煮飯	吃小火鍋	玩遊戲〈○○〉	

	22:00	23:00	24:00	01:00	其他（請自行設計）
1	洗澡返家	敷臉休息			電影〈○○○〉有點無趣，不推薦
2	返家	洗澡整理			聚餐 2000 元，一人 500 元
3	返家洗澡	韓文作業	報告準備	睡不太著	到快三點才睡著
4	洗澡休息	復習韓文			遊戲〈○○〉好像花太多時間

我每個時段做的內容會以四個字爲原則方便檢視，但儲存格並沒有字數的限制，可視情況增加字數，如果有必要，可以合併儲存格表示較長時間的活動。我每週都會去按摩，因此按摩的記錄會加上粗框。如果當天睡不好失眠，我會記到 01:00 的欄位，方便追縱每個月的睡眠品質。表格中如果寫「韓文課 15（2-7）」，代表韓文第十五堂課，它是第二期的第七堂，下一堂要記得繳學費。如果你是安排和朋友語言交換或者自學，你也可以記錄是和誰的第幾次交換，或者讀了哪本書的哪幾課。

整張表的填寫使用「事後回想」，而不是「事前規畫」，因此建議填寫時間不要晚超過一天，以免忘記自己那個時段做了什麼。另外有可能一個小時內做了兩三件事情，我可能會全記錄，也有可能挑一個最具代表性的來記錄，若是剛好介於時段中間的活動（如 19:30-21:30）也是自行調整要如何填入試算表中，你問心無愧就可以。這張表是給自己看的，主要是掌握自己時間的流向，就算做假也沒有意義。

因爲利用顏色來區分活動的類型，因此我可以一眼看出本週運動是否足夠，大概花了幾小時復習語言，玩遊戲或者看劇的時間會不會太長，看看你的時間都花到哪裡去了，如果時間不夠用來學習，那有哪些「不緊急、不重要」的事情，也許之後可以少做一點呢？

十多年來記錄生活日誌的習慣，幫了我非常多的忙。不只是擠出更多的零碎時間能夠讓我同時進行多個目標，無論是要追蹤哪個學生跟我學習的頻率與進度，要去回想前幾個月做過的某一件事，或者是要看整個月的大額支出金額（聚餐、機票、3C 產品等），我都能一目瞭然，學習的進度也是如此追蹤。

長程目標規劃

若開始利用試算表來記錄自己的生活，我們還要搭配自己學習的目標來確保自己穩定地在軌道上前進。假設你的英文還不錯，你想要開始學習法語，並且希望能夠達到至少中級的程度再來思考是否要繼續學習，依照本書預估學習語言大約花費的時間，到中級 B1 程度大約要花一年，於是你可以先給自己一年的時間努力看看。

因為一年的時間非常漫長，漫無目標的學習可能效果有限，屬於你的長程目標。建議你可以用「季」為單位安排進度驗收，可以設定每年的三月、六月、九月、十二月來驗收，或者是直接報名語言檢定，給自己更大的動力，語言檢定做為最後的總驗收，詳細的準備方式於下一章中分享。

達到總目標要學習完的項目把它分為四個季度來完成，如果你要準備檢定考，可能要把學習多集中在前三季，然後第四季進行復習與題目的練習，總之你必須確保每一季的目標是「可達成」並且「有點壓力但不至於太大」，做為你的中程目標。自學需要高度自制力，而找合適的老師學習，則能讓你有個可以配合的進度。

每個季都可以分為三個月份，每個月你檢視自己的短程目標，大約有四週，因此在我們記錄的生活日誌中，你可以看到自己這四週的時間如何安排，目前的進度算是超前還是落後？如果落後了，有沒有辦法在一個月內補救？如果整季的進度都落後了，是否會需要再多給自己一季的時間？

你是自己的主人，學得快或學得慢，都可以自行調整，重點在於讓自己穩定地前進。只要你肯讓外語走入你的生活，總有一天你也能遇見那位，帶著自信開口說外語的自己。

實作練習內容：

1. 在你的雲端硬碟中建立一個試算表檔案，先建立一份「20〇〇年〇月份生活日誌」空白頁做爲範本，然後複製那一頁，依照本實作的方法從這一天開始記錄自己的生活。可以至本書的網站下載範例檔案。

2. 記錄半個月後，檢視一下自己的生活，大部分的時間花在哪些活動上呢？是不是有一部分的時間，有機會挪出來讓自己練習語言呢？

3. 依照你目前學習中的目標語，你有什麼樣的長程目標？試著針對這個長程目標，設計你每一季的中程目標，再看看你每個月的短程目標，從你的生活日誌觀察到你花費時間的各種項目來看，你覺得是否能夠再減少一些不必要的活動，讓你的計畫有機會實行？

科技實作 9 語言交換 APP 和人工智慧聊天機器人

在各個語言交換 APP 中，我最推薦也用得最順手的是 Hellotalk，因為帶給我很大的幫助，我本身也有另外再購買 VIP 會員資格，升級後的功能可以同時選擇多種語言，也可以搜尋附近的使用者，讀者可以自行評估是否有必要升級。

它的社群功能讓我可以有機會和不同國家的人互動，我同樣可以追蹤不同國家的外國人，如果聊得來，也支援通電話來進行語言交換。

無論是和朋友聊天，或者是在自己的「動態」分享近況，它都支援「訂正」功能，只要你和你的語伴有一定的默契，你跟他說好，互相幫對方修改寫錯的地方，如此一來也能加強自己口說和寫作的能力。

而依照我個人的經驗，找到好語伴非常需要耐心，要非常大量地嘗試認識新朋友，因為免費的學習工具，自然也會有很多「醉翁之意不在酒」的外國人，他們的目標不一定是想要學到多好，可能純粹想認識外國人，可能無聊想要殺時間，也有可能只是想要找戀愛對象。如果他的目標並不是學好語言，那麼在語言交換的過程之中，

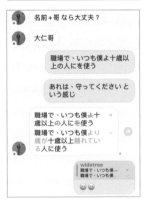

他可能不會認眞幫你修改你的錯誤，或者常用忙碌當理由讓你們不能定期練習，這些情況都有可能發生。因此你也可能會需要再多認識一些可能成爲朋友的人，再從裡面去篩選合適的語伴。

內向型與外向型人格

在透過交友 APP 增加練習機會的過程中，我發現人格特質適合的練習策略也不太相同。著名的 MBTI 人格測試（Myers-Briggs Type Indicator）[28] 在韓國非常流行，測試結果的第一個字母便是代表你的個性屬於內向型（Introversion）或是外向型（Extraversion）。例如我的人格是 INFJ，便是標準的內向型人格。

或者更簡單一點地來說，外向型人格透過跟人相處互動而得到能量，而內向型人格在跟人相處時減少能量，而在獨處的時候得到能量。通常職場氛圍普遍愛好外向型人格，因爲有領袖魅力，且生活看起來多采多姿，相較之下內向型人格就不那麼吃香。

曾經我對於自己的內向型人格感到很不滿意，想要踏出舒適圈，想辦法「表演」

---

28. MBTI 人格測試 https://www.16personalities.com/ch

得很外向，讓自己看起來好像很精彩。但後來漸漸明白，內向型最大的優勢，就是「我的動力不需要靠別人」，適度而不必強求踏入外向的圈子，然後喜歡這樣的自己，反而更重要。

使用這類語言交換 APP，像我這種內向型的人，可能多遇上幾個對你愛理不理的外國人，便會覺得有點灰心。這時也會建議你不要灰心，內向型的強項是獨自思考，因此嘗試用外語寫下一段自己的想法來練習寫作，然後貼在平台上看看其他網友給你怎麼樣的回饋，從有回應的網友中去找有機會一起練習的語伴，也是種不錯的方式。我有許多目前有聯絡的語伴，都是這樣認識的。

而外向型的人很容易就能找到好幾個可能約出來聊天的對象，舉辦簡單的小出遊活動或者約幾個朋友一起到咖啡廳認識聊天，善用這個人格特質和這些交友平台，也能創造出源源不絕的練習機會。

人工智慧自然對話聊天機器人

電影《雲端情人（Her）》中，虛擬助手每天關心男主角，就像一個真實存在的另一半，你說出的每一句話，經過語音辨識後，透過雲端資料庫以及自然語言生成技術，產生一個完美的回答，然後透過朗讀程式唸出來，就像真人一樣，男主角不知不覺愛上了這個懂他的「雲端情人」。

聽起來或許有點荒謬，目前市面上所使用的聊天機器人，例如蘋果的 Siri 或是 Google Assistant，常常答非所問，或是一問三不知。但你可曾想過，如果這個聊天機器人，當他回答的準確度到達一定的水準，並且

使用的語法幾乎都正確，那麼這個聊天機器人，不就是個非常完美的「語伴」？

在 2022 年底推出的聊天機器人 ChatGPT[29]，不但支援多國語言，而且學習功能強大，產生的回答內容正確性也很高。它的全名是「聊天生成型預訓練變換模型」（Chat Generative Pre-trained Transformer），是由 OpenAI 開發的一個人工智慧聊天機器人程式。它的設計原理，就如本書第一章談到腦部處理外語的方式相近，我們在腦中的每個單字都存在「節點與連結」，人工智慧透過匯入大量的文本再經過電腦計算，預測每一段話接下來可能出現的字句，這個過程就和人類口說與寫作輸出的方式如出一轍。

你可以用你正在學習的語言向它提問，它也會生成可能的回答，而且語法大致上都正確。目前只支援文字對話，但我們可以預期接下來的幾年可能的應用，例如它只要和朗讀程式搭配，就能有對話的效果，如此一來，即使是社交障礙，也能夠有一個永遠不會跟你抱怨的心靈導師，我認為這絕對會在語言學習市場帶來革命性的改變。

申請帳號後，便可以開啟各種對話，而且無論用任何語言向它提問，它都能產生一段正確性很高的回答。因此無論是練習提問，或者是練習可能的回答，都非常有參考價值。

---

29. ChatGPT https://openai.com/blog/chatgpt/

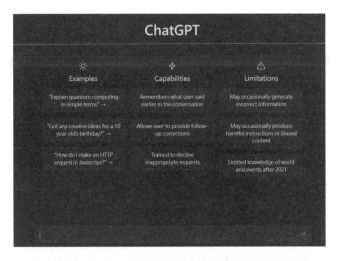

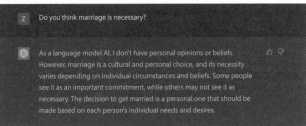

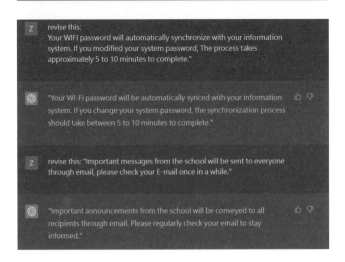

人工智慧聊天機器人輔助學習技巧

我們不只可以利用目標語和聊天機器人練習口說寫作對話，它在語言學習上也能夠產生非常大量的參考資料，依照不同的程度，向機器人提問。中級以上的學習者，也可以試著不要用中文提問，而改用目標語提問，我將提問的技巧舉例如下：

程度	人工智慧聊天機器人輔助學習提問範例
初級 A	・請問「wonderful」和「great」有什麼不同？舉三個例子。 ・用簡單的英文介紹台北。 ・列出五個和「Media」相關的字，並列出他們的用法。
中級 B	・用韓文寫出兩個女孩子的對話，兩個人討論去日本旅行，口氣很親密。 ・用英文寫出一段輕鬆的演講，談學外語能夠帶來的好處。 ・用法文比較獨居和合租房子的優缺點。
高級 C	・用日文寫出一段對話，上司責備自己下屬做錯事，上司態度傲慢一直罵人，下屬不斷用敬語道歉。 ・試用越南文分析人工智慧帶來的隱憂。 ・用正式的口吻發表一段英文新聞稿，新聞的標題是「貓在鋼琴上昏倒了」。

以上產生的對話和文章，全都可以做為口說與寫作的練習素材，甚至搭配【科技實作三】人工智慧語音生成朗讀，還能練習發音和口說。

若讀者熟讀本書，瞭解每一個學習階段必須要加強的重點，相信讀者將更懂得如何提問，讓人工智慧機器人做為你貼身的語言教練。雖然無法百分之百完全正確，但八成以上的語言學習問題都有機會找到解答，

甚至可以請它整理新聞或文章中的重點單字。

文法釋疑與 字彙整理範例	・用中文解釋英文的現在分詞和過去分詞有什麼不同，各舉三個例子說明。 ・做一張單字表，列出和旅行相關的十個英文生詞，欄位包括了單字、音標、三個搭配例子和他們的中文解釋。 ・用表格列出五個含有 rupt 字根的單字，做成表格，欄位包括了單字、音標、三個搭配例子和他們的中文解釋。 ・我下面寫的這段英文筆記，請幫我訂正錯誤，並且用中文說明錯誤的原因。（貼上一段自己打的筆記） ・幫我將這段文章中較進階的生字挑出，然後用英文解釋這幾個字，並給三個搭配詞範例。（貼上一段網路英文新聞）

實作練習內容：

1. 安裝 Hellotalk 後，設定自己要學的語言，嘗試在「動態」中貼上自己的近況，嘗試用自己正在學的目標語來寫作。並且試著閱讀其他外國人用中文寫的動態，試著幫他修正病句。

2. 若你個性較屬於外向型，從有互動的外國人中，找一位感覺比較聊得來的外國人，問他是否願意通電話十分鐘，在電話中你們可以進行語言交換。若較偏內向型，用你最近學到的句型來造三個句子，貼在「動態」中，並且用 APP 中的錄音功能，朗讀你造句的內容。

　　3. 中級程度以上的學習者，試著使用聊天機器人，用你學習的外語，提出十個問題，看看機器人的回答。如果機器人的回答還算讓你滿意，就請你多讀幾遍，花一點時間稍微背起來，接著不要看任何文字，嘗試自問自答。

正在為您的大腦安裝外掛中，請稍候

1. 問自己：「我是真心想要學好這個語言嗎？」如果那個未來的你會讓你悸動，你是真心想要學好這個語言，那就要有投入時間的心理準備。

2. 決定定情曲後，接下來學習的每個月選一天，要回去聽一下定情曲，用來驗收學習效果。

3. 如果讀者的目標是成為「多語言達人」，我建議的練習策略是「幫你想學的語言排出優先權」，前一個語言沒有到達中級以上的程度，先不投入時間到下一個語言。

4. 為了戰勝遺忘曲線（Forgetting curve），採用間隔復習模式（spaced learning pattern），學到新資訊後，隔天一定要復習，一兩天後要另外再選一天復習，每個禮拜同一天進行復習，復習持續大約三到四週。

5. 初級學習地圖，字母不需要急著背熟，發音規則大約三成左右的印象時，就可以翻到前三課，跟著音檔一起對嘴唸看看，發音規則大概可以八成唸得讓母語人士聽得懂時，即可進入第一課的學習。

6. 數字、日期與時間的學習善用 Google 翻譯並搭配「紅綠燈練習法」。各課學習採波浪式前進法，原則是：先熟練聽說，再加強讀寫。

7. 中級階段需要練習複雜情境對話，也要開始廣泛地接觸各種不同的聽力素材和閱讀文章來累積單字量，除了平時穩定練習，也可搭配「招牌擴充單字（漢字）法」來加強單字。

8. 高級階段聽和讀的內容可以多方涉獵，新聞和網路媒體都會是平時加

強練習的好朋友，甚至需要透過字幕和逐字稿來做筆記。可搭配自言自語練習法，要小心避免僵化問題。

9. 設定好自己的長程目標，可以用「季」為單位安排進度驗收，可以設定每年的三月、六月、九月、十二月來驗收，確保每一季的目標是「可達成」並且「有點壓力但不至於太大」，每個季都可以分為三個月份，每個月你檢視自己的短程目標。

10. 內向型的人可以多練習寫作，從有回應的網友中去找有機會一起練習的語伴；外向型的人能舉辦簡單的小出遊活動或者約幾個朋友一起到咖啡廳認識聊天。

檢定篇
語言檢定技巧分享

在亞洲社會，升學主義掛帥，因此從學生時代便看到莘莘學子們下課後拚命地補習。爲了升學率，「考試引導教學」成爲教育界不可避免的問題。學生可以平常不讀書，考試前透過補習班各種整理好的必考題筆記與考試技巧，仍然有機會取得相當不錯的成績。

正是這樣的投機心理，坊間的語言補習班和語言學習書，都在打著各種口號：「六個月日檢從零級通過最高級」、「上課兩個月多益進步兩百分」。有些口號的誇張程度，就像那些強調療效的醫美產品，像那些保證只賺不賠的投資群組。誤以爲語言只要付錢，輕輕鬆鬆就能精通。也難怪會有一部分人不尊重語言專業，認爲外語翻譯、語言教學都是廉價勞工。

你若詢問一位眞正靠專業的外語來賺取收入的資深學習者，他是如何讓他的外語達到精通的水準，應該沒有人會告訴你：「我花了兩個月的時間把考古題都寫完，輕輕鬆鬆就考過了。」

　　因此我希望讀者能夠對「語言檢定」能夠有比較「健康」的態度，它的目的是讓你設定自己的學習目標，讓你確認自己的程度來選擇更好的學習策略。通過檢定除了帶給你成就感，在職場上可能也會有一些幫助。

　　而此同時，也必須清楚地認識到，檢定也有它的侷限性，例如日文檢定 JLPT 因為沒有口說和寫作的測驗，因此即使通過最高等級的 N1，那表示你在聽讀方面有一定的程度，但即使考過了，口說說得亂七八糟的人也不在少數。實際你在職場或者生活中，口說才是真正與人溝通時最重要的能力。

　　本章的檢定技巧分享，希望讀者是在平常認真累積實力的前提下，利用這些技巧來提高通過的機率。千萬不要認為這些技巧是萬靈丹，而忽略了平常基本功的訓練。

6.1 利用考古題找出重點方向

　　通常語言檢定考試都會有考試題型與大綱，然而就算看過大綱，也不一定能掌握出題的方向。考所有的語言檢定之前，最好在考試的兩三個月前至少要做過幾回的考古題，如果考試本身無法取得考古題，那也要嘗試做模擬試題。

　　考古題曾經出現過的題型，讓你知道你目前哪一方面還需要再加強。例如初級檢定通常會考日期、星期、時間，中級檢定常考送修或退貨，高級檢定會有新聞報導或者演講。透過考古題，在平常累積實力時，更能知道自己還需要多加強的部分。

　　每個考試因為命題方向的不同，需要注意的地方也就不一樣。例如日文檢定 JLPT 的 N1 聽力非常考驗專心程度和邏輯（有時候題目已經到了整人的地步）；英文的多益 TOEIC 需要多累積商用及生活字彙；韓文檢定 TOPIK II 的題目數量眾多，必須練習閱讀的速度；教育部閩南語語言能力認證為了保存文化，會考很多名詞的說法，還要加強拼音。

　　十多年來我考過各種大大小小不同語言的檢定，如果我那次準備有寫較多回的考古題，並且有花時間檢討並訂正的話，通常那次考試的結果也都比較理想。因此也會建議讀者在考試前兩三個月就要開始練習考古題，並且針對每回錯誤的地方進行檢討。若寫考古題的表現都不盡理想，也要評估是否要再多花時間準備，或者改為報考下一次的檢定。

6.2 聽力測驗答題技巧

通常我在寫完考古題後，那些聽力的檔案我還會存在我的雲端硬碟，透過【科技實作七】介紹的技術來讓自己在通勤時間再多聽幾次。我有時候也會到 YouTube 打上檢定考試的名稱，也能夠搜尋到一些考古題的音檔。依照自己目前熟練的程度，可以將音檔調快或調慢來練習聽，讓自己習慣它的考法。

針對不同的聽力考法，我也有一些自己愛用的答題技巧，整理如下：

1. 翻開題本先圈關鍵字：翻開每一頁時，在題目開始播放之前，用最快的速度圈出每一題題目的關鍵字，若來得及可以順便圈選項裡的關鍵字，腦中可以思考有哪些相關的字可能會在這題出現，便可以大略猜出這題的答案可能會是哪個方向。

2. 接下來男（女）生會做什麼：這種題型我會先在題目上畫上性別符號♂♀，然後把題目問的性別圈起來，聽的時候要更專心聽這個性別的聲音說的話。有時候題目會變形成為「主管和員工」、「老師和學生」、「店家和客人」，都可以畫性別符號或寫職稱的簡寫，圈起題目要問的人。

3. 第一件會做什麼事：尤其日文檢定特別愛考，會說出很多混淆的內容，作答方式建議畫一條時間軸，然後依據把你聽到 ABCD 選項的時間先後畫到時間軸上，最後選擇時間軸上第一個發生的選項。

4. 選項沒有印出，問下列何者正確：如果題本可以註記，那就畫上 ABCD，聽到不可能的選項就打叉，然後從剩下的選項來猜。但若題本不准寫字，要直接做答到答案卡上的話，為了避免聽到後面選項而忘記前面，可以用左手的手指頭，食指表示 A、中指表示 B，依此類推。聽到不可能的選項要把手指頭往下降一點，然後從最後沒有下降的指頭裡選擇最有可能的答案。

6.3 閱讀測驗答題技巧

相較於聽力測驗非常考驗專心程度，閱讀測驗則是考驗平常閱讀的速度。既然考的是速度，這就是表示考試時不可以「一句一句精讀」，而是挑重點來閱讀。閱讀測驗的答題技巧，整理如下：

1. 分配時間：閱讀測驗最怕沒有寫完，後面全用猜的。因此平時做考古題與模擬試題時，要先依照題目長短分配五分鐘、七分鐘或十分鐘。然後要預扣五到十分鐘做緩衝時間，以免最後一題寫不完。每篇閱讀如果作答超過分配時間兩分鐘以上，就要做記號以後用猜的，直接跳下一題。

2. 先閱讀題目，然後圈關鍵字：拿到題目時一定是先看選項問什麼，如果題目問的是「下列何者為是（非）」時，選項裡的關鍵字也要圈起來。

3. 每一段的第一句和最後一句是重點：第一句和最後一句可能會出現題目關鍵字的介紹、說明或者理由解釋。快速讀完一段以後，看能不能用簡短一兩句話總結這段的主旨。

4. 連接詞常是考題所在：本書的 4.6 節介紹了學習外語要注意的句子連接關係，通常閱讀時看到連接詞時眼睛要放亮，看看它是因果句、轉折句、條件句⋯⋯的哪一種。

6.4 口說寫作準備技巧

口說與寫作的準備方式非常接近，通常都是採用背口說寫作模版來準備，但畢竟真正重要的是平時要靠聽讀累積足夠的「輸入」，才能在答題時有足夠的「輸出」。不要本末倒置，以為背完模板就天下太平。

另外如果可以，找你的老師或者語伴，每次上課練習時間，就針對考題來模擬答題，練習方向除了考古題外，本書第五章的學習地圖也提供了大量的準備方向。回家後寫一篇考古題或模擬試題的長篇作文，並且在上課或語言交換時檢討病句。而考試的答題技巧如下：

1. 拿到考題先看題目：翻開考題的第一時間就是圈各題的關鍵字，然後趕快思考自己背過的模版中，有哪些可以使用。在作答的過程可能還會有新的想法產生，這些都能提高得分的機會。

2. 作答前腦中應先有大綱：只要是長篇的作文或口說，幾乎都是用引言（introduction）、本文（body）與結論（conclusion）這個架構來回答。因此在看到題目後，也要馬上思考這三部分有哪些背過的素材可以使用。

3. 避免過於華麗的辭藻或錯字：依照自己的程度寫出適切的字，避免在簡單的文章中使用艱澀的字以免過於突兀。錯字一定會扣分，不確定拼法的字就要避免。拿高分的關鍵是「切合題旨、邏輯清楚、字句流暢」，做到這三點並不需要使用太難的字。

4. 迴避策略：外語很流利的「多語達人」，有時候他只是善用迴避策略，簡單來說就是「我只用我有把握的句型和單字」。例如中文的「把」字句語境難度非常高（「還錢給我，把錢還給我」語感完全不同），於是外國人也會很巧妙地少用「把」字句的句型，以避免被聽出來他講錯。

5. 記時與錄音：寫作測驗如果沒有寫完，會被扣很多分數，因此平常練習時盡可能讓自己能在時間限制內提前五分鐘內作答完成。而口說在時間方面的掌握更重要，因為口說無法修改，除了答題需要清晰之外，在答題時，如果太多的「嗯嗯啊啊」同樣會扣分，透過錄音可以知道自己需要加強的地方。

6.5 英語歐語攻略技巧

第五章提供了各國語言的學習地圖，這章要來盤點「大魔王」，要打倒大魔王，短則需要一兩個月的時間來熟悉，長則要花上半年到一年以上才能夠用起來得心應手，盤點如下：

1. 口音及連音：通常歐語都有連音的習慣，請搭配第二章介紹的符號標註來讓自己模仿得更像當地人，除了能幫助聽力和拼字，聽起來也比較自然。

2. 屈折變化：英語和歐語的學習過程，都要依照第四章的指示，利用一張 A4 紙來整理動詞變化規則，同時名詞與形容詞的變化都要額外花時間來練習。若是德語這種名詞複數不規則變化的語言，更是要透過時間來累積經驗。

3. 動詞與介系詞片語：這部分永遠背不完，建議用本書的外語三八法則，看過三次的字，找出三個例子，八成理解即可。另外注意，德語的介系詞後面接的格位是不規則的，背這些字時要搭配例子來練習。

4. 假設語氣與虛擬式：在第四章整理假設語氣的句型，但歐語的虛擬式沒辦法簡單幾句話就能解釋清楚，請參考相關的語法書籍。例如許多人學過英文 suggest, insist, demand 後方接子句表達希望、要求時，第三人稱為什麼會接原型動詞，這個觀念就來自於虛擬式，用本書介紹語塊技巧來練習。

5. 現在分詞與過去分詞：在國中英文曾經學過的 interesting（令人覺得有趣）、interested（感到有趣）就是最基本的分詞概念。這兩種分詞除了可以當形容詞用之外，還有各種不同的功能，例如被動語態、分詞構句等。

6.6 日語韓語攻略技巧

　　日韓語因為大量使用漢字，我們在詞彙學習上有極大的優勢，但無論是語序或者是說話習慣，都和中文差很多。最困難的學習點盤點如下：

　　1. 常體（半語）、敬體（敬語）：我認為日韓語最困難的地方，是要依照聽話者的身分來變化語言的內容。同一句話對不同的人說出來，就要用不同的表達方式。初級階段會花至少一年的時間進行這些變化練習。

　　2. 發音變化：韓文有大量的發音變化，使得讀音未必和字面相同。發音變化包括了：連音、鼻音化 (비음화)、激音化 (격음화)、硬音化 (경음화)、口蓋音化 (구개음화)、流音化 (유음화) 等等，可輸入關鍵字至網路上搜尋其基本規則。而日文的促音和長音，初學者常發錯而導致意思改變，未來可能會影響到拼字準確度，可以搭配第二章的標記方法來加強練習。

　　3. 助詞：初級階段也會花上半年到一年的時間去熟悉各種助詞的用法。韓文的助詞在尊敬語中還會產生變化。中級階段後背大量的句型時，同樣需要背搭配的助詞。

　　4. 自他動詞和使役受身型（使動被動句）：在初級後期便會進入自他動詞的學習（他動詞「開門」和自動詞「門開著」），若再搭配使動句（A 叫 B 去……）與被動句（B 被 A……），會一直持續到中級階段一年以上的時間都會需要累積相關的詞彙。

5. 形式名詞（依存名詞）：也就是不具實質意義的名詞，日韓文都非常大量。如日文的こと（事情）、もの（抽象感情）、ところ（情況）、わけ（原委）、はず（應該），韓文也非常多，像是것（事情）、듯（像）、테（未來）、디（過去），它們都有大量的語境在裡面，括號中的意思只是列舉其中一種，並且產生大量的句型，都是中級以上的必考項目，所以大多都要背，把這些句型都視為語塊，畫底線來記憶。

6. 擬聲擬態語、慣用語、四字格（成語）：因為永遠背不完，建議用本書的外語三八法則，看過三次的字，找出三個例子，八成理解即可。

6.7) 越語泰語攻略技巧

雖然越語和泰語屬於不同語系，但因為同樣是屬於「無屈折變化」的語言，因此放在一起整理他們的困難點。

1. 越語南北口音與用字：越南國土狹長，因此北越口音和南越口音的發音習慣不同（其實還有中越口音）。我會比喻成「北京漢語」和「臺灣華語」，不只口音不同，連用字都會改變，學任何一邊都可以和另一邊溝通，但混在一起使用會讓語言變得不自然。偏偏北越是越南的政治中心，而南越是越南的經濟中心，兩邊都有大量的人口，若聽廣播或電視節目，兩種口音都有可能聽到，語言檢定兩種口音也都有可能會出現，聽力部分兩種口音都要練習。

口說部分就必須決定自己要練北越口音還是南越口音，依照自己的需求來決定。南越的問聲和跌聲聽起來一樣，聽起來又很像重聲，這大幅增加了初學者拼字的難度，相較之下北越的聲調則較分明。學北越音有助於拼字，但學南越音則在臺灣使用的機會較多。

2. 泰語拼字音調：泰文的字音高達四十四個，又區分為高子音、中子音、低子音。依子音不同，接到長短母音時，會有不同聲調，字的書寫、打字和拼音規則都會花上非常多時間，而且若不常復習很容易忘，加上泰語有大量來自於梵語和巴利語的字彙，難拼且發音也不好記。可依照本書第二章的技巧來克服，先在最短時間內讓拼字和音調規則大約有三

成印象即可以進入會話與句型練習，並且每週回去復習拼字規則來讓自己在半年內逐漸熟悉。

3. 泰文藝術字體：就如同中文的藝術字體讓外國人叫苦連天，泰文各種電腦字體也是需要時間練習認字。攻略方式可利用【科技實作五】的試算表整理單字時，增加其他字體的欄位，來熟悉閱讀不同的字體。

4. 人稱、語氣詞、量詞：越南語和泰語都有大量的人稱代名詞和語氣詞，而量詞除了數一般的物品之外，還有「動量詞」，例如「去一趟」。這些只能靠大量的經驗累積，讓自己在中級階段前有基本的概念。

6.8 華語臺語攻略技巧

　　也許讀者會認為：「我從小到大都在講華語和臺語，我還有需要學什麼華語和臺語的攻略技巧嗎？」也許你在學習語言的路上，會遇到想學中文的外國人，需要解釋給他們聽。或者想要加強自己的臺語能力，在一些場合可能有機會講到臺語。

　　1. 口音：華語除了兩岸口音不同之外，連用語和語法習慣都有點不同，「這影片一定很有趣。」「這視頻肯定很有意思。」學習者應依照自己的工作或交友需求進行選擇。而臺語則是分為漳州腔和泉州腔，同樣是依照身邊的家人朋友較多者來選擇，例如我是宜蘭人，宜蘭腔偏漳州腔，於是我學習漳州腔。

　　2. 連續變調：華語和臺語在標記時標本調，而讀時要讀變調。華語在三聲相連時會產生變調，而臺語在句中就會有大量的連續變調，疊字詞也都會變調，可以利用疊字詞來加強變調規則的語感。臺語變調規則如下圖，可搭配本書線上資源提供的台語學習地圖，以及第二章的變調標記法來進行加強。

　　3. 咬字與發音：華語中的 / ㄓㄔㄕㄖ（zhi chi shi ri）/ 和 / ㄗㄘㄙ（zi ci si）/ 是外國人的大惡夢，尤其是再搭配介音 / ㄨㄩ（u, ü）/，以華語學現場來說，教漢語拼音比注音來得更普遍。而臺語的鼻母音 ann, inn, enn, onn 和 -h 韻尾不好記，需要大量時間練習，且臺語學習要先選擇學習的

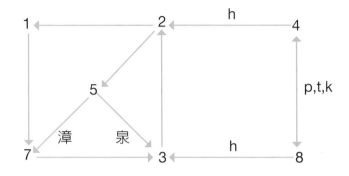

拼音系統，目前分爲臺羅拼音和白話字，各有擁護者。

　　4.「把」字句：華語和臺語都有這種句型，但大部分外語都沒有，因此外國人學起來會比較困難，「還我的錢給我」跟「把我的錢還給我」，使用「把」含有「如何處置受詞」的意思。

　　5. 趨向補語：華語和臺語都有這種句型，動詞＋（上／下／出／進／過／回／開／起）＋（來／去），例如：跳進來，說出來，看下去，昏過去。變化非常複雜，需要經驗累積。

　　6. 擬聲擬態語、慣用語、四字格（成語）、量詞、語氣詞：華語本身已有非常大量的詞彙，而臺語比起華語來說，有更大量的疊字詞，例如老神在在（lāu-sîn-tsāi-tsāi）、氣怫怫（khì-phut-phut）、踅踅唸（se'h-se'h-liām）。這些字永遠背不完，建議用本書的外語三八法則，看過三次的字，找出三個例子，八成理解即可。

　　7. 臺語文白異讀：臺語字的讀音分爲文言音和白話音，而且使用的時機不完全規則，例如：屏東（Pîn-tong）、臺東（Tâi-tang）兩者的「東」

發音便不同。另外漳州腔和泉州腔的文言音和白話音也有一些不同，而且不可混用，因此務必確認自己學習的是哪一個腔調。

8. 臺語固有詞彙：過去臺灣農業社會使用的臺語歷史非常悠久，有大量的固有詞彙，臺語檢定因為有保存文化的目的，這些詞彙都會成為考題。很多名詞都有獨特的稱呼，例如不鏽鋼叫做「白鐵仔（peh-thih-á）」，除夕叫做「二九暝（Jī-káu-mê）」，氣球叫「雞胿仔（ke-kui-á）」。不只名詞，華語「攻擊人」的動詞大約十來個（搥、捶、拍、撞……），臺語高達三四十種以上的攻擊方式。

學習臺語的優點與目前的挑戰

在本書第三章「漢字國的子民」介紹了入聲字對於學習日語、韓語、越南語的幫助，雖然本書主要以臺語來進行舉例，但客語、粵語同樣都保有了古漢語的入聲字，因此若從小有接觸這些語言的學習者，能更快掌握這些語言的發音技巧。

同樣我也有注意到，已經會講臺語、客語、粵語的學習者，因為有濁音和入聲字，學習日語的濁音以及促音都能更快上手。越南語子音 ng 在有些語言有，而在華語沒有，因此只會講華語的學習者，很容易會發成 n 音。就更不用說韓語大量的漢字發音更接近這些語言。

除了在學習其他語言時能帶來幫助外，學習臺語也能夠為文化傳承盡一份心力，在海外也能透過臺語「編碼」讓你輕鬆辨識臺灣人。然而臺語復興運動仍然面臨了非常大的挑戰：

1. 正字爭議：目前教育部已經規定了一套正字標準，然而部分的字審訂和考證的過程中可能確實也不夠周詳，導致部分規定的「正字」和古文音韻學不通，或者有部分的漢字張冠李戴。例如：螞蟻目前的臺語正字規定是「狗蟻（káu-hiā）」，但依對古文和漢字的理解，螞蟻和「狗」絕對是風馬牛不相及，部分學者考證後認爲「蚼蟻」可能才是它的古字。而這類的例子履見不鮮，也導致有一部分人拒絕使用這套正字法。

2. 臺羅拼音和白話字之爭：教育部推廣臺羅拼音，顧名思義它是一套「拼音系統」，用來標註漢字的音標。而白話字是歷史已經上百年的書寫系統，它的原理和越南文一樣，直接不寫漢字，也不必去爭漢字的正字，對外國人來說好學又好記，而且可以直接標出漳州腔和泉州腔的發音，兩派目前各有支持者。

3. 逐漸消失的固有詞彙：小時候我曾經被大人用「秀梳仔（siù-se-á）」（竹條）打過，聽到都會害怕。自從教育禁止體罰後，我再也沒有看過這個東西，很多東西都成爲時代的眼淚。隨著市場漸漸轉型成超市，慢慢那些過往用臺語稱呼的魚種、肉的部位、菜名，也都會變成華語印在商品上。

4. 家中使用本土語言的機會：如果家中幾乎不講本土語言，只靠每週一兩個小時的學校練習是絕對不夠學起來的。目前有非常多的家庭，是阿公阿嬤要配合孫子講華語，這也就導致在孫子這一代，本土語言即將消失的危機。

我認爲這些挑戰點，都必須先提升使用本土語言的人口，未來當有一定的人投入研究時，再針對這些爭議點進行修訂，才有辦法解決上述

的問題。

在本書的最後，提到這些臺語的挑戰點，無非是希望讀者們在學習各國語言時，也同時去思考「我為什麼要去學這個語言」。我學語言不是為了沽名釣譽，對我來說，無論在職場或在家中，我完全沒有加強臺語的必要，學臺語正字也不會幫我加薪。但正因為我非常明白要說好一個平常不常用的語言，是多麼辛苦的一件事，那麼當我返鄉看爺爺奶奶時，卻要強迫高齡八九十歲的爺爺奶奶配合我講他們不習慣的華語，這對他們而言，是不是有些不公平呢？

曾經網路上看到網友對新住民朋友的留言說：「你要來住臺灣，你就得入境隨俗，講就講中文，我為什麼要去保護你的文化。」但要知道，一個人會選擇離鄉背景一定有他的理由，我們不得而知。只是在夜深人靜的時候，他一定會很想念自己的文化，這就像流在他身上的血。

南非前總統納爾遜‧曼德拉（Nelson Mandela）曾經說過：「如果你對一個人講他聽得懂的語言，你的話會進入他的腦袋。如果你跟他說他的母語，你的話會進入他的心中。」

我希望這本書介紹的各種語言學習方法，不只讓讀者能夠更有效率地學習語言，語言不只是加薪或者娛樂的工具，更有可能因為你學的這個語言，使得一些來到這片土地打拚的外國人，能夠找到自己的歸屬感，知道有些人也在瞭解他們的文化，進而愛上這片土地。我由衷地盼望這片土地能夠成為一個讓每個人都能安居樂業的地方，而這些語言，為你的生命創造出更多你從未想過的美好體驗。

科技實作 10　雲端筆記術

　　你從小到大做過的筆記，目前還靜靜地躺在你的書櫃上，還是在某一年的大掃除進了你的資源回收筒呢？如果你從來都沒有丟過筆記本，隨著你每一年筆記的內容越來越多，你是否曾經遇過你想要找某一段筆記的內容，卻找不到的窘境？

　　關於手寫筆記，我有更慘痛的經驗，某次語言課下課後因為有急事趕著坐計程車到目的地，我的筆記本因為從包包掉出來沒有發現，下車後才發現包包沒有關好。等我要去追那輛計程車時，它早就消失得無影無蹤，那本筆記本也就從此成為回憶，後來也加深我一定要讓筆記全部雲端化的決心。

　　在【科技實作七】裡面，已經介紹我愛使用的雲端硬碟同步平板閱讀器的方式，其實我的筆記同樣也都使用雲端硬碟來管理，因此無論是用文書軟體來建立上課筆記，或是回家後用試算表整理單字表和動詞變化表，全都會馬上同步到雲端。

　　當檔案累積越來越多，也只要再多新增資料夾，就能有條不紊地找到你的筆記。甚至可以善用關鍵字搜尋，找到你做過的任何筆記。

雲端筆記軟體

除了善用雲端硬碟來整理單字本和筆記檔案，我也會使用雲端筆記軟體來存放我從網路上找到的文章，用它來劃線和查單字。我過去最常使用的筆記軟體是 Evernote[30]，它算是老字號但有點陽春的筆記軟體，但對做筆記而言算是已經綽綽有餘，也支援用手機來做筆記。

近年有越來越多的雲端筆記術問世，他們的功能也越來越強大。例如我目前最愛使用的 Notion[31] 支援更強大的筆記管理方式，支援用表格方式來整理對話和單字表，它還能夠像心智圖一樣去連結你的「筆記」，讓你的筆記與筆記之間產生關聯。它甚至支援專案管理、時間管理等功能，坊間也有越來越多書籍討論這套筆記軟體能帶來的應用，你不只是在管理你的學習，更像在管理你的人生。

30.Evernote https://evernote.com/intl/zh-tw
31.Notion https://www.notion.so/zh-tw

A.總目錄 / A1.收集箱 / BÀI 40. VIỆT NAM - ĐẤT NƯỚC VÀ C...　　　　Share 💬 🕐 ☆ •••

I. Các tình huống hội thoại

1. Trước lúc chia tay.

Harry	Helen	Jack
Thế là chúng mình sắp chia tay nhau rồi. Thời gian trôi đi nhanh thật.	Gần một năm sống, học tập ở Việt Nam, chúng mình có biết bao kỷ niệm.	Nhiều lắm! Ký niệm giữa chúng mình với nhau và ký niệm giữa chúng mình với các bạn Việt Nam.

chia tay	分手,再見
thế là	那麼...所以...
trôi	經過
thật	[賣]
biết bao	不知道多少

在【科技實作五】提到許多人喜歡使用 Anki 來製作單字卡背單字，還有一套整合了 Anki 和 Notion 功能的筆記軟體，叫做 Remnote[32]。它除了可以建立筆記與筆記間的連結外，一篇筆記也可以用多層的方式來呈現，不需要看的部分可以摺疊起來，製作大綱型的筆記。

32.Remnote https://www.remnote.com/

它最強大的功能是支援製作記憶字卡，我將我原先在試算表整理好的單字表貼到筆記中，加上它指定的符號，便可以產生單字卡測驗。例如使用雙箭頭，表示題目可能會是看字卡的A面回答B面，或是看B面回答A面。你可以自行設定測驗的方式。

字卡測驗的題目，你可以先努力回想後再顯示答案，依照你回想的速度，下方可以標註你對這個題目的熟悉度，輕鬆回答的題目，四天之後才會再次出現；而答不太出來的題目，三十分鐘後就可能就會再出現，自由選擇題目再出現的時間間隔，直到你完全熟悉這些字。

手機也別忘了下載 Remnote 的 APP，就能隨時隨地進行單字復習，透過筆記輕鬆建立字卡來間隔復習，便可以輕鬆戰勝遺忘曲線。

實作練習內容：

1. 自行選擇一個你愛用的雲端硬碟，在雲端硬碟中，開啓一個專屬於語言學習的資料夾，將本書在各個科技實作練習的音檔、單字表、PDF

以及你做的筆記，整理到這些資料夾裡。試著用電腦、手機或平板來開啟這些檔案看看。

2. 從本實作介紹的雲端筆記軟體中，挑選一個安裝，並且上網搜尋這個筆記軟體的使用教學，熟悉它的操作介面。

3. 使用 Remnote 搭配自己曾經建立過的單字表，將單字貼入它的頁面，產生字卡的考題，並且利用字卡將這些字全部背起來。

正在為您的大腦安裝外掛中，請稍候

1. 考所有的語言檢定之前，最好在考試的兩三個月前至少要做過幾回的考古題或模擬試題。若寫考古題的表現都不盡理想，也要評估是否要再多花時間準備，或者改為報考下一次的檢定。

2. 聽力測驗答題技巧：翻開題本先圈關鍵字、接下來「男（女）生會做什麼」的題型畫性別符號（或寫職稱簡寫），「第一件會做什麼事」題型畫時間軸、「選項沒有印出而問下列何者正確」的題型可用手指頭記憶。

3. 閱讀測驗答題技巧：分配時間、先閱讀題目然後圈關鍵字、每一段的第一句和最後一句是重點、連結詞常是考題所在。

4. 口說寫作準備技巧：背口說寫作模板、拿到考題先看題目、作答前腦中應先有大綱、避免過於華麗的辭藻和錯字、迴避策略、記時與錄音。

5. 英語歐語大魔王：連音、屈折變化、動詞與介系詞片語、假設語氣與虛擬式、現在分詞與過去分詞。

6. 日語韓語大魔王：常體（半語）、敬體（敬語）、發音變化、助詞、自他動詞和使役受身型（使動被動句）、形式名詞（依存名詞）、擬聲擬態語、慣用語、四字格（成語）。

7. 越語泰語大魔王：越語南北口音與用字、泰語拼字音調、泰文藝術字體、人稱、語氣詞、量詞。

8. 華語臺語大魔王：口音、連續變調、咬字與發音、「把」字句、趨向補語、擬聲擬態語、慣用語、四字格（成語）、量詞、語氣詞、臺語文白異讀、臺語固有詞彙。

9. 臺語復興運動的挑戰：正字爭議、台羅拼音和白話字之爭、逐漸消失的固有詞彙、家中使用本土語言的機會。

參考文獻及網站

下列書籍推薦給有興趣進一步延伸閱讀的讀者，依照書籍的類型分類如下：

》 第二語言習得與教學

[1] Principles of language learning and teaching : a course in second language acquisition , H. Douglas Brown. Pearson Education， 2014

[2] 第二語教學最高指導原則（第 5 版），道格拉斯 . 布朗（H. Douglas Brown）著；林俊宏等譯，臺灣培生教育出版，2007

[3] 英語教學法（第三版），廖曉青著，五南出版，2018

》 語言學

[4] 語言學概論（四版） An Introduction to Linguistics， 謝國平著，三民出版，2022

[5] 當代語言學概論（Introduction to Modern Linguistics），鍾榮富著，五南出版，2022

[6] 漢語語言學，李子瑄、曹逢甫著，正中書局出版，2013

[7] 華人的日語語音學，黃華章著，致良出版，2004

[8] 雅俗臺語面面觀（2 版），洪振春著，五南出版，2018

》 語法學習

[9] 劍橋活用英語文法：中級 （Grammar in Use Taiwan bilingual edition），Murphy 著，Cambridge University Press （華泰總代理），2011

[10] 德語語法速速成（Klipp und Klar: Übungsgrammatik， Grundstufe Deutsch in 99 Schritten），Christian Fandrych、Ulrike Tallowitz 著，任淑珍譯，外語教學研究出版社，2003

[11] 全新法語語法（Nouvelle grammaire du français: Cours de Civilisation Française de la Sorbonne），Yvonne Delatour （Auteur）等著，上海譯文出版社，2006

[12] 實用英語德語比較語法，蘆力軍編著，外語教學與研究出版社，2006

[13] 適時適所日本語表現句型辭典， 友松悦子， 宮本淳， 和栗雅子著，大新書局出版，2019

[14] 改訂版 適時適所日本語表現句型 200 初中級（改訂版 どんなときどう使う 日本語表現文型 200）， 友松悦子， 宮本淳， 和栗雅子著，大新書局出版，2021

[15] 實用日語語法，鄭婷婷著，致良出版，2005

[16] 我的第一本韓語文法【進階篇】（Korean Grammar in use Intermediate），閔珍英， 安辰明著，金英子譯，國際學村出版，2015

[17] 自學越南語看完這本就能說！專為華人設計的越南語教材，宋忠信著，語研學院，2019

[18] 法文雞的文法筆記　https://www.lecoqfr.com/

》 學習參考資源

[19] 英文系最受歡迎的線上語料庫：用 20 個網站學習英文句型與詞彙搭配，廖柏森著，眾文圖書，2019

[20] 心智圖單字記憶法：心智圖的聯想記憶法，字根、字首、字尾串聯

3000 個國際英語測驗必背字，楊智民， 蘇秦著，晨星出版，2017

[21] 法語詞根寶典（第三版），呂玉冬著，東華大學出版社，2018

[22] 日本文部省頒布標準必學漢字課本：日本文部省頒布「N5~N1」2136 個漢字完整版，李成順、陳玉華著，黃種德、楊雅恬譯，2013

[23] 最輕鬆好背的衍生記憶法・韓文單字語源圖鑑，阪堂千津子著，采實文化出版，2022

PS00035

外語腦升級革命

作　　者－方彥智（Zack Fang）
主　　編－林潔欣
企劃主任－王綾翊
封面設計－江儀玲
內頁排版－徐思文
校　　閱－吳庭旭

第五編輯部總監－梁芳春
董 事 長－趙政岷
出 版 者－時報文化出版企業股份有限公司
　　　　　108019　臺北市和平西路 3 段 240 號 3 樓
　　　　　發行專線－（02）2306-6842
　　　　　讀者服務專線－ 0800-231-705‧(02)2304-7103
　　　　　讀者服務傳眞－ (02)2304-6858
　　　　　郵撥　－ 19344724　時報文化出版公司
　　　　　信箱　－ 10899 臺北華江橋郵局第 99 信箱
時報悅讀網－ http://www.readingtimes.com.tw
法律顧問－理律法律事務所 陳長文律師、李念祖律師
印　　刷－勁達印刷股份有限公司
一版一刷－ 2023 年 4 月 21 日
定　　價－新臺幣 450 元
（缺頁或破損的書，請寄回更換）

外語腦升級革命 / 方彥智 (Zack Fang) 著. --
一版. -- 臺北市：時報文化出版企業股份
有限公司, 2023.04
　　面；　公分
ISBN 978-626-353-596-1(平裝)
1.CST: 語言學習 2.CST: 學習方法
800.3　　　　　　　　　　　112002698

ISBN 978-626-353-596-1
Printed in Taiwan